ハヤカワ・ミステリ文庫
〈HM⑩-28〉

クロス・ボーダー
〔上〕

サラ・パレツキー
山本やよい訳

早川書房
8715

SHELL GAME

by

Sara Paretsky

Translated by
Yayoi Yamamoto
First published 2021 in Japan by
HAYAKAWA PUBLISHING, INC.
This book is published in Japan by
arrangement with
SARA AND TWO C-DOGS INC.
c/o DOMINICK ABEL LITERARY AGENCY, INC.
through THE ENGLISH AGENCY (JAPAN) LTD.

ヘザーとロブ、マテアとノア、ニコとサムへ
いろんな理由があって、いい人ばかり

謝　辞

わたしが本書の執筆にとりかかったとき、シカゴ大学オリエント研究所の所長で考古学者のギル・スタイン教授にお目にかかることができた。教授のアイディアと提案には計り知れない価値があったが、本書が何度も風変わりな展開を見せたせいで、オリエント研究所も、考古学も、教授から見れば異質なものになってしまったかもしれない。

登場人物たちが発掘調査に捧げる情熱を書こうとしたわたしに、シリアの発掘現場で作業をしていたロレイン・ブロシュが豊かなアイディアと助言をくれた。作中にダゴンを登場させたのも、彼女の勧めによるものである。また、アラビア語の語法についてもアドバイスしてもらった。

マルタ・ラミレスは作中のスペイン語の誤りをとても親切に正してくれた。ルアナ・ジョルジーニはV・Iのイタリア語を助けてくれた。マルツェナ・マディはクック郡の森林保護区の探検につきあってくれた。

オフショア会社の商慣習を本書にとりいれるに当たっては、エディー・シェズ、スチュアート・ライス、そして、匿名希望の友人が力を貸してくれた。

クック郡の森林保護区の描写については、わたしが勝手に修正を加えたせいで、じっさいより鬱蒼とした神秘的な雰囲気になっている。本書では気候が問題だった。二〇一八年の冬はいつまでも終わらないような感じだったが、わたしはシカゴの春の訪れを四月上旬に設定し、ミネソタ州北部の氷が融けた日を勝手に決めさせてもらった。わたしがミネソタ州でカナダとの国境地帯をトレッキングしたときにガイド役を務めてくれた、いとこのバーブ・ウィーザーに感謝。

サン・マチュー島も、アーヴル＝デ＝ザンジュも、本書の登場人物と同じく、すべて架空の存在である。ヘッジファンドと不動産業で財をなした大富豪たちは、オフショア・タックスヘイブンともども実在するが、わたしは大富豪の誰とも面識がないし、タックスヘイブンにも縁がない。そうした人々と場所の描写は完全に想像の産物である。V・Iが事務所に作品を飾っているイタリアのアーティスト、アントネッラ・マゾンは実在の人物で、彼女のすばらしい絵も実在する。

アニシナベ族の長老たちは寛大にも、わたしがストーリーの一部を彼らの領土で展開させることを許可してくれた。

最後に、本書の原稿に丹念に目を通してくれた担当編集者のエミリー・クランプとキャロリン・メイズに特別の感謝を。二人の助言のおかげで、一段とすばらしい本が誕生した。

目次

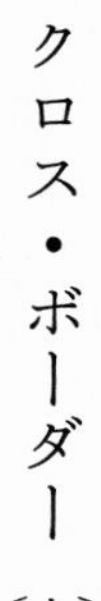

クロス・ボーダー〔上〕

登場人物

V・I・ウォーショースキー…………私立探偵
フェリックス・ハーシェル…………イリノイ工科大学の学生
ロティ・ハーシェル……………………V・Iの友人。医師
リノ・シール……………………………行方不明の少女。V・Iの姪
ハーモニー・シール……………………リノの妹
ディック・ヤーボロー…………………V・Iの元夫。弁護士
テリー・ヤーボロー……………………ディックの妻
ルロイ・マイクル・フォーサン……シカゴ大学の学生
メアリ＝キャロル・クーイ…………シカゴ大学の学生
チャンドラ・ファン・フリート……オリエント研究所教授
ピーター・サンセン……………………オリエント研究所所長
タリク・カタバ…………………………シリアの詩人
ラーシマ・カタバ………………………タリクの娘
ニコ・クルックシャンク……………V・Iの〝パソコン・コンサルタント〟
ジャーヴェス・ケティ…………………不動産・建設業界の有力者
アルノー・ミナブル……………………ディックの共同経営者
ドナ・リュータス………………………〈レストEZ〉の支店長
グリニス・ハッデン……………………ディックの秘書
マッギヴニー……………………………シカゴ保安官事務所の警部補
テリー・フィンチレー…………………シェイクスピア署の警部補
フランシーン・エイブリュー………シェイクスピア署の部長刑事
ミスタ・コントレーラス……………V・Iの隣人

1　森のなかの坊や

保安官助手は何も言わずに向きを変えると、鬱蒼たる茂みに入っていった。フェリックスとわたしはつまずきながらあとに続き、上下に揺れる懐中電灯の光を必死に追った。茂みや木立のあいだに生えた若枝が跳ね返って、こちらの顔ににぶつかってくる。もっとゆっくり歩いてほしいと保安官助手に声をかけたが、向こうは歩調を速めただけだった。

わたしの携帯電話の弱々しいライトはあまり役に立たなかった。重なりあった濡れ落葉で足をすべらせ、トゲだらけの茂みに倒れこんだ。泥がわたしの靴の縁から入りこみ、ソックスにしみこんだ。フェリックスがわたしを助け起こそうとしたが、彼のマフラーがキイチゴの茂みにからまってしまった。

二人でようやく茂みから抜けだしたときには、保安官助手はすでにはるか前方を歩いていたが、それでも木々の枝を透かして懐中電灯の光がちらつき、やがて、その向こうにアーク灯の輝きが見えてきた。わたしはアーク灯をめざして下草のなかをがむしゃらに進みつづけた。

保安官助手はアーク灯のこちら側に立っていた。わたしたちがたどり着くと、苛立たしげにあたりを見て「やっと来たか」と言い、次に、アーク灯の向こう側にいる誰かに声をかけた。「連れてきました。同行者がいます。当人は弁護士だと言ってますが」

「だって弁護士ですもの」わたしは明るい声で言った——ここに来たのは協力するためだ。妨害するためではない。

「こっちに連れてこい」上司の声は耳ざわりでしゃがれていた。

暗い森を二十分も歩いたあとなので、強烈なライトに目がくらんだ。まばたきをして、この場の細かい様子を見てとろうとした。木々が茂り、枝がからみあった一画に、犯行現場保存用のテープが張りめぐらしてある。多数の警官がその周囲で捜索をおこない、見つかった品々——煙草の吸殻、コンドーム、ビール瓶、コニャック瓶など——を鑑識の技師たちが集めて袋に入れたり、発見場所に黄色い旗を立てたりしている。

フェリックスはポケットに両手を深く突っこんで、わたしのあとからよろよろと森の空き地に入ってきた。木の枝につまずいて倒れかけたが、わたしが支えようとすると、腕を払いのけた。

ふだんのフェリックスは陽気な若者で、わが世代の人間とでも、同世代の仲間を相手にするときと同じく気軽に接してくれるが、今夜は一時間前にわたしの車に乗りこんで以来、ほとんど口を利こうとしない。神経を尖らせている。無理もない。しかし、わたしが「保安官事務所ではどうして、あなたなら被害者の身元を確認できると思ったのかしら。友達の誰かが行方不明なの？」と探りを入れたときも、「黙っててよ」と不愛想に答えただけだった。

保安官助手が五十歳ぐらいの男性のほうへわたしたちを押しやった。二重顎、腰まわりが太いが、肥満体ではない。制服の上着の肩章に、警部補の階級を示すバーがついている。

「フェリックス・ハーシェルか？」警部補は不機嫌な声で言い、わたしに向かってつけくわえた。「あんたが弁護士？」

「V・I・ウォーショースキーよ」

わたしが差しだした手を警部補は無視した。「なんで弁護士がついてくる必要がある？何か隠してるのかね、坊や？　無実の人間に弁護士は必要ないはずだ」

「犯罪者より無実の人間にこそ弁護士が必要なのよ、ええと――」わたしは相手の名札に目を凝らした。「マッギヴニー警部補さん。潔白な人間は刑事司法制度に疎（うと）いし、高圧的な取り調べに怯えて嘘の自白をしかねないから。さて、ミスタ・ハーシェルがどんな形で協力できるのか相談しましょう」

マッギヴニーはわたしをじっと見て、とりあえず衝突は避けようと決めたらしく、アーク灯に照らされたエリアの中心部を顎で示した。「依頼人と一緒に来てくれ、ウォーショースキー。二人ともおれの足跡のとおりに進むんだ。犯行現場の汚染を最小限にとどめたい」

警部補の足跡にわたしの足を重ねるには、太腿の裏の筋肉をいやというほど伸ばす必要があったが、ようやく警部補の横まで行った。そばに倒木がころがり、アーク灯がそこを集中的に照らしている。フェリックスがわたしの背後で足を止めたが、保安官助手に前へ押しだされた。

倒木は根元のほうの直径が三フィート以上あった。森のなかで横倒しになったオークかトネリコの老木の残骸だろう。樹皮が腐って鉄錆のような赤茶色に変わっている。黒い防水シートが根元の部分とその向こうのかたまりを覆っていた。

マッギヴニーが鑑識の女性技師にうなずきを送った。技師がシートをめくると、激しい暴行を受けて腫れあがった男性の遺体があった。空洞になった倒木の根元に頭から押しこまれていたという。発見時の遺体の位置が白い線で示してある——足先と脚の一部が外に出ていたそうだが、すでに保安官助手たちが遺体をひっぱりだしていた。

男性の服装はブルージーンズと泥にまみれたフードつきパーカー。ファスナーが下がり、無惨に殴られた胸が露出している。さんざん殴打されたせいで頭部がつぶれている。髪はかつて茶色だったかもしれないが、いまは泥と血がこびりついていて判然としない。

わたしの筋肉が痙攣(けいれん)した。凄惨(せいさん)な死、吐き気がしそうな死。となりでフェリックスが野獣に似たうめき声を上げた。真っ青になり、表情をなくし、ふらついている。わたしはフェリックスの背中のくぼみに片手をあてがうと、反対の手で強引に頭を下げさせ、彼の顔をできるだけ膝のほうへ押しやった。

「水を持ってない、警部補さん?」

「ない。気付け薬もない」マッギヴニーは鮫のような微笑をよこした。「このガイシャに見覚えはないか——この遺体に、被害者に、坊や?」

「どうしてミスタ・ハーシェルが被害者と知りあいだなんて思うの?」フェリックスが答える前にわたしが尋ねた。ここに来る車のなかで、質問に答えるときはまずわたしに相談するようフェリックスに注意しておいたが、遺体を見たショックで、それを思いだす余裕はないだろう。

マッギヴニーが迷惑そうに唇を尖らせた。「それ相当の理由がある」

「そちらにはあるかもしれないけど、間違いなく男性だってことは別にして、ＤＮＡも歯科のカルテもなしにどうやって身元を特定できるというの？　それに、遺体が発見されたばかりなら、そちらですでにそういう情報を入手済みとも思えないし」

「この男に見覚えはないか、ミスタ・ハーシェル？」マッギヴニーは怒りを抑えようと努めていたが、こわばった顎の筋肉に怒りがにじんでいた。

フェリックスは森の空き地からも遺体からも目を背けていた。顔色は少しましになったが、いまも表情がない。

マッギヴニーが彼の肩をつかんだ。「この男を知ってるかね？」

フェリックスはまばたきをした。「誰なんです？」

「それが知りたくて、きみに来てもらったんだ。知ってるはずだと思ってな」

フェリックスはのろのろと首を横にふった。「こんな人、知りません。どこの国の人だろう？」

「それが何か問題なのか？」妙な質問にマッギヴニーが飛びついた。「きみの周囲に行方不明の者がいるのかね？」

わたしはマッギヴニーの手をフェリックスの肩からどけた。「亡くなった人は知りあいじゃないってミスタ・ハーシェルが言ってるのよ。じゃ、用件はすんだわね、警部補さん」

「おれがすんだと言うまでだめだ」マッギヴニーがきつい口調で言った。

「まあ、あきれた。午前二時にミスタ・ハーシェルをここまでひっぱってきた理由を、警部補さんはひとつも言ってくれない。わたしたちは殺された男性を見せられ、その無惨な死に様を見て震えあがった。それがそっちの魂胆だったんでしょ。ミスタ・ハーシェルも、わたしも、男性とは面識がないのよ。力にはなれません。おやすみなさい、警部補さん」

わたしはフェリックスの腕をとってこちらを向かせ、来たときの足跡をたどって帰ろうと言った。

「ハーシェルの名前と電話番号を書いた紙が男のジーンズに入ってたのはなぜだ？」マッギヴニーが詰問した。

フェリックスがわたしを見た。濃い色をした彼の目が恐怖で大きくなっていた。

わたしは小声で「何も言わないで」とフェリックスに言ってから、肩越しにマッギヴニーに声をかけた。「わたしは霊媒じゃないから、申しわけないけど、この気の毒な死者の行動や動機に関する質問にはいっさいお答えできません」

「ここは殺人事件の現場で、コメディ番組のスタジオじゃないんだぞ、ウォーショースキー」マッギヴニーがどなった。「死んだ男との関係をあんたの依頼人に説明してもらう必要がある」

わたしはふりむいた。「わたしの依頼人は無関係だと言ってるのよ。そちらで遺体を調べて携帯電話が見つかり、そこにミスタ・ハーシェルの名前が入ってるのなら、わたしたちが協力しなくたって遺体の身元は特定できるはずよ」

「名前は紙切れに書いてあった」

「見せてもらえば、何か協力できるかもしれないわ」わたしは相手をなだめすかすときに使う幼稚園の先生みたいな声で言った。

マッギヴニーはいやな顔をしたが、警官としての道理はわきまえていた。わたしの生意気な態度にカチンときただけだ。技師の一人を手招きすると、その技師がラベルを貼った証拠品袋を差しだした。〝ジーンズの左前ポケットから回収。午前一時十七分〟。袋に入っていたのはフェリックスの携帯番号が書かれた紙片で、とても丁寧な手書きなので、数字が美術作品に見えるほどだった。

「これについて何を知ってる、ハーシェル?」マッギヴニーが詰問した。

フェリックスはわたしを見た。恐怖におののいている顔だった。この文字に見覚えがあるのだと、わたしは確信した。

「もっと大きな紙から破りとったものね」フェリックスが何も漏らさないうちに、わたしは急いで言った。「しかも、上質の紙だわ。そこらにあるような付箋やノートではない」

「あんたはシャーロック・ホームズか」マッギヴニーがぼやいた。

「イニシャルを組み合わせた飾り文字はついてないわね、警部補さん。観察と経験から推理しただけよ」

「それで、あんたの観察と経験からして、ガイシャのポケットに依頼人の電話番号が入ってた理由はどう説明する気だ？」

「水晶玉にはまだ何も浮かんでこないわ、警部補さん」わたしはフェリックスの前腕を強くつかんで事件現場を離れた。

マッギヴニーがついてきた。電話で部下たちに命令していたが、わたしたちが先ほど苦労して通り抜けた茂みの手前まで来ると足を止めた。

「最後にもうひとつ質問だ、坊や」フェリックスに言った。「さっきの場所で、きみは誰との対面を予想してたんだ？」

「あの——誰ってわけじゃ——」フェリックスはしどろもどろだった。

「どこの国の人だろうと言ったな。どこだと思ったんだ？」

「知りません」フェリックスは暗い顔で足から足へ体重を移しながら言った。

マッギヴニーがさらなる圧力を加える前に、わたしは言った。「誰が遺体を見つけたの？　遺体はあの倒木に押しこめられていた。でしょう？　しかも、あの空き地に通じる小道はひとつもない」

　マッギヴニーはため息をついた。「吸ったり飲んだりしに出かけた高校生のガキどもだ。マリワナ、ビール、ウォッカ、煙草。当分は慎むだろうよ」

「その子たちが殺したとは、警部補さんは思ってないのね？　『蠅の王』みたいな幻想が暴走してしまったとは考えられない？」

「はァ？　で、現場でラリって殺人を祝うために舞い戻ってきたとでも？　ガキどもは死ぬほどビビってたぞ」

「誰が犯人にしろ、遺体が発見されるのを望んではいなかった」わたしは言った。

「そう思うか？」マッギヴニーの上唇がめくれあがって嘲笑を浮かべた。「ほかに何か推理したことがあれば知らせてくれ、シャーロック」

2　高架鉄道の駅

市内に戻る途中、フェリックスのために水を買おうと思ってガソリンスタンドに寄った。

「ペットボトルの水なんか買っちゃだめだよ」フェリックスがぼそっと言った。

「はいはい。でも、あなたには水分補給が必要よ。しゃきっとするわ」

「子供扱いはやめてくれ」そう言いつつも、フェリックスはボトルの水を少し飲んだ。

やがて歯の根も合わないほど震えだした。少しでも温まろうと両腕で自分の身体を包んでいる。暖房を強にすると、ふたたび高速道路に乗るころにはフェリックスも落ち着きをとりもどし、残りの水を飲んだ。

「車で来てもらえて助かったよ、ヴィク」窓の外を見つめたまま、フェリックスはぼそっと言った。「さっきの……背筋が寒くなった」

「そうね、あの遺体――顔――見るも無惨だったわ」わたしも同意した。「ほんとに知らない人？」

「ぼくが嘘をついてるとでも?」フェリックスはいきなりこちらを向いて叫んだ。

「そんなこと言ってないわよ。あなたの力になりたくて、ここまで来たんだから。でも、先へ進むには事実が必要だわ」

「あんなんじゃ、誰にも身元確認なんかできっこないよ」フェリックスは言った。いまにも泣きだしそうな声だ。「会ったこともない。ぼくの電話番号を書いた紙がポケットに入ってたと聞かされて、めちゃめちゃ怖くなった。あの警部補はぼくを犯人にしたがってたみたいだし、ぼくはたぶん、うまく対処できなかったと思う」

「どこの国の人だと思ったの?」わたしは尋ねた。「EFSグループの仲間の誰かが行方不明なの?」

「質問はしばらく勘弁してよ、ヴィク、頼むから!」

EFSというのは〈自由国家の技師団(エンジニアリング・イン・ア・フリー・ステート)〉の略で、フェリックスはこの冬、グループのメンバーになった。クリスマスの直前に、彼と十人あまりの留学生がICE(移民・関税執行局)に一斉検挙された。フェリックスは場所もわからないビルの窓のない部屋に放りこまれた。水はもらえず、トイレへ行くのは禁じられ、電話で助けを求めることも許されなかった。

フェリックスはカナダ国籍。シカゴに来たのはイリノイ工科大学の大学院で機械工学を専攻するためだった。彼の祖父がロティ・ハーシェルの弟のヒューゴで、第二次大戦勃発の十日前にロティと一緒にウィーンを逃れてロンドンに渡った。終戦後、ロティが産科専門医研修を受けるためにシカゴに来たとき、ヒューゴはモントリオールへ移住し、そちらで結婚して子供ができた。ロティとはずっと仲がよくて、毎年夏になると一家でシカゴに遊びに来る。フェリックスにとって、シカゴの大学を選ぶのは自然なことだったのだろう。

以上が、彼がICEに拘束されるまでのことだ。のちにフェリックスから聞いた話では、留学生全員の在留資格を確認中だとICEが主張していたものの、じっさいに拘束されたのは中東か南米の国々から来た留学生だけだったという。フェリックスの場合は、クルミ色の肌とカールした黒っぽい髪のせいで、オマー・シャリフの孫息子みたいに見えたのだろう。

「ぼくは五時間ぐらい拘束された。頻繁に誰かが入ってきて、前のやつと同じ質問をよこすんだ。ぼくをひっかけようとしたんだろうな。解放されたあとでわかったけど、ヨーロッパ人と中国人は――それから、肌の白いカナダ人も――パスポートを見せるだけでオーケイで、尋問は受けずにすんだそうだ。

ICEの連中ときたら、ようやく執行局のデータを調べてぼくがカナダ人だとわかっても、ビザを見せろとしつこかった。カナダ人がアメリカに留学するときはビザ不要ってことも知らないみたいだった。弱い者いじめが好きな馬鹿ばっかり」

仲間の留学生のうち二人——パラグアイ出身の男子学生と、スーダン生まれの女子学生——が勾留され、強制送還されることになった。二人ともDACA（幼少時に米国に到着した移民への延期措置）の対象となる若者、通称〝ドリーマー〟だ。幼いときに親に連れられてアメリカにやってきたが、市民権もグリーンカードも持っていない。ほかの多くのドリーマーと同じく、この二人もDACA延長許可申請料の五百ドルを工面するのに苦労していた。

女子学生が強制送還されるというので、フェリックスはよけい頭に来ていた。わたしは二人がつきあっているのかと思ったが、ただの研究室仲間だとフェリックスは言った。

「スーダンに帰ったら、キトコの人生は破滅する。兄は殺され、母親はレイプされた。キトコはアメリカで大きくなったから、この国のことしか知らない。だけど、そんなことは考慮してもらえない！」

フェリックスはカナダ総領事館へ出かけてキトコのために難民認定を求めたが、総領事館がようやく動いたときには、合衆国がすでに彼女を強制送還したあとだった。

クリスマス休暇が終わってもしばらくモントリオールに残ることにする、とフェリックスは言っていた。周囲を警戒させそうな過激な行動を口にすることもあった。年が明けると、イリノイ工科大学の学生仲間が〈自由国家の技師団〉というグループを結成した。それを知ったフェリックスはグループに参加するためシカゴに戻ってきた。大学院の勉強は続けたが、ラテンアメリカや中東諸国の学生たちと一緒にグループの会合に出かけるようになった。

以前は日曜ごとにロティのところへ夕食に行っていたフェリックスだが、いまでは空き時間の大半を仲間との活動に向けている。「平和を求める運動だよ。〈国境なき技師団〉を手本にしてるんだ」食事に来なくなった理由をロティに尋ねられて、フェリックスはそう答えた。

ロティは心配そうだった。「ええ、正しいことのために立ちあがるのは立派だと思うわ。ただ、怒りにまかせて、あの子がとりかえしのつかない行動に出るようなことになっては困るの」

保安官助手たちにアパートメントのドアをガンガン叩かれて動転したフェリックスが午前二時に電話してきたとき、わたしは彼がついに過激な行動に出たのかと思ってうろたえた。

長い一日を終えて熟睡していたわたしだが、フェリックスから「ドアに警官が」と言われた瞬間、いっきに目がさめた。

「連中の用件は?」

わたしはジーンズとセーターを身につけ、靴をはきながら、フェリックスに指示を出した。警官たちに言いなさい——もうじき弁護士が来る。話はその弁護士が到着してからにしてほしい。それまでドアをあけるつもりはない、と。

わたしは弁護士だ。少なくとも書類上では。イリノイ州弁護士会に所属している。依頼人のことで警察に尋問されたとき、守秘義務を主張できるからだ。もしくは、もっと大物の弁護士が見つかるまで、依頼人と警察のあいだの薄い壁になることもできる。

フェリックスのアパートメントへ向かう途中でロティに電話を入れた。よけいな心配はさせたくなかったが、フェリックスが逮捕され、ロティがあとでそれを知ることになったら、ぜったいにわたしを許してくれないだろう。ひとまずわたしが乗りだすのがベストであることにロティも同意してくれたが、カナダ総領事かわたしの顧問弁護士が必要になったときには電話するようにと言った。

フェリックスが住む建物に着いたとき、少々手こずったものの、保安官助手たちを問いつめて用件を聞きだすことができた。フェリックスは事件の容疑者ではなく、彼に遺体の身元確認を頼みたいのだという。それ以外のことは何も知らないか、もしくは、何も話す気がないようだった。ただ、フェリックスをパトカーのリアシートに押しこめることにわたしが反対し、わたしの車で現場まで行くと言うと、口論になった。その口論も連中の負けだった。悪戦苦闘してキイチゴの茂みを進むわたしたちに保安官助手が手を貸そうとしなかったのは、たぶん、その腹いせだったのだろう。

遺体はキャップ・サウアーズ・ホールディングに遺棄されていた。森と沼地と小さな湖が連なるエリアの一部で、そのエリアが森林保護区としてシカゴ市の南西部に広がっている。郊外の住宅地やゲートに守られた高級住宅地が森を蚕食（さんしょく）しているが、キャップ・サウアーズは大都市圏における本物の荒野に近い存在として残っている。多少は人の手が加わったものの、二万五千年前にこの一帯を覆っていた氷河が融けて以来ほとんど変わっていないため、トレイルをたどろうとすると昼間でもひと苦労だ。

フェリックスと一緒に帰宅する車のなかで、わたしは遺体を発見した子供たちのことを考えた。マッギヴニーと違って、その子たちをすぐさま容疑者からはずす気にはなれなかった。付近の住宅地の豊かさからすると、ほぼ間違いなく白人で、たぶん有力者の子供だろう。マッギヴニーは軽く考えている様子だが、わたしに言わせれば、若い子たちが森に乱入するときは、クスリでハイになる以上に大きな秘密の目的を抱えている可能性がある。

高速道路を出て工学部のキャンパスに近い一方通行の狭い通りに入ると、フェリックスが携帯メールを打ちはじめた。肩のあたりに緊張が漂っている——わたしの存在を意識しつつも、部外者だと言わんばかりの態度だ。

「何があったか、ロティに報告しておくわ。今夜はロティのところに泊まる？　それとも、うちに来る？」

「いや、ぼくのアパートメントまで送ってくれればいい」

フェリックスはそれきり何も言わずに電話の上に身をかがめた。電話からは絶えず着信音が響いてくる。〈自由国家の技師団〉の仲間の安否確認をしているの？　誰もが夜更かしするタイプで、死んだ男については何も知らなくても、警戒の必要があることはわかっているのかもしれない。

彼が住む建物の前に車を止めてから、わたしは沈黙を破った。「保安官事務所のほうで令状をとってあなたのパソコンを調べる可能性が高いわよ。政府に対する暴力行為を示唆するようなものが、パソコンに入ってやしないでしょうね？」

「爆弾作りなんかやってないって！　ヴィクとロティおばさんに何回言わなきゃいけないんだよ――〈自由国家の技師団〉が進めてるのは命を守るプロジェクトであって、死のプロジェクトじゃないんだってば」フェリックスの声が震えた。「頼むから、今夜はもう何も訊かないで。いいだろ？」

「いいわ」わたしは両手を上げた。休戦のしぐさ。「わたし、シカゴ市警と違って保安官事務所にはコネがないから、そちらでどんな捜査をしてるかを探りだす方法がないの。だからこそ、いまの状況がひどく心配で、けっして危険なまねをしないよう気をつけなきゃと思ってるのよ」

森林保護区で死亡事件が起きれば、捜査は保安官事務所が担当する。保安官事務所が独自に抱える警察組織は、かつてはあらゆる腐敗行為の代名詞とされ、マフィアのために働くこともそこに含まれていた。最近はプロ意識の高い組織に変わりつつあるが、それでもやはり、マッギヴニーのことや捜査の進捗状況などをじかに質問できる相手が保安官事務所には誰もいないため、わたしは不安でならなかった。

「わたしの顧問弁護士と話してみるわ」フェリックスに言った。「フリーマン・カーターという弁護士で、今度、彼の事務所に移民問題専門の弁護士が入ったの。女性弁護士で、名前はマーサ・シモーン。あなたのお母さんかおじいさんが料金を払ってくれそうなら、彼女に会ってちょうだい。料金は安くないけど、あなたにはそういう敏腕弁護士が必要だわ。それと、お願いだから、わたしとロティを締めださないで。わたしたちは頑固な反動主義者かもしれないけど、ロティにとってはあなたの幸福が大切で、わたしにとってはロティの幸福がもっとも大切なの。わかった？」

フェリックスは無言でうなずくと、急にわたしの手を握りしめ、車を降りた。時刻は午前四時、強盗が張りきる時間帯だ。歩道を歩きはじめた彼を、わたしはアパートメントの建物にその姿が消えるまで見守り、それから、いま来た道を逆にたどって高速道路へ向かった。ダン・ライアン高速の向こうにホワイトソックスの球場がぼうっと見えている。フェリックスのアパートメントとダン・ライアン高速のあいだに、ステート通りの鉄道の古びた高架橋が続いている。電車が頭上で轟音を響かせたとき、ロティから電話が入った。

わたしは道路脇へ車を寄せ、ロティの声がよく聞こえるように、電車が通りすぎるのを待った。「保安官事務所の警官たちからようやく解放されて――五分前にフェリックスを降ろしてきたところ。ひどく疲れる奇妙な遠出だったけど、フェリックスには遺体の身元確認はできなかったわ」

フェリックスの電話番号が書かれた紙片のことをロティに話したが、フェリックスは誰か特定の遺体を目にする覚悟をしていたのかもしれない、というわたしの懸念は伏せておいた。ロティはわが親友、わが指導者(メンター)、わが良心だ。秘密を持つのは心苦しいが、漠然たる印象を抱いただけで、なんの証拠もないのだから、ロティによけいな心配はかけたくなかった。

「フェリックスがその見知らぬ男の死に無関係だというのはたしかなの?」ロティは声の震えを隠しきれていなかった。

「たしかよ」わたしは冷静に言った。

フェリックスが今夜の衝撃に対処しきれなかったのはたしかだ。でも、それ以外の点はいまひとつ曖昧模糊(あいまいもこ)としている――〈自由国家の技師団〉の誰かが行方不明なのかどうかも、フェリックスが受けとったメールにどんな言語が使われているのかも。爆弾作りなどしていないと彼が何度も言っているのを信用していいかどうかもわからない。いまの時代、自分の意見を公(おおやけ)にしないほうが賢明だが、彼がそれを忘れて仲間とのあいだで合衆国のことをどんなふうに言っているのかも、わたしにはわからない。

「わたし、午前中に手術が入ってるの」ロティが言った。「手洗いをするため、三十分後に出かけなくては。今夜、うちに食事に来ない？」

わたしは目をきつく閉じた。わたしの一日もあと二、三時間でスタートする。変更できないアポイントがいくつか入っている。

「電話するわ。たぶん行けそうもないけど、午後までちょっと様子見ってことで」

車のギアを入れたとき、高架鉄道のホームへの階段をのぼる男性の姿が見えた。フェリックスのカールした豊かな髪と、トム・ベイカー演じるドクター・フーみたいに長く垂らしたマフラーは見間違えようがない。

これが日中なら、渋滞のせいで車より高架鉄道のほうが速いぐらいなので、尾行は無理だろうが、この時刻だと楽なものだ。わたしは駅に着くたびに車を止めて待ち、降りてくるわずかな乗客のなかにフェリックスのシルエットを捜した。

線路が地下に潜ってからの区間が大変だった。駅ごとに通りの両側に目を光らせて、早朝の乗客が一人か二人出てくるのを待たなくてはならなかった。彼が電車に乗っているよう念じながら、北へ向かって追いつづけた。やがて、ループの八マイル北にあるグランヴィル駅で、フェリックスが階段を下りてきた。

彼を尾行してたどり着いたのは、ウェスタン・アヴェニューに近いアパートメントの建物で、通りに面したドアを若い女性があけた。輪郭から見てとれたのは、ほっそりしているということだけで、顔にゆるく巻いたスカーフから三つ編みが垂れていた。

女性がフェリックスにすがりついた。彼が彼女を抱きしめ、頭をなでた。二人の背後でドアが閉まり、二人とも見えなくなったが、わたしは長いあいだドアを凝視していた。森で遺体となって発見されるのをフェリックスが恐れていた人物は、この女性ではなかったわけだ。

3　天使にラブソングを

うっかり寝過ごしてしまい、おかげで、オリンピックのメダリストにもできないような超特急ペースで一日を送る羽目になった。犬二匹を連れて近所をランニング、大急ぎでシャワー、ファイル集めとメールチェックをしながら着替え、事務所へ向かう車のなかで朝食、高架鉄道でループへ運ばれるあいだに髪をといて化粧。

それでもやはり、本日最初のミーティングに五分遅刻してしまった——まずい。いちばん大事な依頼人とのミーティングなのに。ダロウ・グレアムは運送業からスタートした企業のCEOで、いまでは、分類するのも困難なほど多数の分野で事業を展開している。わたしは日によって、まっとうな倫理観の持ち主なら〈カリー・エンタープライズ〉の仕事を請けるはずはないと思うことがある。系列会社が世間にどんな害を与えているかわからないからだ。でも、クレジットカードの使用残高を目にした日には、ダロウの信用を得て個人的な仕事を任されていることにつくづく感謝する。今日は感謝するほうの日だった。

ミーティングの休憩時間に廊下に出て、森の遺体の身元が特定できたかどうかを尋ねるため、主任監察医のニック・ヴィシュニコフに電話をした。彼がわたしの質問に答えてくれるのは二人の関係性――友達と仕事仲間のあいだのグレイゾーンをさまよう程度のもの――のおかげではなく、クック郡の検視官事務所の常習的な欺瞞と不手際に憤懣やる方ない彼が、独自のルールを定めているおかげなのだ。

「白人男性。三十歳ぐらい。健康状態はほどほどに良好。動脈と肝臓などの状態からすると、ヘルシーな食生活を送っていたようだ。ただ、喫煙者だった。いま言えるのは、死亡した場所があの現場ではなかったということだけだ」

「殴打は何かを隠蔽するためだったの？」

「いや。サディズム嗜好を持つ何者かが被害者の頭を蹴りつけ、頭部外傷により死に至らしめた。状況を再現すると、被害者は腹部を強打されて身体をくの字に折った。倒れたところで蹴りを入れられた。犯人のほうに殺すつもりはなかったのかもしれない――どちらとも判断しかねるが」

残忍で冷酷な殺人。わたしは身を震わせた。

「タトゥーやホクロは？　親しい友達が身元確認をするときに参考になりそうなもの」

「変わったものは何もなかった。現在、顔を復元しているところだ。ガールフレンドかボーイフレンドに気づいてもらえそうなレベルになったら、メディアに発表するつもりでいる。たぶん、夕方のニュースで。きみ、何か心当たりは？」

「ないわ。遺体確認に出かける青年に付き添ったんだけど、その青年は〝どこの国の人だろう〟ってつぶやいてた。アメリカ人じゃないことを示すものが何かあった？」

「わたしが朝食の席についてるあいだに、誰かが新たなお触れでも出したのかい？　生粋（きっすい）のアメリカ人以外はうちで解剖しちゃいけないとか？」ヴィシュニコフが訊いた。

「あなたがその連絡メモを見なかったなんて驚きだわ。お触れが出た以上、謎の男がどこで生まれたかを、なおさら急いで調べなきゃ」

「いまはなんとも言えない。コレラかデング熱の症状でもあれば、三十から四十の国のどこかに最近いた証拠になるが、その国の生まれかどうかを判定するのは無理だ」

「コレラかデング熱の症状が出てるの？」

「血液検査で病原体の有無を調べてみよう。ふつう、そこまではしないんだが——念のために。きみが質問をよこすときは、たいてい何か理由があるからな」

　当意即妙の返事を思いつく前に、電話を切られてしまった。ミーティングの席に戻る途中で、デング熱を検索してみた。なるほど、やはり熱帯地方には足を踏み入れないほうがよさそうだ。

ダロウの会社を出たわたしは、生計を支えてくれる別の依頼人のところへまわった。小さな法律事務所で、ときどき仕事をまわしてくれる。午後が終わるころにはミーティングに食傷してしまったので、車をとりに事務所に戻り、フェリックスがゆうべ訪ねた建物へ行ってみることにした。ランチ休憩のときフェリックスに電話をかけて、クック郡の保安官事務所の人間がふたたび押しかけてきたかどうかを訊こうとしたが、留守電に切り替わっただけだった。

ゆうべの建物があるのは、シカゴ市内でもとりわけ交通量が多く、歩行者と車の両方で混雑する地区だった。パキスタンとインドの移民が集中し、デヴォン・アヴェニューは南アジアのレストランとショッピングの中心地になっている。この午後は、静まりかえっている感じだった――静かすぎる。ＩＣＥの捜査官たちが潜んでいそうな場所に近づくのを、移民たちが控えているのだろう。

あたり一帯に平屋と小ぎれいな庭が続き、そのあいだにアパートメントの建物が点在している。小規模なアパートメントが多くて、住戸数は六から十ぐらいだが、フェリックスの友達が住んでいるところは数少ない大きな建物のひとつで、六十戸から七十戸ぐらいありそうだった。わたしは車のなかにしばらくすわったまま、仕事や買物から帰ってくる大人たちや、放課後に帰宅する子供たちを見守った。サッカーのユニホーム姿の子もいれば、弟や妹をおんぶしたり、腰に抱えたりしている子もいる。カフィエというイスラム教徒のかぶりものを着けた男、シーク教徒のターバンを巻いた男、ヒジャブをかぶった女、何もかぶらずに長い髪を編んだ女や短い髪をカールさせた女、痩せた女、がっしりした女などが目についた。建物を見ているわたしに気づくと、誰もがそそくさと離れていった。こんなふうに何かをじっと見つめるのは、移民関係の捜査官ぐらいしかいないのだろう。

一瞬、恥ずかしさに襲われた。人々を標本のように眺めている自分への恥ずかしさ。人々の心にそうした恐怖を植えつけたわが国の政府への恥ずかしさ。車をスタートさせた。たとえ目立たない形で監視を続けることができたとしても、この人混みのなかでフェリックスの友達を見分けるのはまず無理だろう。

どっちにしても、よけいなお世話よ――自宅に向かう途中で自分を叱りつけた。ラシーヌ・アヴェニューにあるわがアパートメントまでの四マイルを走るのに、四十分近くかかった。のぞき趣味に時間を浪費したことへの正当な罰。ただ、倒木の空洞部分に押しこめられていた人物をフェリックスが外国人だと思いこんでいたのでは、という不安がわたしはどうしても拭いきれなかった。

イリノイ工科大学の学生の約半数は国際色豊かな顔ぶれだ。フェリックスは〈自由国家の技師団〉の活動に参加して以来、アフリカや中東の学生たちとのつきあいを増やしている。おそらく、誰かが行方不明になって、フェリックスはその友達の身を案じているのだろう。でも、彼が打ち明ける気にならないかぎり、わたしにはどうにもできない。

ジーンズに着替え、二匹の犬を連れて湖畔へ出かけた。三月下旬になっても冬のきびしい寒さが続いているが、今日は珍しく暖かだ。二匹が泳いでいるあいだに、わたしもジーンズの裾をめくりあげて水に入ってみたが、あわてて飛びだした——冷たすぎて、一瞬のうちに骨の髄まで凍ってしまいそうだ。

長い一日だった。ロティに携帯メールを送り、今夜は食事に行けそうもない、明日にしよう、と伝えた。

わたしと共同で犬を飼っている一階の住人、ミスタ・コントレーラスが二匹を迎えに出てきた。客が来ていると言いだしたので、片手でさえぎった。「あとにして。お願い」

「〝あと〟ではだめだ、嬢ちゃん。ここでずっと待っててくれたんだから」老人は彼の居間のほうを顎で示した。「あんたの姪だと言っておる。姪がいるとは知らなんだが、詐欺師のようには見えんしな」

「姪なんかいないわ」わたしは言った。相手が若くて可愛い女の子なら、わが隣人はだまされて下着まではぎとられてしまうだろう。

「ヴィクおばさん?」

若くて、色も艶もトウモロコシの房のような髪をした女性が、ミスタ・コントレーラスの背後に姿を見せた。不安な顔でわたしを見た――風がうなりを上げる戸外へみなしごを追いだすつもりなの？　すばらしい演技。ミッチが小走りで駆け寄って、彼女の腿に頭をすりつけ、ミスタ・コントレーラスは彼女の肩を軽く叩いた。ペピーはわたしのそばに残った――よそよそしくて疑り深い一人と一匹。

「ヴィクおばさん、あたし――前に会ったのはずいぶん昔のことだけど、ディックおじさんが――」

「リノ？」わたしは信じられない思いで彼女を見つめた。

「ハーモニーよ、ヴィクおばさん。リノがいなくなったの」

「まあ、それは心配ね」わたしは礼儀正しく言った。

「嬢ちゃん、そんな言い方はないだろ。ミス・ハーモニーは姉さんを捜しだすために、あんたの力を必要としとるんだ」ミスタ・コントレーラスは手を腰に当ててわたしをにらみつけた。ペピーまでが悲しげにこちらを見た。

「話は明日の朝にしてくれない？　わたし、ゆうべは徹夜だったの。西の郊外へ殺人事件の被害者の身元確認に出かけてて」

「でも、ヴィクおばさん――」ハーモニーの睫毛の先端で涙がきらめいた。「こっちも深刻なのよ。ポートランドからシカゴに飛んできたのは、リノが困ったことになってるのを知ったからなの。でも、アパートメントへ行ってみたら、リノはどこにもいなかった」

わたしの望みはベッドに入ることだけだった。三階分の階段をのぼるだけなのに、エヴェレストの山頂に劣らず遠い気がする。わたしの脳にはもう、ボウルに入ったかび臭いオートミール程度の思考力しか残っていなかった。階段のいちばん下の段に崩れるようにすわりこみ、踊り場の壁にもたれた。

「あなた、ポートランドに住んでるの？」

ハーモニーはうなずいた。

「そして、リノはこのシカゴに？　旅行で？」

「嬢ちゃん、話を聞いとらん人だな」ミスタ・コントレーラスが言った。「ミス・ハーモニーの話にリノのアパートメントのことが出てきたじゃないか」

「リノがシカゴに住んでるのなら、なぜわたしに連絡してこなかったの？　最後に消息を聞いたのは、ベッキーが――この子たちのママのことだけど」わたしはミスタ・コントレーラスのために説明した。「コミューンに入るとか言って、二人を連れて西へ向かったときだったわ。あれってワイオミングだった？」

「モンタナよ。そこには半年いただけだった。あたしたちの父親っていう人を待ってたんだけど、その人は結局現われなかった。それからさらに西へ行って、オークランドに腰を落ち着けたの。リノは一年ちょっと前に一人でシカゴに来たのよ」

「どうしてわたしに電話をくれなかったの？」

「ディックおじさんの家を訪ねて二番目の奥さんと話をするまで、リノはおばさんとディックおじさんが離婚したことを知らなかったの。二番目の奥さんに〝ヴィクおばさん〟って声をかけたら、その人、かんかんに怒ったそうよ。離婚のことは知ってるはずだと言って。でね、ヴィクおばさんの名字をリノが知ったのは、もっとあとになってからだった。あたしたち、トニーおじいちゃんの名字を知らなかったから。それはともかく、ディックおじさんがリノの就職の世話をしてくれたんだけど、これっきりにしてくれ、二度とつきまとわないでくれ、ってリノに言ったんだって」

短期間だけわたしの夫だった男には、ベッキー・シールという妹がいた。ディック・ヤーボローとわたしが離婚したとき、ベッキーの娘たちは五歳と六歳だった。ディックとベッキーの母親のリンダ・ヤーボローは息子の離婚に対する喜びを隠しきれなかった。わが子が二人とも最悪の結婚をしたのだから。ベッキーはヘロイン漬けだった定職もないフルトン・シールと結婚し、いっぽう、最愛の息子ディックはシカゴの警官とイタリアから逃げてきた女のあいだにできた娘に誘惑されてしまった（義理の母の脳内ではそういうことになっている)。

やがて奇跡が訪れた。少なくとも、わたしの義母にとっては奇跡だった。ディックがわたしと別れ、金持ちの父親を持つ小柄な女らしい女に乗り換えたのだ。その女はテリーといって、キャリア志向ではなかった。週に二回、地元の病院のチャリティショップで働き、あとは友達と買物やゴルフ三昧の暮らしに満足していた。

わたしも満足だった。ベッキーと義母の喧嘩のせいで、それまでに感謝祭二回とクリスマス一回を台無しにされていたのだ。二回目のクリスマスがやってきたとき、わたしはヤーボロー一家の喧嘩に耐えきれなくなり、リノとハーモニーを連れてサウス・シカゴへ逃げて、わたしの父とクリスマスを過ごした。義母が大喜びしたことに、ディックはレイク・フォレストの母親のもとにとどまった。

姪たちとわたしはベッセマー公園でかくれんぼをしたり、ブラックホークスの試合を見に行ったり――当時は、わたしのいとこブーム＝ブームがまだ生きていて、北米ホッケーリーグの得点王になっていた――わたしが子供時代を送った家の小さな台所のガス台でマシュマロを焼いたりした。夜になると、二人を居間のソファベッドに寝かせ、母がよく歌ってくれたイタリアの子守唄を二人のために小声で歌った。

ノース・ショアの屋敷に住む義母のもとに二人を返したとき、トニーおじいちゃんのところへ連れて帰ってと二人がせがんだものだから、わたしは義母から徹底的に憎まれることになった。その後、わたしは二人のことを忘れ去った。

「とにかく、リノは立派にやってたのよ」ハーモニーは言った。「ディックおじさんの世話で就職した金融会社で気に入られて、昇進して、マルディグラのパーティか何かに出るため、カリブ海へ行けることになったぐらい。でも、シカゴに戻ってきたとき、リノはリゾート地で見聞きしたことにショックを受けていた。自分が馬鹿だったとしか言わなかったけど、どんどん――どう言えばいいのかな――動揺がひどくなってく感じだった。落ちこんでた。

あたしはリノに会うため、こっちに来ることにしたの。いつだって、おたがいにいちばんの仲良しだったし、ほかの誰も知らないさまざまなことを二人で乗り越えてきたんだもの。一日以上連絡がとれなくなったのは、二人の人生でそのときが初めてだった。

あたしのボスはこころよく許してくれたわ。〝姉さんが一人で悩むのをほっといちゃいかん。数日ぐらいなら、きみがいなくても大丈夫だ〟と言って。ただ、こっちに着いたら――管理人さんがリノの部屋に入れてくれたんだけど、リノの姿はなかった。あたしはリノに携帯メールを送った。〝帰ったら大きなサプライズが待ってるよ！〟とだけ書いて。でも、返事はなかった。あたし、眠れなかった。リノの帰りを待ちつづけた」

とか」

「出張だったんじゃない？」わたしは言ってみた。「ボーイフレンドのところに泊まった

「ボーイフレンドなんていないし、街を留守にするなら、あたしに言うはずだわ。おたがいにどんなことでも話すもの」

このセリフをいままで何度聞かされてきたことか。たいてい、パートナーに裏切られているケースだ。妹の口から聞いたのは初めてかもしれない。

「リノの会社に電話してみた？」

「したわ。でも、はぐらかされただけだった。あの会社はシカゴに山ほど支店があって、リノがどの支店にいたのか、どうしても教えてくれないの」

わたしはすわりなおした。「リノが就職したのはどこの会社？」

「〈レストＥＺ〉よ。業種としては――」

「〈レストＥＺ〉なら知ってる」わたしは言った。

〈レストＥＺ〉はペイデイローン業者で、詐欺まがいの業界のトップに君臨している大手のひとつだ。次の給料日まで顧客を支えるための橋となるのがペイデイローンの役目とされているが、イリノイ州では金利が年に四百パーセントにもなる。さすがのマフィアもこれには赤面するだろう。ドン・パスクアーレという、連邦刑務所行きを免れているごくわ

ずかなゴッドファーザーの一人のところへ行くがいい。年利三百パーセントで勘弁してくれるはずだ。

「たしかなの？」わたしはハーモニーに言った。「会社の名前を勘違いしたりしてない？　同じ名前のマットレス会社もあるわよ」

　ハーモニーは顔を真っ赤にした。「おばさんもほかのみんなと同じなの？　金髪女は馬鹿だと思ってるの？　リノは金融サービスの仕事だって言ってたわ。〈レストEZ〉で働いてるって。それがマットレス会社のように聞こえる？」

「いいえ」わたしはおとなしく言った。「リノが〈レストEZ〉という金融会社で働いてたように聞こえる。捜索願は出した？」かわりに尋ねた。

「警察に？　だめ、警察へは行けない！」

「警察には、わたしなど足元にも及ばないほどの捜索手段がそろってるのよ」

「あたしやリノみたいな人間を警察が気にかけてくれると思う？」ハーモニーは叫んだ。目がぎらついていた。「あたしたちを見て、警察が気にかけることはひとつしかないわ」

「トニーおじいちゃんも警官だったのよ。いまも生きていれば――」

「でも、おじいちゃんは死んじゃったし、あたしはどんな警官にも話す気なんてない。トニーおじいちゃんの双子の兄弟にだって！」

わたしは〝話をするなら女性警官に〟と主張すればいいと言ったが、ハーモニーは聞く耳を持たなかった。

「警察はいや。いまも。この先もずっと。おばさん、探偵なんでしょ。ネットで調べたのよ。大きな事件をいくつも解決してるよね」

わたしは唇をゆがめた。「行方不明者を捜しだすより、大がかりな詐欺事件を解決するほうがまだ楽だわ」

「それでも、お願い、リノの捜索をやってくれない？」

「朝になったら本格的な捜索をスタートできると思うけど、いまは無理。くたくたに疲れてて、まともにものが考えられる状態じゃないの」

今度はミスタ・コントレーラスもわたしの味方をしてくれた。「そのとおりだぞ、ハーモニー。おいしいステーキを焼いてやるから、わしと一緒に競馬を見て、それからうちの孫息子の部屋で寝るといい。あんたのおばさんのことはそっとしといてやろう」

それはわたしたち二人への親切な提案だったが、ハーモニーは逆らった。

「あたし、リノのアパートメントに戻らなきゃ。リノが夜のあいだに帰ってきたらどうするの？　あたしがいてあげないと！」

わたしたちがいくら説得してもだめだった。わたしはリノのアパートメントまで車で送ることを約束した。お風呂のあとで。夕食のあとで。

4 シルクをまとった女王たち

お風呂でゆっくり温まるあいだに、ロティに連絡を入れた。すると、今日はフェリックスから一度も電話がなかったし、ロティのほうから電話しても応答がないという。わたしは今日の夜明け前に彼を尾行してエッジウォーターまで行ったことと、若い女性についてのわたしの推測を話したが、フェリックスがなぜそこへ出向いたのかは、ロティもわたしと同じく、さっぱりわからない様子だった。

ハーモニー・シールの突然の訪問のことも話そうかと思ったが、個人的な話を始めるエネルギーはもうなかった。かわりに、あらためて連絡すると約束し、いつのまにかうとうとしていた。

三十分後、ハーモニーがわたしの肩をそっと揺すって起こしてくれた。ミスタ・コントレーラスに言われて呼びに来たのだった。夕食ができたという。わたしが寝室に入って服を着るあいだ、ハーモニーは狭い廊下をうろうろしていた。

廊下の壁に母のポスター大の写真がかけてある。卵巣癌に身体を蝕まれる前の復帰コンサートのときのガブリエラ。写真の母はまばゆく輝いている。身頃にオパール加工のベルベット、スカートに柔らかなシルクを使ったコンサートドレス姿の母は、マリア・カラスよりもなお魅惑的だ。

ハーモニーが遠慮がちに、母のことをいくつか質問した。「自慢にできるママがいてラッキーね」と言った。「リノとあたしもクラリスっていう里親に出会えてラッキーだったけど、いまはアルツハイマーになってしまって、あたしのことはもうわからないの」

「辛いでしょうね」わたしはうなずいた。

写真のそばを通ったとき、ガラス越しに母の顔に触れた。母が亡くなって三十年以上になるのに、ハーモニーのなにげない言葉に、わたしの心が悲しみでズキンとした。喪失の痛みを比べるための天秤はない。わたしの母の若すぎる死、現在のなかに消えてしまったクラリス――そこにいるけど、でも、そこにはいない。こうした喪失は奈落に向かってあいた穴だ。いったん落ちはじめたら、這いあがるのは容易なことではない。

夕食がすむと、ミスタ・コントレーラスはふたたびハーモニーを説得して、空いている部屋に泊めようとした。「こんな遅くにヴィクが車を出すのは大変だぞ」

「タクシーを呼ぶ」ハーモニーは言った。

結局、わたしが車で送っていった。ひとつには信頼関係を築くため——わたしを頼ってくれていいのよ。知らない街であなたを放りだすようなことはしない。そのいっぽう、リノの住まいを見ておきたい気持ちもあった。場所はフェアフィールド・アヴェニューとノース・アヴェニューの交差点の近く。ハンボルト・パークの北東の端で、最近は高級住宅地に変わりつつある。ミッチも一緒に連れてきた——体重百ポンドもある黒い大型犬なので、行く先々で畏怖されている。

わたしは車を走らせながら、リノはどうしてシカゴに戻ってきたのかとハーモニーに尋ねた。

ハーモニーは肩をこわばらせた。

「あたしたちの父親ってことになってる男に捨てられたあと、ママはオークランドに越したの。何か仕事についたけど、そのうち何もかもだめになってしまった。ママっていつもそうだった。通りで物乞いを始めて、もらったお金は全部ドラッグに消えてしまった。あたしたち姉妹をヤーボローのおばあちゃんかディックおじさんに預けようとしたけど、どっちにも拒否されたわ。

そのうち、あたしたちは高架橋の下で寝るようになり、ときには教会の地下室に泊まることもあった。食べものはごみ箱で拾ってきた。リノとあたし——リノはすごい美少女だったから、ママは――リノを利用して――男たちを誘いこんで、ドラッグをせしめてた。あたし、リノほど美少女じゃなかったけど、それでもやっぱり男たちに――」

ハーモニーは顔を背けた。怒りのあまり、わたしの胃がひきつった。実の娘たちをそんな目にあわせたベッキー・シールへの怒り、冷血漢のディックとその母親への怒り、二人をほったらかしにしてきたわたし自身への怒り。でも、何も言えなかった。ハーモニーのこんな悲惨な人生にいまさらわたしが怒りを示したところで、嘘っぽいだけだ。

「あたしが十歳でリノが十一歳のとき、二人で家出しようって決めた。ヒッチハイクでシカゴに戻ろうって。親戚の誰かがひきとってくれるかもしれない。もしかして、トニーおじいちゃんなら……でも、オークランドを出ることもできなかった。フリーウェイの入口で女の人の車に乗せられてしまったの。

家出した子や親に捨てられた子たちのための州の施設に入れられたわ。二人で脱走計画を立ててたとき、クラリスとヘンリーがやってきた。クラリスとヘンリー・ユー。人種の異なるカップルで、子供がいなかった。そこで、施設では、素行の悪い白人少女二人を押しつけることにした。あたしたち、路上生活をしてたんだもん。ドラッグに手を出したことはないけど、クスリに関して知らないことはなかったわ。それから、セックスに関しては――どんなことでも知ってた」

ハーモニーの手が無意識にみぞおちを庇(かば)った。わたしは危険を承知で彼女の肩に触れた。ハーモニーはわたしの手を払いこそしなかったものの、全身をこわばらせた。数えきれないぐらい、無断で身体をさわられてきたのだろう。

リノのアパートメントの建物に着いた。わたしは両手をハンドルにかけて駐車に専念した。

「いい人たちにめぐり会えたのね」思いきって言ってみた。

「うん、そうなの。あたしたちが心を開くのにずいぶんかかったけど、ようやくうまくいくようになった。クラリスはきびしい人だった。意地悪ってことじゃなくて、あたしたちが規則に縛られるのに慣れてなかっただけ——毎日学校へ行く。授業が終わったら家に帰る。スポーツや合唱なんかは宿題と家の手伝いがすんでから。言い訳はしない」何かを思いだしたのか、ハーモニーの顔に笑みが浮かんだ。

「ヘンリーのほうが温厚だったわ——あたしたちの成績がBやCでも、クラリスに言ってくれた。〝そうカリカリするな。この子たちがキュリー夫人になるなんて誰も思っちゃいないんだから〟って。ヘンリーの本名はヘン。中国語でユー・ヘンだけど、アメリカではヘンリーって名乗ってた。クラリスとヘンリーが二人だけで話をするときは中国語だったから、あたしたちも自然に覚えて、とりあえず意味は理解できるようになったわ。いつだってリノのほうがあたしより覚えが速かった――あたしは〝おはよう〟と〝関節炎の具合はどう？〟しか言えなかったけど、リノは本格的に中国語がしゃべれるようになった。クラリスとヘンリーはオークランドで生花店をやってて、ヘンリーはほかに、家で食べる果物と野菜も育ててた。あたし、ヘンリーと一緒に土を耕すのが好きだった。リノは苦手だったみたい。でも、生花店の仕事は大好きで、とくに、クラリスにブーケ作りを任されると張りきってた。得意なのはお葬式のブーケだった」

なんだか気味の悪い趣味。でも、リノはもしかしたら、他人の悲しみのなかに身を置くことで、複雑にもつれていた感情を少しはほぐすことができたのかもしれない。

「あたしたち、オークランドのコミュニティ・カレッジに入学したのよ。卒業したときのクラリスとヘンリーの喜びようったら、まるであたしたちがスタンフォードをトップの成績で卒業したみたいだった」

「いまの話からすると、リノもクラリスかヘンリーになら悩みを打ち明けてたんじゃないかしら。あなたには何も言わなかったとしても」わたしは言った。

ハーモニーの唇が震えた。「ヘンリーは五年前に心臓発作で亡くなったわ。だから、あたしたち、ポートランドへ越したの。お葬式をすませたら、お金がなくなってしまって。というか、そんなに残らなかったから、ポートランドのほうが暮らしやすいと思って。クラリスも一緒に来てくれたけど、そのときすでにアルツハイマーの症状が出はじめてた。あたしたち、二人でクラリスの世話をしようってがんばったのよ――クラリスとヘンリーには大きな恩があるもの――でも、すごく手がかかるようになって、自宅での介護はもう限界だった」

ハーモニーはティッシュで鼻をこすった。

「施設に入れるしかなかった。そのせいでリノはこっちに来ることにしたの――怒りに駆られ――傷ついてた。人生で出会った相手がみんな去ってしまうから。最初はフルトン。あたしたちのパパ。ほんとのパパかどうかわかんないけど。ママのやることって信用できないもん――それから、ママが亡くなり、ヤーボロー家の人たちが去り、次はヘンリー、そして、今度はクラリス――面会に行っても、クラリスはもうあたしのこともわかんないのよ。リノは新しい土地へ越してすべて忘れたいって言ってたけど、選んだのはシカゴだった。あたしたちが一人前の大人になったから、ディックおじさんか、もしかしたら堅物のおばあちゃんが会いたがるかもって思ったんじゃないかな。でも、やっぱりだめだった」

「リノもあなたもわたしの名字を知らなかったって、さっき言ったわね。どうやってわたしを見つけだしたの？」

「ディックおじさんの事務所に電話したの。個人秘書みたいな人が出てきて、おじさんにはつないでくれなかったけど、おばさんのことを野良犬の好きな探偵だって言った。あたし、そんなこと何も知らなかったけど、その女の人がおばさんの住所を教えてくれたの」

「まあ、ずいぶん親切にしてくれたわけね。わたしたち二人に」

わたしたちはノース・アヴェニューにあるリノが住む建物の前に出た。車が警笛を鳴らしながら、すぐ西側の公園を走り抜けていき、この寒さでもミニスカートをはき、分厚いジャケットをはおった女の子たちが、友達どうしで、あるいは、ほっそりしたヒップの男の子と腕を組んで、ヒールの高いブーツで通りをよたよた歩いていく。わたしがハーモニーのうしろについて建物の入口へ向かうと、スケボーの連中が〝ブロンド女〟に向かってはやしたてながら、わたしたちのそばをすべっていった。すぐそばまで来た一人にミッチが歯をむきだすと、あとの子はうしろへ下がった。

「鍵はどうやって手に入れたの？」表のドアの錠をはずすハーモニーにわたしは尋ねた。

「管理人さんが建物に通してくれたの。あたしがあそこで待ってたら」ハーモニーは歩道を指さした。「一日の仕事を終えた管理人さんが出てきたの。あたし、リノほど美人じゃないけど、かなり似てるから、管理人さんはすぐに妹だと気づいてあたしを入れてくれたのよ」

「鍵も渡してくれた？」

「ううん。リノの鍵が残ってたの。だから、よけい心配だった。鍵を持たずに出かけるなんてありえないでしょ？　でも、リノの鍵はいつもの場所に置いてあった。ドアのそばのボウルに入ってたの。場所を決めておけば、探しものに時間をとられずにすむから」

行方不明者、拉致の可能性。鍵を持っている管理人。わたしは口をあけたが、そのまま閉じた。警察のことでハーモニーとさらに一戦交えるだけの元気はなかった。明日の朝、わたし一人で捜索願を出しに行くことにしよう。

ミッチとわたしはハーモニーについて階段をのぼり、三階まで行った。ドアを一歩入ったところに小さな台が置いてあり、青い磁器のボウルがのっていた。ハーモニーはキーホルダーをそこに入れた。下に郵便物が少し入っている。

わたしはアパートメントのなかをざっと見まわし、荒らされた跡がないか、セキュリティは万全かをチェックした。このアパートメントのなかを探しまわるのは簡単だっただろう。リノがきれい好きで、殺風景と言ってもいいほど整頓が行き届いているからだ。玄関脇の部屋にあるデスクの引出しには、必要最小限のものしか入っていなかった――オンラインのかわりにいまも郵便で届くわずかな請求書、ユースプログラムの資金集めパーティの招待状、何通かの古い手紙。そのうち一通は中国の漢字で書かれていた。また、居間の壁には中国の版画が二点かかっていた。

リノの寝室では、ごくわずかな衣類がハンガーとバスケットを使って几帳面に整理されていた。バッグは三個、どれも空っぽだ。パソコンなし、電話もなし。

ナイトテーブルとベッドのそばの壁に、額に入れた家族写真がいくつも飾ってあった。そのほとんどにアフリカ系アメリカ人女性と中国人男性が写っている。クラリスとヘンリーだ。姉妹と一緒に撮ったフォーマルな写真がナイトテーブルにのっていた。

生き生きしたハーモニーの写真もあった。ヘンリーのそばで楽しそうに笑っていて、二人とも泥のこびりついたオーバーオール姿で野菜のバスケットをかざし、みごとな形のナスや、その周囲のトマトやズッキーニをカメラがとらえている。

別の写真では、生花店で女性が横顔を見せて立ち、一輪のバラをリースに挿しこんでいた。唇にかすかな微笑が浮かんでいる――カメラを意識しているのに、気づかないふりをしているのが自分でも楽しいのだろう。卒業式での姉妹の写真も何枚かあり、背後に二人の大人が立って、四人全員で誇らしげに大きな笑みを浮かべている。

姉妹がおそろいの金のチェーンを見せびらかしている写真もあった。チェーンには古風なハート形のロケットが通してある。「あたしたちがコミュニティ・カレッジを卒業したとき、クラリスがプレゼントしてくれたの。肌身離さずかけてるのよ。少なくとも、あたしはぜったいはずさない。リノが最近どうしてるかは知らないけど」

ハーモニーはセーターの下からチェーンをひっぱりだした。金めっきではなく純金で、黄金のロケットには凝ったデザインの留め金がついている。ハーモニーがロケットを開いて、片側に入っているクラリスとヘンリーの、そして、反対側に入っているリノの写真を見せてくれた。

わたしがチェーンの細工を褒めると、ハーモニーは言った。「シンガポール・スタイルって呼ばれてるんだって。上海にヘンリーのおばさんがいて、その人があたしたちへのプレゼントにって、ジュエリーや高級シルクをヘンリー宛に送ってくれてたの。ある年のクリスマスには、ヘンリーがクラリスとあたしとリノにシルクのバスローブをプレゼントしてくれたわ。みんなでよくそれを着て裏のポーチにすわり、女王さまになったつもりで、シルクをまとって朝食をとったものだった」

わたしはすべての窓を見てまわって、きちんと施錠されていることを確認し、裏のドアも調べた。外に面したドアではなく、ユーティリティルームとエレベーターに通じていた。

「部屋にいるときは、どのドアもちゃんとロックしておきなさい」わたしは言った。

「あたし、オークランドで育ったのよ」ハーモニーは軽蔑の口調で言った。「こんな界隈なんて怖くないわ」

「お姉さんの身に何かが起きたのよ。電話しても出ない、鍵はここに残っている。前に何者かがここに侵入したのなら、これからもその危険があるのよ。わたしと一緒に戻りたいのなら、喜んで連れてってあげるけど、ここで寝るつもりだったら、くれぐれも注意して。わかった？」

「うん、わかった。クラリスも言いそうだわ。〝くれぐれも注意して〟って。ヴィクおばさんの力でリノを見つけられそう？」ハーモニーは最後のほうで涙声になった。

「わからない。がんばってみるけど、あちこち調べてまわらなきゃいけない。明日、〈レストEZ〉へ様子を探りに行って、社の人たちがどう言ってたか、あなたに報告するわね。親しい同僚とか上司の話をリノから聞いたことはない？」

「昇進したあと、新しいボスのことは好きだったみたい。名前は〝リュート〟とか、そんなような感じだった」

「オーケイ。ミズ・リュートを捜してみる。わたしの電話番号も、ミスタ・コントレーラスの電話番号も知ってるわね？　必要なときは電話して」

5　チーム・プレイヤー

ミッチとわたしはユーティリティルームのエレベーターで地下に下りた。洗濯機の音のするほうへ行くと、ランドリー室があった。洗濯物をたたんでいた中年女性が犬に気づいて悲鳴を上げた。

「あんた、誰？　なんの用？」

わたしはミッチのリードを持ちあげて、ちゃんとつないであることを女性に示した。

「管理人室はどこかしら」

「ヴァーンは住込みじゃないわ。九時から五時までの勤務よ」

「なるほど。それでも管理人室を見つけたいの。わたしの持ちものを誰かが管理人に渡したから。管理人が預かってくれてるはずなの」

女性はわたしと犬をしばらく見つめ、それから肩をすくめた——この女、泥棒かもしれないけど、関わりあいになるのはごめんだわ。「廊下の先よ。ボイラー室の向かい側」

わたしは廊下の照明のスイッチを入れた。低く垂れ下がった何個かの電球がワイヤの先端で揺れている。管理人室のドアは施錠されていたが、たいした錠ではなかった。廊下の向こうへ視線を戻した。洗濯に来ていた女性は、こちらにはなんの興味もなさそうだ。わたしはラミネート加工された硬い探偵許可証をとりだした。錠の縁とドアの脇柱のあいだに差しこんでノブを軽く揺らしただけで、部屋に入ることができた。

ふかふかのイージーチェアがあった。ヴァーンが仕事に疲れたときにここで休憩するのだろう。クッションがひどくへこんでいる——管理人の仕事は重労働に違いない。

椅子と向かいあう形で二十四インチの薄型テレビが置いてあった。椅子の横の床には雑誌の山。船と釣り関係の雑誌が何冊か、スタンダード・ポルノのコレクション。小型冷蔵庫にはサラミとビール七本。流し台にはマスタードがこびりついた皿。リノに掃除のやり方を教わればよかったのに。

部屋の奥に作業テーブルがあった。工具類だけは丁寧に扱っているようだ。やすり、ねじまわし、電気器具の付属品などがすべて引出しに並べられ、字を書き慣れていない人物の丸っこい下手な文字の並んだラベルが貼ってあった。向かい側の壁には応急修理用の配管材料。のこぎり。

わたしは工具類には手を触れずに、血液か毛髪の痕跡はないかと目を凝らした。すべてのボックスと棚の奥をのぞきこんだ。女性がここに連れこまれて暴行されたことを示すものは何も見当たらなかった。安心材料と言っていいだろう。

ボイラー室の向こうには小さな部屋とゴミ容器がごたごた並んでいたが、いちいち調べていたら徹夜になりそうだ。すでに午前零時を過ぎているし、わたしが昨日ベッドに入ったのは午前五時を過ぎてからだった。

ミスタ・コントレーラスが寝ずに待っていてくれた。ハーモニーの話をくりかえさなくてはならないのでうんざりしたが、老人の心遣いはありがたかった。ハーモニーの力になることを約束した。もっとも、わたしの頭の上でこんな文字が点滅しているような気がしてきたが……。〝厄介な身内はこちらでひきうけます。骨折り仕事オーケイ。無料〟

ようやく自分の部屋に戻ってニュースを見た。森で発見された遺体に関するニュースをやっていないかと思って。監察医による顔面修復はまだ終わっておらず、メディアに出せるレベルではないようだ。ベッドに入る前にフェリックスに電話してみたが、ロティと同じく、なんの成果もなかった。

フェリックスに携帯メールを送って、心配をかけないようロティに連絡を入れてほしいと頼み、それから電話の電源を切って、今度こそ心正しき者の眠りをむさぼることができた。翌朝は自分用のエクササイズの時間をとり、犬を連れてランニングに出かけ、自分のテーブルでまともな朝食をとった。ダウンタウンに着いたのは、最初のミーティングに悠々と間に合う時刻だった。

ダロウ・グレアムのおかげで請求書の支払いができることには、もちろん大いに感謝しているが、わたしが探偵仕事を続けていけるのは小さな仕事をまわしてくれる人々のおかげだ。顧客候補の調査を依頼してきた企業の共同経営者二人がわたしの仕事ぶりに大いに満足して、ランチに誘ってくれた。わたしは泣く泣く辞退した——二人ともウィットに富んでいて、おいしいものが大好きな女性なのに。

〈ポタワトミ・クラブ〉でカワカマスのクネルを食べるかわりに、混雑したコーヒーバーのカウンターでチーズサンドイッチをかじり、依頼人の問い合わせへの返信を打ち終えた。二杯目のコルタードを飲みながら、シール姉妹について検索した。相手を信用することは大事だが、けっして油断してはならない。彼女が間違いなくハーモニー・シールであることを確認したかった。姉がらみの金融詐欺にわたしをひきずりこむ気ではないことを確認したかった。

クラリスとヘン（ヘンリー）・ユーを検索して見つけだし、二人がハーモニーとリノを本当に養女にしたことと、ヘンリーが五年前に亡くなったことと、わずかな遺産はクラリス・ユーの介護のためだけに使われたことを再確認するのに、二時間近くかかった。税金関係や遺言検認関係の書類を調べてみても、姉妹が愛しあっているのか、憎みあっているのかはわからないが、相手を訴えるようなことはおたがいにしていないし、二人の預金残高はどちらもたいした額ではなかった。

姉妹の父親のことは、少なくともわたしが調べたかぎりでは、二人に関するデータのどこにも出ていなかった。フルトン・シールはレーダーに映らないところにいるらしく、どこにも痕跡が見受けられない。五十州のどこを調べても彼の死亡証明書は出ていないが、身元不明者として死んだのかもしれないし、ベイブリッジの下の段ボールハウスで暮らしているのかもしれない。

〝すべきことリスト〟に目を通した。弁護士にフェリックスの窮状を訴えるつもりだったが、まだ電話していない。電話よりメールのほうが節約になる――フリーマン・カーターに電話をかけると、通話時間がいくら短くても、わたしの未払残高に自動的に百二十ドルが加わる。通話が十分を超えたら、額はさらに増える。〝おたくの事務所の移民問題専門の弁護士さんが彼と話をしてくれるかどうか、教えてちょうだい。だめなら、ほかに何人か紹介してもらえない？〟というメールを送信した。

次は〈レストＥＺ〉にタックルする時間だ。〈レストＥＺ〉の本社はわたしがランチをとっている場所から一マイルも離れていない。歩いたほうが健康によさそうだ。シカゴ川にかかる橋を渡ると、冷たい風がコートを切り裂いた。耳元まで襟を立て、コートの奥でできるだけ身を縮めた。それでもやはり惨めな気分だった。

〈レストＥＺ〉の本社はユニオン駅の西側にあるゴミだらけの通りにあった。退屈そうな顔をしたロビーの警備員の案内に従って七階に上がると、ロックされたドアがあり、頭上には防犯カメラがあった。ドアの左側の格子窓に向かって用件を述べるよう、姿なき人の声に指示された。

「人事部の方に会わせてください」わたしは言った。「わたしは探偵で、こちらの社員の一人を捜しています。行方がわからないんです」

わたしたちは格子窓越しにやりとりを重ねた。ついに、向こうがしぶしぶといった感じで、エレベーターで九階へ行くように言った。そこで誰かが迎えてくれるという。

九階も七階と同じく、エレベーター・ホールには誰もいなかった。ホールの両側の廊下を歩いてみたが、目に入るのはなんの表示もないロックされたいくつものドアだけだった。〈レストＥＺ〉の経営陣があの四百パーセントの年利を何に注ぎこんでいるかは知らないが、社内のオフィスでないことだけはたしかだ。廊下に敷き詰められたグレイグリーンのカーペットはドアの前の部分がすりきれている。ＳＦ映画のなかに入りこんだような気がした。宇宙船の乗組員がすべて死に絶え、わたしはエイリアンの餌食(えじき)にされずにコントロール・デッキまで行く方法を見つけようとしている。

エレベーターのところに戻り、発声練習を始めた。歌っていれば、無人の空間の息苦しさが多少ましになるような気がするし、歌声を聞いて、わたしを監視している人物が何か行動を起こすかもしれないと思ったからだ。案の定、イーと言いながら音階練習を三回くりかえしただけで、左側の廊下からずんぐりした女性がやってきた。型崩れしたベージュのセーターにてかてかの黒いパンツ。金のチェーンに通した十字架が、首から下がった社員証の陰に部分的に隠れている。

「行方がわからないというのは誰のこと?」サウス・サイド特有の鼻にかかった口調で、女性は言った。

「誰とは言ってないけど、リノ・シールのことよ。姿を消してしまい、家族が心配しているので、わたしが同僚の人々に話を聞いて、みなさんが最後に彼女の姿を見たのはいつだったかを調べることにしたんです」

「身分証か何かお持ち?」

わたしはイリノイ州弁護士会の会員証と探偵許可証を見せた。

「ふうん。牧師の身分証と同じで、ネットで買えそうなやつね」

「正式な資格を持った探偵のもとで三年間実習を積んで、ようやく取得できるのよ」わたしは言った。「どこか場所を見つけて腰を下ろし、ミズ・シールに関するお話を伺いましょう」

「話をしに来たのはそっちでしょ」女性は言った。

「たしかにそうね。お名前は？　人事部の部長さん？」

女性はしぶしぶ、人事部のオードリー・ヨンカーズだと答えた。人事部長でもチーム・リーダーでもないことを認めるのは抵抗があるようだったが、ようやく、人事部の受付係だと言った。

オードリーはわたしの先に立って、照明の薄暗い陰気な廊下を歩いていった。社員証をスワイプさせてドアをあけたが、ドアの向こうのスペースもさほど陽気な雰囲気ではなかった。

ドアを一歩入ったところにオードリーのデスクがあった。色は暗いグレイで、パソコンと、萎(しお)れた植物と、キャンディのボウルがのっていた。デスクの前の硬い椅子にすわるよう、わたしに身ぶりで示し、彼女自身はメタルメッシュのデスクチェアにどさっとすわった。

オードリーのデスクと向かいあってブースが三つ並び、ふたつには白人女性、もうひとつには三十歳ぐらいのアフリカ系アメリカ人男性の姿があり、全員、パソコンに向かって仕事をしていた。その三人が仕事の手を止めてわたしを見つめた――探偵が社内に入ってきただけよ。人事部が回避しなきゃならない問題を抱えてやってきた社員ではないのよ。

ブースの向こうにオフィスがあり、ドアがあいていて、人事部長がすわっていた。ほかの者より若い女性だった。肩の長さの金髪、丹念な化粧。電話中だった。ブースの面々と同じく、押しかけてきたわたしに注目し、わたしを見つめ、一人で何回かうなずいた。わたしの何かが彼女の予想を裏づけたかのように――中年の私立探偵。何も恐れることはない。

「リノ・シール」わたしはもう一度言った。「彼女がどの支店の勤務だったか教えてほしいの。先週、出勤してたかどうかも知りたいわ」

オードリーは名前の綴りを確認してから手早くパソコンに打ちこんだ。「あ、これね。入社したのは去年の夏よ。トレーニングをすませて、四――い、いえ、最初の配属先の勤務成績がよかったから、九月にもっと荒っぽい地区の支店へ異動になった。そこでもトップの成績だった。サン・マチュー島旅行の参加者の一人として、会社がリノ・シールを選んだ」オードリーの顔に羨望のしわが刻まれた。「彼女が姿を消したっていうの？　だから、〝解雇の可能性あり〟となってるのね――無断欠勤が二日続くと解雇が検討され、四日続くと解雇が決定するの。ひょっとすると、サン・マチュー島で恋に落ちて、向こうに戻ったのかも」オードリーは冷笑を浮かべてつけくわえた。

「世間によくある話よね」わたしは礼儀正しく同意した。「上司に目をかけられてたそうだけど。ミズ・リュートって人だったかしら」

オードリーはパソコンの画面を見つめた。「リュートじゃなくて――」

「オードリー、勤務中にどうして音楽の話なんかしてるの？」人事部長が電話を終え、ほっそりしたヒップを覆うジャケットのしわを伸ばしながら、こちらにやってきた。

「V・I・ウォーショースキーといいます」わたしは立ちあがった。「で、あなたは？」

「イライザ・トロッセ。わが社のチーム・メンバーの一人についてお尋ねの理由は？」

チーム・メンバー。いまの時代、わたしたちはみな、社員ではなくチーム・メンバーなのだ。多国籍企業というチームのメンバーになれば、低い賃金もお粗末な福利厚生も大目に見ることができるかのように。

「リノ・シールが姿を消してしまったんです」わたしは言った。「どうしても上司と話をしなくては。ここにいるミズ・ヨンカーズはすばらしく協力的なチーム・プレイヤーで、リノ・シールのいちばん新しい上司に紹介してもらえるところまで話がいっていました。その上司の名前はリュートじゃないそうよ。会社のほうでは、ミズ・シールを解雇するつもりだったようね――いまのところはまだチーム・メンバーなのかしら」

「社内の雇用問題について論じるのは会社の方針に反することです。わが社の顧客はわたしたちを信頼して個人的な財政記録を見せてくれています。通りからふらっと入ってきた人が社のスタッフと勝手に話をするのを、黙認するわけにはいきません」

「ミズ・トロッセ、誓って申しあげますけど、誰か特定の顧客について尋ねるつもりも、どうしておたくの会社でお金を借りたのか、返済のためにあくせく働く日々といつか縁が切れるだろうかと案じている顧客がいるかどうかといったことを尋ねるつもりはありません。サン・マチュー島から戻ってきたミズ・シールが何に悩んでいたのかを突き止めようとしているだけです。同僚か上司に彼女が何か話してるかもしれないし」

トロッセは値踏みするかのように冷たい目でわたしを見た。「電話番号を教えてくだされば、リノがいた支店のほうへ連絡をとって、そちらの誰かにリノが打ち明け話をしなかったかどうかを調べ、あなたにお知らせします。オードリー、一月の報告書がまだそろってないわよ。入力は終わったの？」

「あと少しです、イライザ」オードリーの頰に血の色がのぼった。これまで見ていたリノの雇用記録の画面を閉じてスプレッドシートを開いた。

「エレベーターのところまでお送りするわ」トロッセがわたしに言った。

6　いたずら電話？

わたしの事務所が入っている倉庫を一緒に借りている友人、テッサ・レナルズは有名な彫刻家だ。この冬はアルゼンチンに出かけて、大がかりなインスタレーションを制作している。四十年前の独裁時代に行方知れずとなった子供たちの捜索を求めつづけてきた〝五月広場の母たち〟を記念する作品だ。出かける前に、彼女が使っている部分の暖房装置を切っていったため、建物全体が冷え冷えとしていた。わたしは自分が使っている部分の照明をすべてつけ、小型ヒーターのスイッチを入れて、天井までの高さが十四フィートあって壁はシンダーブロックという室内に、陽気な客間の幻想を生みだそうとした。

母の形見であるウフィツィ美術館の銅版画が、イタリア人画家アントネッラ・マゾンの巨大なアクリル画と向かいあっている。マゾンの作品は数年前のイタリア旅行のときに買ったものだ。冷えた両手でジンジャーティーのカップを持ち、しばらく椅子にすわったまま、ここはウンブリア州の太陽に照らされたピティリアーノの広場だと思いこもうとした。

でも、空想は苦手だ。ジンジャーティーを置き、〈レストEZ〉がシカゴ大都市圏で展開している支店の地図をパソコン画面に呼びだした。

人事部の女性が口にしかけた言葉からすると、リノが配属されたのは〝四〟がつく支店のようだ。四十丁目から四十九丁目のあいだに〈レストEZ〉の支店は七店舗あり、ウォバッシュ・アヴェニューとハーレム・アヴェニューのあいだに散らばっている。さらに、十四丁目とカルフォルニア・アヴェニューの角にも支店がある。

それらの支店に次々と電話をかけて、リノ・シールにかかわってほしいと頼んだ。何か質問されたときのために作り話を用意しておいたが、理由も問わずにべらべらしゃべる人間は驚くほど多いものだ。四十三丁目とアバディーン・アヴェニューの角にある三番目の支店で電話に出た女性が、リノなら何カ月も前にほかの支店へ移ったと言った。

「移った先はウェスト・サイドだったと思いますけど、かなり前のことです。噂では、カリブ海の盛大なガラパーティに出ることになったとか。ほっそりした金髪の子って得ですね。何か問題でも起きたのかしら。ひどい目にあったとか？」その女性は、ほっそりした金髪の子はひどい目にあって当然だと思いたがっている様子だった。

「リノ・シールがそちらの支店にいたとき、トラブルに巻きこまれそうなタイプに見えました？」

「あの子、いつも、自分には秘密があるけど人に明かす気はないって顔してたわね。自分のほうが上等だとか、頭がいいっていうか、そういう態度だったわ」わが情報提供者はぼやいた。「それと、あの言葉遣い──西のどこかからシカゴに来たって話だったけど、支店で迷惑な客を相手にするときなんか、ウェスト・マディスン通りで育ったみたいな口調なの」

リノとハーモニーはたぶん、オークランドの高架下で荒っぽいしゃべり方を身につけたのだろう。ドラッグ取引を目の当たりにし、彼女たち自身が凌辱(りょうじょく)された。そんな過去があれば、心身だけでなく、言葉遣いにも大きな影響が出るものだ。

リノが客に嘘をついたり、金をくすねたりしたことはないかと探ってみた。とくに苦情が来たことはなかったそうだ。

「おしゃれな服と可愛い顔で、虫も殺さないような顔をしてたけど、すぐカッとなる子だったわ」

「リノが誰かをひっぱたくのを見たことはありません？」

「ないわね。でも、あの顔でにらまれると、大の男でもすごすごひきさがったものだったわ。だから本社が大喜びして、売上高が多くてトラブルがよく起きる支店のひとつへ異動させたんじゃないかしら」

「誰かにストーカーされて騒ぎになったというようなことは？」

「わたしが知るわけないでしょ」女性はぷりぷりしながら答えた。「あれだけの美人だったら、男どもを杖で撃退してきたに決まってるわ。それに、あの子、トラブルに巻きこまれるのを防ぐために、特大の杖を持ってるって感じだったし」

電話を切る前に、〝リュート〟に似た名字の社員を誰か知らないかと女性に訊いてみた。知らないと言われても驚きはしなかった。〈レストEZ〉の社員は六つの州で五百人以上にのぼる。

通話を終えたとき、外はすでに暗くなっていた。ジンジャーティーは冷めてしまったが、とにかく飲んだ。胃か、脳か、足の巻き爪にいいそうだ。一日の疲れがどっと出たが、ウェスト・サイドの各支店に電話をかけることにした。

ふたつめの支店で、女性がクスッと笑った。「ドナ・リュータスのこと？　ここの支店長です。どなたからの電話だと伝えればいいでしょう？」

電話口で待たされた。五分近く待ったころ、喫煙でしわがれたと思われる深みのある声をした女性が電話に出て、ドナ・リュータスと名乗った。

わたしはリノ・シールのおばだと自己紹介をしたが、それ以上何を言う暇もないうちに、リュータスにさえぎられた。「リノがどこにいるかご存じなの？　明日も欠勤だったら、解雇手続きを始めることになるんですけど」

「営業成績は優秀だったんじゃありません？」

「ええ。でも、社の方針は方針だから。四日も無断欠勤なの。よほどちゃんとした理由がないかぎり、もうおしまいだわ」

「リノが行方不明なんです。職場のどなたかが行き先をご存じかもしれないと期待してたんですが。例えば、研修か何かでこの街を留守にしているとか」

「社のほうにはひとことも連絡が入ってないわ。最優秀の社員ではあるけど、会社のオーナーみたいな顔でふらふら出歩かれちゃ、たまったもんじゃないわね」

「最後にリノに会われたのはいつでした？」

「月曜日よ。一日の業務が終わったときに。今日で欠勤三日目。金曜日が四日目なの。週明けまではなんとかして庇うつもりだけど、月曜も欠勤だと、もうおしまいね」

「お話しできないでしょうか？　じかにお会いして。リノに関して矛盾する話をあれこれ聞かされました。優秀な社員だから、ご褒美にカリブ海旅行に行けたのだという人もいます。リノが美貌を武器にしたと思っている人もいます。また、旅行から戻って以来、何かで悩んでいたようだという話も聞いています。リノはあなたを信頼していました。捜索の手がかりになりそうなことを、リノが何か口にしていればいいんですけど」

リュータスはこの質問を奇妙だとは思っていない様子だった。親戚のおばさんからの質問だもの。「美貌を武器に？　誰がそんなことを？　もしリリー・ガートンだったら、今後十年間、スティックニーの倉庫で書類のホッチキス止めをさせてやる。あの女ときたら、リノはＩＳＩＳの自爆テロリストより大きな脅威だと言わんばかりの態度なの。リノは入社して一年にもならないのに、このオースティン支店でトップの成績をあげる社員の一人になったんです。嫉妬する者もいました。それにもちろん、うっとりするような美女ですもの」

「だから、じかにお目にかかりたいんです、ミズ・リュータス。ここ一カ月のあいだ、何がリノを悩ませていたかを知りたくて」

「今日は無理だわ。あと四十分で閉店だし、そのあと報告書を書かなきゃいけないの。でも、明日は八時開店だから、八時半ぐらいに来てちょうだい。一日の営業の準備ができたあとで。知るかぎりのことはお話しするけど、たいして多くないのよ」

電話を切ってから、ハーモニーにかけた。

「リノを見つけるために、どんなことをしてくれてるの？」ハーモニーが訊いた。

「リノの仕事仲間に話を聞いてまわってるところよ。ほかに何かいい案はない？　教会に通うとか、歌うとか、仕事以外の時間に何かやってなかった？」

「ううん、なんにも」ハーモニーは言った。「あたしたち、教会に通ったことはないし。リノはスキューバダイビングが大好きだったけど、ここじゃ、やれる場所もないでしょ？……リノの行方がわからないのにポートランドに帰るのはすごくいやだけど、あたしには何もできない。それに、リノがいないと寂しくって」

「あなたがシカゴにいても、できることはたいしてなさそうね。でも、まだ帰る気になれないんだったら、ミスタ・コントレーラスのところでも、わたしのところでも、遠慮なく泊まっていいのよ」

ハーモニーの声が明るくなった。ゆっくり考えて明日の朝連絡する、と言った。わたしは事務所の戸締りをすませてから車で帰宅した。犬二匹を近くの公園へ連れていってテニスボールを追いかけさせ、そのあと、深皿によそったスープをお供にテレビの前でくつろいだ。

九時、〈グローバル・エンターテインメント〉の〈夜のニュース・アップデート〉を見た。かつて《ヘラルド＝スター》紙で犯罪と腐敗を取材していたマリ・ライアスンが画面に登場し、わたしがキャップ・サウアーズ・ホールディングで目にした男性の遺体の件をリポートしていた。

〈グローバル〉が《ヘラルド＝スター》を買収したとき、マリは窓ぎわへ追いやられた。

シカゴの有名人を紹介する日曜のケーブルテレビ番組の司会をやっているが、報道関係のレギュラー番組は持っていない。今夜のリポートでは、謎の男のことを派手にとりあげ、男が撲殺されたことを芝居がかった言葉で詳細に述べていた。犯行現場と、遺体が隠されていた倒木の写真も紹介された。

「亡くなった男性はここに倒れていました。パロス・ヒル高校の生徒たちの勇敢な行動がなかったら、遺体はここで朽ち果てていたでしょう」

マリは遺体を見つけた少年たちの一人のインタビューに成功していた。歯に隙間のある子で、こんないい子タイプの少年が森でマリワナを吸ったり酔っぱらったりするなんて想像できない感じだった。背後に両親が立っていた。母親の手の動きからすると、息子を絞め殺してやりたいと思っているようだ。

思わずマリに携帯からメールした。〝未成年者のマリワナ&アルコール消費に関するすばらしいリポートね。ビーバーみたいな男の子を出してくるなんて最高〟

テレビの画面では、マリがついに、監察医の手で復元された顔を紹介していた。できあがった顔はどう見ても、生命が宿っている感じではなかったが、少なくとも両方の眼窩に目が入っていた。髪は豊かで、軽く波打ち、分け目はかなり右寄りで、頭蓋骨の脇に来ているように見える。

〈グローバル〉はこの顔に見覚えのある視聴者からの電話を期待して、社の電話番号と監察医の電話番号を画面に出していた。テレビを切ろうとしたとき、わたし自身の顔が出てきて、腰を抜かすほど驚いた。

「キャップ・サウアーズ・ホールディングの現場には、シカゴの優秀な私立探偵、V・I・ウォーショースキーさんも来ていました。企業関係の詐欺事件を専門とする探偵なので、亡くなった男性は重大な金融犯罪に関わっていたと推測するしかないでしょう。ひきつづき取材を進めていきますので、チャンネルはどうか〈グローバル〉のままで。〈グローバル〉はシカゴと世界のニュースをお届けします」

マリにもう一度メールを送った。今度はあまり軽薄な感じではないものを。〝話をする必要があるわ、ライアスン〟

マリがようやく電話してきたのは三十分もたってからだったが、それまでに十人以上から電話があった。マッギヴニー警部補もその一人で、殺された男と詐欺事件のことをなぜ黙っていたのかと言ってきた。マリのリポートからすれば、わたしとフェリックスが男の身元と殺された理由を知っていると思われても仕方がない。殺された男とは面識などなかったことをマッギヴニーに虚（むな）しく訴えるあいだに、マリへの怒りが募っていった。

「よく聞いて、マリ――ありとあらゆるテレビ局とラジオ局のリポーターがわたしに電話してきたし、クック郡の保安官事務所の警部補からも電話があったわ。あなた、さぞご機嫌でしょうね。六つの郡の誰もが〈グローバル〉を見てるってことだもの。近いうちに、レギュラー番組が持てるかもよ」

「どういうわけであの死体と関わることになったんだ?」

「どうしてオンエアの前に訊いてくれなかったの? あれじゃ、だまし討ちだわ。あの男のことなんてわたしは何も知らないのに、あなたのせいで、保安官事務所の警部補にうるさく質問されたのよ。ぜったい許さないからね」

マリは謝ろうともしなかった。「おれにこの仕事がまわってきたのが夜明けの五時だったんだぜ。ガキを見つけて、両親と話をして、取材クルーをキャップ・サウアーズへ行かせるだけで精一杯だったんだ。保安官事務所の話だと、きみが重要参考人の一人の代理人を務めてるってことだった。それに、きみのいるところ、ほぼいつも金融事件の臭跡ありってことは、きみ自身よく承知してるじゃないか」

「臭跡なんかどこにもないわよ」わたしはぴしっと言った。

「誰に頼まれて動いてるのか、教えてくれないかな」マリは猫なで声になった。「おれで力になれるかも」

「あら、妙ねえ」

「何が？」マリは熱っぽく訊いた。

「わたしの依頼人の名前を、あなたが保安官事務所から聞きだせなかったなんて。州内のあらゆる法執行機関にコネのある人だと思ってたけど」

「昔の話だ」マリはぼやいた。「第一線からはずれてた時期が長すぎた。おれのコネだった連中はリタイアしたり、クビになったりしてる」

「じつは極秘事項だから、ライアスン、あくまでもオフレコにしてほしいんだけど、わたし、金正恩とバスケットボール選手のデニス・ロッドマンのあいだにできた隠し子を保護してるの」

「ふざけんな、ウォーショースキー――」

「同じ言葉をお返しするわ、マリ」

　通話を終えたとたん、またしても電話が鳴りだした。別の記者からだった。電話をマナーモードにしてベッドに入った。二時少し前、蚊が耳に飛びこんできてビクッと目がさめた。掛け布団で頭を覆ったが、蚊の羽音は消えなかった。固定電話だ――ようやく気づいた。最近はほとんど鳴ることがないため、音を消しておくのを忘れていた。

　不機嫌な声で電話に出た。

「フィー・アイ・ワラシャワスキーさん？」

けっこう正解に近い。そうだと答えた。

「ニュースに出てた死んだ男。わたし、知ってる。知ってると思う。名前、エロレンゼ・フォーサーン」

あなた誰？　エロレンゼ・フォーサーンのスペルは？　そう質問する暇もないうちに、電話は切れてしまった。その番号にかけなおしたが、呼出音が二十回鳴っても応答はなかった。

7　旦那、十セント恵んでくれないかね？

頭がぼうっとしているのに、もう寝つけなかった。仕事の一日がまたしても近づきつつあることはわかっていたが。三十分後、眠りの専門家たちの助言に従うことにして、ベッドを出た。次に、彼らが禁じていることをした。ダイニングルームへ行き、ノートパソコンを開いた。

さっきの電話番号を調べてみると、北米に残された最後の公衆電話のひとつであることがわかった。ランドルフ・アヴェニューとステート通りの交差点にある高架鉄道の駅の電話だ。シカゴでいちばん混雑する交差点だから、電話の主を突き止めるのはまず無理だろう。

エロレンゼ・フォーサーン。どんなスペルか、いろいろ考えてみた。電話の主の発音は〝フォーサーン〟だったが、フェイスブックでついに、ロレンス・フォーサンなる人物が見つかった。エロレンゼ／ロレンス。口に出してみたところ、ふたつの名前が溶けあった。

最新の投稿は一年近く前のものだった。どこの生まれか、出身校はどこかを知るにも、プロフィール写真を見るにも、友達申請をする必要がある。彼の投稿は〝公開〟になっていた。死者への友達申請をフェイスブックはどう処理するのだろう？　ダメモトで申請をおこない、最新の投稿をいくつかスクロールしてみた。そのひとつに写真が出ていた。多数の男女が立ち並んでぎざぎざの半円形を作っている。

撮影された場所は、予算の乏しい公共の建物でよく見かける没個性的な部屋だった——蛍光灯、金属製の折りたたみ椅子、本と書類がぎっしり置かれたいくつもの丸テーブル。背後の壁にはテープで貼られた子供たちの絵。その横にアラビア語の文字が並んだポスターが何枚か。

どこかのコミュニティ・センターの部屋だ——どこだろう？　写真にはキャプションがついていないし、場所を示すヒントもない。どこであってもおかしくない。とくに、アラビア語圏のどこであっても。

ピントの合っていない写真だった。コントラストを鮮明にして、すべての男性の顔を拡大鏡でじっくり調べてみた。中東出身に見える者が七人、欧米人らしき者が三人。その一人がロティの甥(おい)ではないかと思って息を止めたが、顔を拡大したところ、グループのなかにフェリックス・ハーシェルはいなかった。

しかしながら、監察医の手で復元された顔は、カーキ色のすりきれたシャツを着た男性とよく似ていた。男性も女性も含めてほとんどの者が笑顔なのに、フォーサンらしきその男性は陰鬱と言ってもいい表情だ。両手をジーンズのポケットに突っこみ、カメラから視線をそらしている。

グループの女性は全部で六人。ほとんどが中東出身のようだ。二人はほっそりタイプで、長い髪を三つ編みにしている。どちらもフェリックスがあの日の深夜に抱きしめた相手ではなさそうだ。欧米人らしき若い女性も一人いる。浅黒い肌をした友人たちのなかに入ると、そばかすの散った顔と赤みがかったショートヘアがひどく目立つ。

ロレンス・フォーサンが投稿したテキストはひとつだけで、〝孤独な国でもっとも孤独を感じるのは誰だ？〟とあった。中東の国を訪れて孤独と疎外感に襲われたのか？　それとも、このアメリカで孤独を感じたのか？　自分のことを外国生まれの仲間以上に場違いな存在に感じたのか？

何も手がかりがつかめなかったら、アラビア関係の研究者を見つけて、写真の背景に出ている文字を読み解いてもらい、部屋の場所を突き止められないか頼んでみてもいい。いまはとりあえず、簡単に入手できるデータ集めに専念しよう。

フォーサンは固定電話も、追跡可能な携帯電話も持っていなかった。クレジットカードもなし。少なくとも、彼自身の名義のものは。

あきらめようかと思ったが、不正手段を使って自動車局のデータベースに入りこんだ。フォーサンは車の免許を持っていて、住所はニーナ・アヴェニューから脇へ入ったヒギンズ・アヴェニューになっていた。

自動車局の記録によると、フォーサンのファースト・ネームはロレンスではなくルロイだった。添えてある写真は、復元された顔やフェイスブックの写真とぴったり一致している。ひょっとすると、双子とか?

さきほどベッドに入る前にフェリックスにメールするつもりでいたのに、マリと衝突したせいで忘れてしまった。いまあらためて携帯からメールした。

〝ロティが心配してる。あなたが逮捕されたんじゃないか、怪我したんじゃないかって。金曜日の夕方までにあなたから連絡がなかったら、わたしから警察に相談して捜索願を出し、この界隈の病院をまわってみるつもりよ。このメールを受けとったら、フォーサンという名前の男を知ってるかどうか教えてちょうだい〟

〝送信〟をタップしてベッドに倒れこみ、二、三時間眠ったが、六時半にアラームに起こされた。またしても、駆けずりまわる一日の始まりだ。今日は〈レストEZ〉でリノの上司と八時半に会う約束になっている。

朝食を手にして車に乗りこみ、危なっかしいうえに不健康な食べ方をした。信号待ちのあいだに果物とヨーグルトをのみこみ、トーストのかけらにむせ、コーヒーをコートにこぼした。〈レストEZ〉の支店の向かい側にようやく車を止めたときは、レストランの大型ゴミ容器のなかで格闘したような姿になっていた。髪をとくのも、化粧するのも忘れていた。髪はとりあえずといたが、顔にメーク用品を塗りたくるのはやめて、服についた食べものの屑(くず)をできるかぎり払い落とすだけにしておいた。

少なくとも、この環境にしっくり溶けこめる姿になっていた。わたしがいまいるのはセントラル・アヴェニューでもとりわけ貧しい界隈で、板でふさいだ建物の前の歩道には〈マクドナルド〉の包み紙と割れたボトルが散乱している。〈レストEZ〉の支店は営業を続けている数少ない店舗のひとつだった。もちろん、酒店は別だ。建物の正面はちかちかするネオン広告に覆われ、ここにどんな業者が入っているかを宣伝していた。シカゴ市発行の自動車用ステッカー取扱店、オートローン、ペイデイローン、ウェスタン・ユニオン電信会社のオフィス、ATM。

中央のスクリーンには、打ちひしがれた惨めなカップルが映しだされていた。寝返りを打つばかりで眠りにつけないカップルの脳から、未払いの請求書リストの吹きだしが出ている。画面が変わると、カップルが〈レストEZ〉のドアから出てきて、やがて至福の笑みを浮かべて眠りにつく。〝お金の悩みで不眠症？〈レストEZ〉のお手軽ローンでゆっくり眠りましょう〟

広告のなかの〈レストEZ〉は清潔で、明るく照明され、金髪を高く結いあげた優雅な白人女性が客に魅力的な笑みを向けていた。オースティン支店では、大きなガラス窓はどれも汚れていた。薄くなった頭とセイウチのような口髭の男のあとについて支店に入ったときには、戸口で夜を過ごした人物が吐いた夕食の残骸をまたがなくてはならなかった。

〝金持ちはきみやぼくとは違う〟――フィッツジェラルドがヘミングウェイにそう言ったそうだが、貧しき者はさらに違う。病院でも、金融会社の支店でも、ロビーのプラスチックの椅子は傷だらけのリノリウムの床に固定され、天井の照明はぎらぎらとまぶしく、壁の上のほうにとりつけられたテレビは、朝のニュースを大音量で再放送する〈グローバル・エンターテインメント〉にチャンネルを合わせている。

左のほうを見ると、パソコンのモニターがカウンターにずらりと固定されていた。顧客はそこでじかにローンを申し込めるようになっている。〈レストEZ〉が追加情報を必要とする場合は、防弾ガラスの向こうの窓口係に呼ばれる順番を待つことになる。

使用されていないモニターでは、画面が次々と変わっていた。足を止めて見てみた。保険からペイデイローンまで〈レストEZ〉のさまざまなサービスを宣伝している。〝本日の推奨株〟というのが画面に出た。〈レストEZ〉の金融コンサルタントが勧める銘柄だ。今日のお勧めは〈グレイシャー・トローヴ〉（GTR・PK）となっていた。〝先週、株価が三セントだったときは、誰もこの会社のことを知りませんでした。来週になれば、全世界が知るでしょう。今日のうちに株を購入し、一夜で借金を帳消しにしましょう。融資申込書の記入を終えたら、〈レストEZ〉の金融アドバイザーにご相談ください〟

モニターの列のとなりには、イリノイ州の宝くじの自動販売機が二台。いい組みあわせだ。ボロ株か宝くじで顧客にギャンブルをさせようというのだ。支店長室とおぼしきドアのほうへ行こうとすると、武装した警備員が立ちはだかり、なんの用かと訊いてきた。わたしはドナ・リュータスのアポイントをとっていることを説明し、警備員に名刺を渡した。

椅子にすわるよう警備員に命じられた。「あのドアには近づかないように。わかったな？」

わかりました。警備員はしばらくわたしをにらみつけたが、やがて、ドアの横のパッドにコードナンバーを打ちこんだ。部屋に入る前にふりむき、わたしが彼に飛びかかって強引に通り抜ける気でいるのではないことを確認した。

このひと幕でひとつだけよかったのは、ロビーにいるほかの人々に娯楽を提供できたことだった。書類の記入や融資の返済をしているすべての人と同じく、警備員も黒人だ。白人女が檻から逃げだした野生動物みたいに扱われる光景が、憂鬱な一日にささやかな喜びをもたらしてくれた。わたしは人々に軽くお辞儀をしてから、昨日の《サン＝タイムズ》を手にとった。

待ち時間が二分から十七分に延びたころ、ようやく警備員が戻ってきた。「ミズ・リュータスからの伝言で、迷惑をかけて申しわけないが、あんたと話はできないってことだ」

「待ちますけど」わたしの次のアポイントはループで十時半。オースティン支店で一時間ほど無駄にしても大丈夫だ。

「待ってもだめだ。話をする気はないそうだ。あんた、リノ・シールのおばさんだと言ったのに、違うじゃないか」

わたしは自分の目がぎらつくのを感じた。〈スター・ウォーズ〉に登場する宇宙要塞デス・スターの目――以前、わたしが恋人の前でカッとなったとき、彼にそう言われた。

「わたしはリノ・シールのおばよ。そして、ハーモニー・シールのおばでもあるの。その関係を消し去ることは、あなたにもミズ・リュータスにもできないわ」

警備員はわたしをにらんだ。「あんた、探偵なんだろ？」

「食べるために働くおばさんはたくさんいるわ。姪や甥との血縁関係がそれで消えるわけじゃないでしょ」

わたしの苦境を楽しんでいた聴衆が、今度はわたしの味方についた。「どういうことよ？　仕事を持つ女は親戚の子のおばさんになれないっての？」一人の女性が言った。薄くなった頭とセイウチのような口髭の男が言い添えた。「ここの連中はおれたちからなんでもかんでも奪おうとする。今度はおれたちの子供まで奪う気か？」

警備員は風向きの変化を察した。「奥へ案内する。ミズ・リュータスからじかに聞いてくれ」

あとについていくと、警備員はふたたびコードナンバーを打ちこんだ。611785。わたしはてのひらにメモした。いつなんどき必要になるかわからない。

短い廊下に面して並んだブースでは、パソコンを相手にするよりも個人的な相談を必要とする客たちが〈レストEZ〉のスタッフと向かいあっていた。スタッフのネームプレートには〝金融カウンセラー〟と書いてある。右端の無人のブースに、いまもリノ・シールの名前がついていた。

ドナ・リュータスはドアがある本格的なオフィスを使っていたが、どうすればそのドアを閉められるのか、わたしにはわからなかった。なにしろ、山のような書類をのせた椅子がドアに押しつけてある。壁の防犯モニターに、表側のロビーの各部分の映像が次々と映しだされていた。

ドアの前まで行くと、リュータスはパソコンのキーを打っている最中だった。黒っぽい豊かな髪がカーテンのように垂れて、広い世界から彼女を守っていた。

警備員が咳払いをした。「ドナ、この人とじかに話をしてくれ」

リュータスは目にかかった髪を払いのけたが、視線はパソコンに据えたままだった。

「ジェリー、ここには連れてこないでって、さっき言ったはずよ——」

「この人はあなたのメッセージを伝えただけよ、ミズ・リュータス。わたしはV・I・ウォーショースキー、リノ・シールのおばであることを証明するためにどんな書類が必要なのか、教えていただきたいわ」わたしはジェリーの横を通り抜けて、彼女のデスクの前の小さなスペースに入りこんだ。

驚いたミズ・リュータスが思わず言った。「出てって。話はできません」

「リノ・シールに関する話もだめなの？　仕事熱心であっというまに昇進したのに？　月曜日から行方不明だというのに？」

「ゆうべは、リノのおばさんからの電話だと思ったの。でも、あなた、本当は探偵だそうね」

「探偵というのは本当よ。リノのおばというのも本当だし。どこかの物理学者が書いてたわ——ふたつの物体が同じスペースに同時に存在することは可能だって。いや、不可能だと書いていたかしら。でも、わたしにとっては可能だし、現にそうしてるわ。リノの妹がこの街に来ているの。リノがサン・マチュー島から帰って以来、何か悩みを抱えてる様子だったから、飛んできたんですって。リノが何を悩んでたのか、何かヒントになりそうなことを本人から聞いてません？　どんなことでもいいから」

リュータスは首を横にふった。「社員について部外者に話をするのは、社の方針に反することです。たとえその部外者が親戚だと言いはっても」

「あら、ゆうべはその方針をご存じなかったの？」

「さっき知ったところよ」リュータスはつぶやいた。

「なるほど！」不意にひらめいたことがあって、わたしは手を叩いた。「ダウンタウンの本社のイライザ・トロッセから電話があったのね。すでにアポイント済みだってことを、あなたからイライザに言ってくれた？」

リュータスの視線がわたしを素通りして、ドアのあたりをうろついているジェリーに向いた。

わたしはドアを支えている椅子から書類をどけて、そこに腰をおろした。「妹の話だと、リノはあなたを信頼してたそうよ。何を悩んでたかを知る手がかりになりそうなことを、リノが何か口にしなかったかしら」

わたしが書類を床に置いたとき、リュータスは眉をひそめたが、文句は言わなかった。

「とくにこれといって気づいたことはないわ。リノは模範的な社員よ。というか、これまではそうだった。リノを失うのは痛手だわ。ここで働いてるほかの女たちみたいに、亭主にぶたれたり、亭主がほかの誰かと寝たりするたびにぐちぐち言うようなタイプじゃないから。リゾート地で誰かに出会って、相手の男より彼女のほうが夢中になったんじゃないの？　よくあることでしょ。リノみたいな子の場合はとくに」

「どういう意味？」

「誰にでもいいから、リノのことを訊いてごらんなさい。みんな、真っ先に〝すごい美人〟って言うわ。そうでしょ、ジェリー？」

警備員は唇をきつく結んだ。リノに色目を使って撃退されたことがあるのかもしれない。

「でも、リノは氷の衣装の下に不安定な心を隠してるタイプね。誰かにその氷を融かされたら、溺れてしまうかもしれない」

詩的なイメージに満ちた洞察だ。もしかして、それが真実？　リノはそれを妹に隠していたの？　人間関係を片側からしかとらえられないのはハンディだ。たった一歳しか違わなくても、リノは姉だ。自分の弱さをハーモニーには見せたくないのかもしれない。

「リノを悩ませるようなことは会社では何も起きていない。そう思っていいわけね？」

「妙なことを言うのね。おばさんだか、探偵さんだか知らないけど」毒を含む言葉だったが、リュータスの口調は確信に欠けていた。

「サン・マチュー島旅行のことをもう少し話して。会社の研修会だったの？」

リュータスは指輪をいじった。「〈レストEZ〉は研修会なんか開かないわ。とにかく、サン・マチュー島のようなところではね。年に一度、支店長たちが日帰りでダウンタウンに集められて、さまざまな問題と戦略を議論することはあるけど、リゾート地行きの飛行機に乗せてくれるなんてありえない」

「じゃ、どういう旅行だったの？」

「わたしたちが聞いた話では、大株主たちの集まりがあるので、〈レストEZ〉の社員のなかから、大株主のご機嫌とりができる者が選ばれたそうよ」リュータスはキーボードに向かってつぶやいていた。言葉を聞きとるのがひと苦労だった。

「リノはそういうのが得意だったわけ？」

「美人だもの」リュータスがいきなり言った。「すごく洗練されたタイプだとは思えないけど、パーティに美女が必要なときは――」そこで黙りこんだ。

「あなた、そのことを知っててリノを選んだの？」

厚化粧をしたリュータスの頬が赤くなった。「わたしが選んだんじゃないわよ。本社のほうから特別にご指名だったの。みんなのやっかみがひどかった」

「あなたも？」

「二月のカリブ海？」リュータスは嘲笑を浮かべた。「シカゴでお尻を凍えさせてるほうがいいに決まってるでしょ」

「旅行に行くのをリノはどう思ってたの？」

リュータスはいったん沈黙した。「不安だったんじゃないかしら。でも、シカゴの年間最優秀新人賞の褒美だと思ってほしいって言われたみたい。とにかく、リノが断われば、本社のご機嫌を損じることになるわけだし」

「解雇されるとか？」

今度はさらに長い沈黙。リュータスはついに黙りこんだ。

「わたしがリノのことを質問すると、会社の人たちがいい顔をしなかったのも無理ないわね」わたしは言った。

「あんたの質問にみんながいい顔しなかったのは、社のチームのことを部外者に話すのが社の方針に反するからだよ」わたしの背後でジェリーが言った。偉そうな大声だった。

「あんたはうちの社員じゃない。仕事の邪魔だ。そろそろ帰ってくれ」

ジェリーはわたしの脇の下に肉付きのいい手を差しこみ、強引に立ちあがらせた。わたしがその気になれば、かがんで身をひねることも、膝頭を蹴りつけることもできただろうが、それがなんになるというのだ？　結局、同じ場所に戻るだけのこと。セントラル・アヴェニューの歩道に。入るときはどうにかよけた嘔吐物を、今度は踏みつけてしまうかもしれない。

8　最高の入居者

リノのアパートメントは市内に戻るルートの途中にあった。サクラメントでアイゼンハワー高速から下り、フェアフィールド・アヴェニューへ車を向けた。リノが住むあたりは、湖のなかでふたつの潮流がぶつかりあう場所に似ていた——ベビーカーを押しながら衣類の入ったカートをひきずってコインランドリーへ向から、古くからのヒスパニック系の住人と、フレンチブルドッグを連れて出かけるおしゃれな若い人々。

リノの部屋の呼鈴を押したが、応答はなかった。ハーモニーに携帯メールを送った。シカゴのノース・サイドにある園芸店を見に行くことにしたという返事があった。少なくとも、姉のアパートメントでずっと落ちこんでいるわけではなさそうだ。

ビルの管理人、ヴァーン・ウルファーマンの呼鈴を押した。二、三分待ってから、もう一度押してみた。一回目よりも長く。鉄格子の向こうから野太いかすれた声が響き、宅配物なら入口に置いていくようにと言った。

「わたし、探偵（ディテクティブ）なの」わたしはどなりかえした。

「待ってくれ。ちょっと待って」

さらに二、三分が過ぎ、やがて、ウルファーマンが姿を見せた。色褪（あ）せた緑色のオーバーオールを着ている。先日の夜、沈みこんだ椅子のクッションを見てわたしが推測したとおり、長身で肥満体の大男だった。

ドアをあけたあとも、ウルファーマンは巨体を入口に据えたままだった。「ほんとに刑事（ディテクティブ）さんかい？　バッジを見せてくれ」

「警察じゃなくて、私立探偵よ」探偵許可証を見せた。距離があったため、ウルファーマンがドアを離れてこちらに来た。わたしは彼の横を通り抜けてロビーに入った。

「リノ・シールの失踪事件を調べてるの。管理人さんがリノを最後に見たのはいつ？」

「誰がそんなこと知りたがるんだ？」ウルファーマンが巨体を回転させてロビーでわたしと向かいあったが、玄関ドアはあけたままだった。

「わたしよ。それから、ミズ・シールの妹も。ミズ・シールの上司たちも。リノを最後に見たのはいつだった？」

「朝、仕事に出かけてくときに、ロビーで顔を合わせれば挨拶してくれる。夜になって帰ってきたときも同じだが、出かけるときも、帰ってくるときも、おれがロビーにいることはほとんどない」

「入居者としては上等なほう?」

「最高だ。二歳児でもできそうなくだらん用事で一日じゅうおれを悩ませるようなことはない。先月、トイレが詰まったときは、自分で真空パイプ・クリーナーを買ってきてた」

「二歳児が日常的にやってることね」わたしはうなずいた。

ウルファーマンはわたしをにらみつけた。「このビルは戸数が多い。おまけに古びてる。オーナーは建物の崩壊を待っている。そうすりゃ、改装してもっと高い家賃がとれるからな。リノ・シールは物静かで、ほかの居住者の迷惑になるようなことはいっさいしない」

「騒がしいパーティを開いたことはない? リノが誰かと一緒にいるのを見たことは?」

ウルファーマンは左側の尻を掻いた。「いや。たいてい一人だった。きれいな女だから、男がわんさといそうに思えるが、おれの知るかぎりじゃ、人の出入りはなかった。妹が来ただけだ。火曜日の晩、おろおろして心配そうな顔でやってきた」

「わたし、警察に捜索願を出そうと思ってるの。刑事たちがやってきて、わたしと同じ質問をするでしょうね。ただし、もっとしつこく。建物の捜索令状とか、そういうものも持ってくると思う――」

「なんでだ?」

「リノがエレベーター・シャフトに転落してないかどうか確認するために。だから、最後にリノを見かけたのはいつだったか、思いだしてちょうだい。どんな服装だったかとか、そういったことを」

「知らんことは答えられん」ウルファーマンは抵抗した。「だが、月曜日の朝だったと思う。出勤するところだった。緑色のリボンを結んだ小さなバッグにランチが入ってたが、服装までは覚えてない。会社勤めだから、オフィスで着るような服だった。ランニングとか、そういったエクササイズ用のウェアではなかった。おれに言えるのはそれだけだ」

ウルファーマンはドアを大きくあけた。わたしは横歩きで彼の巨体のそばを過ぎ、新鮮な空気に満ちた戸外へ戻った。そろそろハーモニーの反対を押しきって警察へ行くとしよう。でも、その前にまず、話をしたい相手がいる。

9　馬上の槍試合

いくつものオフィスに通じる正面玄関を通り抜けたとたん、〈クローフォード・ミード〉が依頼人に請求する一時間千ドルという料金表示が目についた。ぴかぴかに磨かれた木製カウンターの向こうに受付係がすわり、グッドイヤー飛行船みたいな巨大な春の花のアレンジメントがカウンターにのっている。受付係は電話に向かってわたしの名前をつぶやき、「いますぐ担当者がまいります」とわたしに言い、コーヒーかジュースはどうかと勧めてから、窓のほうを向いた曲線状のカウチを手で示した。

カウチの横に、金属を打ちだして作った現代彫刻がボディガードのように置かれていた。わたしはそのそばを通って窓辺へ行き、景色を眺めた。はしけが湖のほうへ牽引されていくが、まだ寒い季節なので、観光船やキャビンクルーザーは出ていない。

〈クローフォード・ミード〉のパートナーであるディック・ヤーボローにあらかじめ携帯からメールを送り、個人的な用件があるので十分ほど時間をとってほしいと頼んでおいた。

正午に五分間なら会える、とディックから返事があり、続けてこう書いてあった。〝きみが五十ヤード以内に近づくたびに、うちの事務所は厳戒態勢に入る。竜巻、テロリスト、ウォーショースキー――スタッフに対する安全指示はこの三つすべてが同レベルだ〟

はいはい、笑えます。正午の一分前に事務所に着いた。いまは十二時十五分。ディックは嫌がらせをしようと決めたようだ。わたしはカウチの端に腰を下ろしてノートパソコンを開き、ダロウから頼まれた仕事のリサーチにとりかかった。そのあいだに三人の人間が到着し、ミーティングの場に姿を消した。

十二時半。ここに来たのは正午のアポイントのためであることを受付係に訴えた。受付係は同情の笑みを浮かべて、もう一度奥へ電話してくれた。十二時四十分。わたしはカウチの前に置かれたふわふわのラグに横たわり、脚のストレッチを始めた。

二分後、ディックの秘書のグリニス・ハッデンが飛んできた。ディックとわたしが結婚していたころは、グリニスはその他おおぜいの秘書の一人に過ぎなかったが、ディックのスター性を早くから見抜いて彼にくっついていた。いや、ひょっとすると、自分の手でスターにできると思ったのかもしれない。いずれにせよ、二人は長年にわたってチームを組んでいる。

「お待たせしてごめんなさいね、ヴィク。でも、ディックはうちのシンガポール事務所とのややこしい交渉の最中に、あなたのために時間を作ろうとしているのよ」

グリニスがわたしを邪険に扱うことはけっしてないが、大物の前で〝自分はとるに足りぬ存在だ〟とわたしに感じさせる方法をちゃんと心得ている。

ディックのオフィスに入ったとき、彼はまだ電話中だった。シャツ一枚になり、ネクタイをゆるめていたので、ブランドのラベルを読むことができた。ロバート・タルボット。わが家の家賃はこれより高いが、たいした差ではない。顎の贅肉も、喉仏のブヨブヨもない。競走馬のごとくひきしまった体形で中年を迎えたようだ。メタボ腹を期待してたなんて、わたしも愚かだった。

ディックが手をふってわたしに椅子を勧め——彼のデスクの前に置かれた硬い椅子、部下用に決まっている——口の形だけでグリニスに〝ご苦労〟と言い、空っぽのコーヒーカップをかざしてみせた。グリニスは鷹揚な笑みを浮かべると、カップを受けとって部屋からすっと出ていった。

わたしは窓辺まで行った。東のほうに湖の景色が広がっている。クリーム色の派手な建物もその景色の一部だ。アル・カポネが権力を誇示していた場所。象徴的と言えるかも。

ディックの背後の飾り棚に家族写真が並んでいた。子供たちを連れてどこかのビーチへ出かけたディックとテリー。子供たちはすでにティーンエイジャーで、あまりにも歯が白いため、写真のなかだというのに、歯に反射する太陽がまばゆいほどだ。こんがり日に焼けたテリーの細い身体は妊娠したことがあるなんて思えない。

わたしは書類トレイのほうを向いて、書類をぱらぱらとめくってみた。〈ティ＝バルト〉対〈トレチェット〉裁判の証言録取書。回覧メモに〝ご参考までに、ヤーボローへ。ひきつづき連絡します。TM〟と書いてある。わたしの背後で、電話中のディックがしどろもどろになり、「また明日」とあわてて言った。

「ヴィク！　それは機密書類だ」

わたしは彼に笑みを向けた。「あら、ディック。会えてうれしいわ」彼のデスクの片側に置かれた布張りの椅子に腰を下ろした。

「わたしの料金はもちろん、この事務所にはかなわないけど、四十五分も待たされたとなると、百五十ドルは請求したいところね」

「だったら、ヴィク、本題に入ろう。わたしの十分間の料金で相殺になる。しかも、そっちから会いたいと言ってきたんだぞ」

「あなたの姪たちのことなの。あなた、リノに〈レストEZ〉の就職を世話したそうね」

「厳密に言うと、それは事実ではない」ディックは薄笑いを浮かべていた。この笑みを見るたびに、彼を殴ってやりたくなる。

とした。

「じゃ、厳密に言うと、何が事実なのか教えて」わたしは聖女のごとき笑みを浮かべようとした。

「リノがわが家に電話してきてテリーと話をした。非公開の番号にリノがかけてきたものだから、テリーはカンカンだった。わたしはグリニスに指示を出した──小売店レベルのスタッフを雇用してくれる企業を当事務所の依頼人のなかからいくつか選びだし、電話でリノに伝えておくように、と。グリニス！」インターコムに向かってディックはどなった。すべるような足どりで入ってきたグリニスに、ディックはリノのために何をしたかをわたしに説明するよう頼んだ。「六社か七社の名前を教えて、それ以上は力になれないと言っておきました。きっとすねたのでしょう。〈レストＥＺ〉に就職したあと、こちらには報告もなかったから」

「すねた？」わたしはわめき散らしたいのを我慢した。「二度と来るなとあなたに言われたから？　あなたのその冷たい態度がリノにも伝わったわけね」

「そういう偉そうな言い方はやめろ、ヴィク。母とわたしは長年にわたって何度もベッキーに金をだましとられてきたから、リノだって金目当てに違いないと思ったんだ。詐欺の名人に育てられた子だぞ」

わたしの目がカッと熱くなったが、デスク越しにディックに飛びかかってロバート・タルボットのネクタイで絞め殺すのは我慢し、笑みを絶やさないよう心がけた。

「あの子たちは高架下で暮らしてたのよ、ディック。ゴミ箱の残飯をあさって生きていた。性的虐待を受けていた。あなた、自分の妹が薬物常用者であることは知ってたでしょ。その子供たちがどんな目にあってるか、察しはついたはずだわ。それなのに、リノが助けを求めてきても、あなたとお母さんは図々しいペテンだと思いこもうとした」

わたしは言葉を切り、ディックがわずかにたじろぐのを見つめた。「それはともかく、あなたはコネがある会社のリストをリノに渡し、リノはそのひとつに就職した。ところが、姿を消してしまった。だから、わたしが捜しているところなの。一カ月ほど前に会社の命令でカリブ海旅行に出かけ、戻って以来、何かで悩んでたみたい。わたし、捜索願を出すついでに、もちろんリノとあなたの続柄も警察に話すつもりよ」

「警察なんか持ちだして人を脅すのはやめろ」ディックの口が顔のなかで醜い裂け目となった。「この法律事務所のパートナーを悩ませるような警官は、シカゴには一人もいない」

「それができそうな警官を、わたし、一人か二人知ってますけど。でも、いまはそんなこと言ってる場合じゃないわね。リノがこの一、二カ月のあいだに、あなたか、テリーか、あなたのお母さんと話をしてたら、何を悩んでいるのか口にしたかもしれない」

「わたしから二人に訊いてみるが、もしリノから連絡があれば、二人はわたしに言ったはずだ」ディックの声はいまも侮蔑に満ちていたが、自分の爪をしげしげと見ていた。そろそろまたネイルサロンへ行ったほうがいいだろうか、と考えているかのように。これは法廷で反対尋問をするときに彼が見せていたしぐさで、わたしとの結婚生活でも、嘘をついたのがごまかせるかどうか見定めようとして、よくこうしていたものだった。

グリニスが空気の変化を察知し、わたしをオフィスから追いだす潮時だと判断した。

「そろそろ一時よ、ディック。次のアポイントの方がお越しです」

ディックは彼のパソコン画面を見た。「わ、大変だ。わかった。受付のほうに？　会議室Eへ案内するよう受付に指示してくれ。ヴィクが帰ったら、すぐそちらへ行く」

露骨ではあるが効果的な撃退法だ。

グリニスが短縮ダイヤルの番号を押した。彼女がディックのメッセージを受付デスクへ伝えているあいだに、わたしはディックの頰にキスをして部屋を出た。廊下を歩いていくと、受付係が男性を会議室へ案内するのが見えた。わたしがこれまで目にしてきた法律事務所の敏腕パートナーによくあるタイプの男性だった。白人、五十代から六十代初め、丹念に整えた半白の髪、オーダーメイドの濃紺のスーツ、コーヒーの勧めを断わったときのかすかな渋面。

グリニスがわたしに追いつき、背中を押さんばかりにして、廊下から受付エリアのほうへ追いやった。

「わたし、狂犬病の予防注射は受けてるわ、グリニス。だから、ディックの特別な訪問客がわたしに噛みついても心配しないでね」

「あなたがいきなり押しかけてきたとき、ディックはあなたのために貴重な二十分を割いたんですからね」グリニスが言った。

「来る前に、時間をとってほしいって頼んだわよ。しかも、一時間近くわたしを待たせたんだから、弁護士料金の請求対象となる時間のことをぐちぐち言うのはやめてちょうだい」

「もちろん、ディックがあなたに請求するはずはないけど、もう少し穏やかに話せないものかしら」

「これは請求金額をめぐる議論じゃないのよ、グリニス。よくおわかりでしょうけど」

「ディックはたぶん、あなたに彼の世界のモラルを判定されるのにうんざりしたのね。わたしだってディックの立場だったら、きっとうんざりだわ」

「あら、わたしがそばにいないときのディックは、じつはモラルを大切にする人間だっていうの？」

「ディックには、あなたがまったく知らない面や趣味がいくつもあるのよ。例えば、アートとか」グリニスはカウチの横の彫刻を指さした。「パートナーたちに一任されて、ディックが選んだものよ」

エレベーター・ホールまで行くと、グリニスは溶岩が凝固したように見える艶やかな金属のかたまりを軽く叩いた。「ほんとはテリーとディックのものだけど、事務所に貸してくれてるの」

「まあ、鋼鉄の大きなかたまりをコレクションする財力があるのなら、やっぱり、モラルをすごく大切にする人なんでしょうね。ところで、〈クローフォード・ミード〉はまた新たな法律事務所を手に入れたようね。それもディックとテリーが選んだものなの？」

グリニスはぽかんとしてわたしを見た。わたしはエレベーターのそばの壁を指さした。真鍮の大きな文字が、ここは〈クローフォード・ミード・ＬＬＣ〉の国際本部であることを告げている。片側の壁には世界じゅうに散らばったこの事務所の支部のリストが掲示され、少し離れたところに新たな掲示が出ている——〈ランケル・ソロード＆ミナブル〉の北米支部もこのビルに入っているらしい。

「ああ——あれね」グリニスは甲高く響く声で笑った。「ベルギーの法律事務所で、合衆国の住所が必要なんですって。エレベーターＤよ、ヴィク。ディックの姪御さんから連絡があったらお知らせするわ」

「ええ、グリニス、忘れないでね」

もしかしたら、グリニスの言うとおりで、わたしは嫌みなほど聖人ぶっているのかもしれない。もしかしたら、ディックは寛大さを隠し持った人間の一人なのかもしれない。いえ、正直なところ、そうは思えない。いちばん腹立たしいのは、わたしが彼と寝たこと、彼と結婚したことだ。

出会いはロースクールだった。二年目の終わりに、ダウンタウンの同じ法律事務所で研修を受けることになった。事務所は当時、イリノイ州サーナス郊外にある養豚場の近くで育った子供たちの神経性疾患をめぐる事件を無料奉仕でひきうけていて、わたしたちはそれを担当させられた。

ディックとわたしはサーナスへ派遣され、両親、地元の学校の養護教諭、町の医者、工場の幹部たちから証言録取書をとった。悪臭と、何百匹もの豚が餌入れの前にひしめいている光景のせいで、わたしは生涯、豚肉が食べられなくなった。地元のモーテルでディックと毎晩過ごした結果、卒業後の夏に結婚することになった。

わたしはどういうわけか、社会正義に対するわが情熱をディックも共有していると思いこんでいた。ディックはどういうわけか、キャリアアップに対する彼の情熱をわたしも共有していると思いこんでいた。どちらもひどい勘違いをしていたわけだが、二十七ヵ月のあいだ頑固に結婚生活を続け、ディックはそのあいだ、法律事務所の将来有望なアソシエートの妻にふさわしくふるまうよう、わたしに求めつづけ、わたしは食物連鎖の底辺にいる人々への思いやりを示すよう、彼に求めつづけた。

今日のわたしはもっと大きな問題の答えを見つける必要があった。爪をしげしげと見ていたとき、ディックはどんな嘘をついていたのだろう？　リノが現在のミセス・ヤーボローと話をしたこと？　それとも、ディックとじかに話をしたこと？　それとも、もっとうしろ暗い何かについて？

10　いい警官、いい警官

四十年のあいだ警官をやっていた父のおかげで、以前はどの署にもたいてい、ウォーショースキーの名前を知っている人がいたものだ。歳月は流れ、人は死に、もしくは退職する。受付の巡査部長に声をかけても、「トニーの娘さん？　すっかり一人前になって、しかも探偵だって？」と言われることはもはやない。

だからこそ、シェイクスピア管区の署に入っていって顔見知りの警官にばったり会ったときは、仰天してしまった。

「フィンチレー警部補？」

「V・I・ウォーショースキー？」フィンチレーが訊きかえした。「頼むから、この管区で探偵仕事の最中だなんて言わないでくれ——おれがここに異動になって初めての週なんだ。第一印象をよくすべく努力してるとこだからな」

フィンチレーの愛想のよさにも仰天した。いい警官だし、たぶん偉大な警官だと思うが、ここ何年間かのわたしへの態度は、温度で言うとずいぶん低かった——原因は警察関係のことではなく、個人的なことにあった。

「三十五丁目を離れたの？」受付の巡査部長の前なので、軽率な質問はしたくなかったが、フィンチはこの十年の大半を、シカゴ市警本部でボビー・マロリー警部の右腕並びに左腕として働いてきた。ボビーに左遷されたのでなければいいけど。いえ、もっと不吉な想像をするなら、ボビー自身が警察をやめたのではないよう願いたい。

「自分の部下には現場での経験がもっと必要だと警部が考えたんだ」フィンチレーは言った。「シェイクスピア署が貧乏くじをひいて、おれを受け入れることになった。ところで、あんたは？　なんの用でここに？」

「姪が行方不明になったので、おばとして心配してるの」

フィンチレーの目が細くなった。「嘘じゃないだろうな、ウォーショースキー？」

「嘘ならいいけど、本当よ。今週の月曜日から誰も姪の姿を見ていない。わたしは姪の職場を訪ねたり、姪のおじに当たる男と、姪の妹と、アパートメントの管理人から話を聞いたりしてたの。もっと早くここに来ればよかったんだけど、警察に頼むのを姪の妹がいやがったものだから。わたしが警察に来たことを知ったら、その子、きっとカンカンだわ」

「警官は怒れる民間人なんか慣れっこだ。警察学校に入ろうと思ったら、面の皮が五枚どころか十枚あることを証明しなきゃならん」

受付の巡査部長が笑った。わたしも礼儀正しく微笑した。巡査部長が奥にいた女性警官を呼び、詳しい話はそちらにするようにと言った。わたしは姪の母親の死、父親の蒸発、いまはもう力になれなくなった愛情あふれる里親について説明した。ハーモニーの携帯番号、〈レストEZ〉のドナ・リュータスとイライザ・トロッセの電話番号、ディックとテリーの自宅の非公開の電話番号、そして、ダウンタウンの法律事務所のディック専用の電話番号を教えた。シカゴに来たばかりのリノがテリーとディックを訪ねている点を強調した。

わたしが書類に記入をおこない、リノの姿を最後に見たのはいつだったかといった質問に答えるあいだ、フィンチレーは背後をうろついていた。わたしが大人になってからのリノを知らないため、当然ながらあれこれ質問された。それでも、フィンチたちはわたしの話を信じてくれた。警官はあらゆる形の家族ドラマを見てきている。わたしの話もほかに比べて荒唐無稽（こうとうむけい）というわけではない。

「リノの失踪に関して、疑問点が山のようにあるの」わたしは言った。「大人になった姉妹とはつきあいがなかったから、ハーモニーが警官に会うのをいやがるのが子供時代の不幸な経験のせいなのか、それとも、話したくないことを何か知っているせいなのか、わたしにはわからない。今日の午後、ディック・ヤーボローのオフィスを出たときは、彼が何か隠してるような気がしたけど、それもわたしの勘違いかもしれない。

はっきりわかってるのは、リノが月曜日に仕事を終えて帰宅したあと、誰もその姿を見ていないということだけ。部屋の鍵はいつもの場所に、つまり、ドアのそばに置いてあるボウルに入ってたけど、リノの携帯電話とパソコンは消えていた。管理人がすべての住戸の鍵を持ってるわ。もしかしたら、何か知ってるのに黙ってるのかもしれない」

「そこで、警官が捜査に付加価値をつけてくれると思ったわけだな？」立ちあがって出ていこうとするわたしに、フィンチレーが尋ねた。

「ええ、そうよ、警部補さん」わたしは改まって答えた。「期待してる。こんなときだからとくに。正直なところ、ひどく怖いの。もしリノが——あのう、無事だったら、とっくに姿を見せてると思うの」

リノが死んでいるのではないかという恐れを口にすることが、わたしにはどうしてもできなかったが、その危惧が室内にいる全員の心に潜んでいた。フィンチレーなどはわたしの手をとり、力を尽くすとまで言ってくれた。

警察を出てからハーモニーに電話して、捜索願を出したことを伝えた。予想どおり、ハーモニーは激怒したが、いまのわたしはもう感情移入できる段階を過ぎていた。

「ハーモニー、お姉さんに関して何か知ってることがあって、それをわたしにも警察にも知られまいとしているのか、もしくは、お姉さんが直面しているかもしれない危険に故意に目をつぶっているのか、そのどちらかのようね。いずれにしろ、二日前に捜索願を出そうとしなかったわたしが無責任だったわ」

「警察なんか行ったらどうなるか、わかってんの？」ハーモニーはわめいていたが、その声は涙で震えていた。「セックスした男にぶちのめされても、いちばんましな警官には自業自得だと言われるだけだし、いちばんひどい警官にはレイプされるのよ！」

わたしは電話を切って、リノのアパートメントへ車を走らせた。ハーモニーがようやく部屋に入れてくれたが、その顔は泣いたせいでむくんでいた。しばらくわたしに抱かれるままになっていたが、ようやく落ち着きをとりもどして話を始めた。

「サン・マチュー島でもそうだったの？」わたしは尋ねた。「誰かがリノをレイプしたの？」

「リノからは何も聞いてない」ハーモニーは低くつぶやいた。「〝スキューバダイビングとかいろいろできて、きっと楽しいだろうと思ってたのに〟って言っただけだった。一日目は楽しかったようだけど、そのうち、オークランドの四十二丁目に住むような年寄りの金持ち連中がどこで冬のバカンスを過ごすのかわかったって言ってた。連中から必死に距離を置くようにしてたけど、いつも逃げきれるわけじゃなかったみたい。で、リノはこっちに戻ったあと、どうしていいかわからないまま出勤を続けてたの。心配しなくていいってあたしに言ったわ。解決法を考えるからって。でも、もちろん、あたしは心配したわよ。リノがシカゴに戻って一週間たつと、何もしゃべろうとしなくなったから、もう心配でたまらなかった。とうとう、こっちに来たの。あとはご存じのとおりよ」

「子供だったあなたたちに手を出した男に、リノがサン・マチュー島でばったり出会ったとは考えられない？」

「リノもあたしも男たちの名前は知らなかった。車とか、服とか、そういうものを呼び名にしてたの。〈メルセデスSUV〉とか、〈ニッサン〉とか。〈ベルト・バックル〉って男もいたわ。ベルトのバックルがすごく大きくて、牛の頭の形をしてた。それで女をぶつのが好きな男だった。あたし、リノに訊いてみたわ。〈ベルト・バックル〉か〈ハゲデブ〉に会ったんじゃないかって。でも、その二人には会ってないってリノは言った。ただ、サン・マチュー島にいた男たちも二人と同じ目をしてたそうよ。ぎらぎらしてるくせに死んでる目」

わたしたちは一時間近く話をしたが、そのほとんどが、オークランドで路上生活をしていたころのハーモニーとリノの暮らしぶりについてだった。「クラリスとヘンリーにひきとられたあとも、あたしたち、ときどき四十二丁目に戻ることがあったわ。ママがよくそこの角で働いたり、あたしたちを働かせたりしてたの。ときどきあたしたちの面倒をみてくれた女の子も、まだそのあたりをうろうろしてた」

ハーモニーを抱きしめた腕が痙攣を起こしていたが、わたしはじっとすわったまま、わたしの肩に向かって話をするハーモニーを見守った。肩は人に審判を下したりしない。

「ほんとにあそこへ行きたいわけじゃなかったけど、新しい暮らしになじめなくて……クラリスとヘンリーとの暮らしは、あたしたちから見たらすごく変てこだった。仕事しろって言われないのが信じられなかった。ほら、街角での仕事。だから、なじんだ世界に戻って、そこへ行けばやっぱり、あたしたち……そのたびに、ヘンリーが一人で捜しに来てくれた。ヘンリーとクラリスに追いだされるのを覚悟したけど、そんなことは一度もなかった。アイスクリームを食べに連れてってくれて、あたしたちの人生には甘いものがもっと必要だって言ってくれた。

でも、一度リノがひどくぶちのめされたことがあって、あたしと二人で警察に駆けこんだらレイプされてしまって……。クラリスは激怒したわ。オークランド警察と、市と、関係者すべてを訴えたけど、こっちには、あたしたちの証言と黒人の母親の存在しかなかった。結果がどうなったかわかる？」

「あなたが怒るのも怯えるのも当然ね」トウモロコシの房みたいなハーモニーの髪をなでながら、わたしは言った。「警察と話をするときは、わたしがそばについててあげる。でも、いまのあなたの話からしても、お姉さんを見つけるには、警察の力を借りるのがすごく重要なことだと思う」

わたしはハーモニーの説得に努め、うちに一緒に連れて帰るか、または、せめてミスタ・コントレーラスのところで夕食をとらせるかしようとしたが、ハーモニーはすでに、姉のアパートメントに自分だけの小さな巣を作っていた。そこにいれば安心できるのだろう。わたしは窓のロックと裏口をもう一度チェックし、部屋にいるときはかならず鍵をかけておくよう重ねて注意した。わたしの番号が短縮ダイヤルに登録されていることを確認した。

もっと大きなことができればいいのに。例えば、ハーモニーの子供時代を消し去って、わたしが送ったような子供時代をプレゼントするとか。自分は無力でほとんど役立たずだと思いながらアパートメントを出た。

11　アラビアのルロイ

車に戻ったときには、脚がまるで階段を延々とのぼってきたような感覚になっていた。むくみがひどく、重くて、動いてくれそうもない。

時刻はまだ五時だったが、今日は睡眠不足のまま一日じゅう駆けずりまわっていた。おまけに、精神科医のノートを一年分ぐらい埋め尽くせそうな悲惨な話をたくさん聞かされた。車のシートにもたれて目を閉じた。十分間だけ休憩。それでどうにか充電できる。

三十分後、電話に起こされた。フェリックス・ハーシェルからだった。

「警察へ行った？」いきなり彼が言った。

リノとハーモニーのことが心に重くのしかかっていたため、思わず〝行ったわ〟と答えそうになったが、〝金曜の夕方までにあなたから連絡がなかったら、わたしのほうで捜索願を出すわよ〟とフェリックスを脅していたことを思いだした。

「ううん、まだ。あなた、どこにいたの？」

「ぼくなら大丈夫だよ。ベビーシッターは必要ない」

「フェリックス、ロティがいなかったら、そして、わたしがロティに寄せる愛情がなかったら、この場であなたに別れを告げるところだわ。そして、今度警察に逮捕されそうになったら、誰かほかの人に助けを求めるように言うでしょうね。せめてロティを心配させないために、キャップ・サウアーズ・ホールディングの遺体とあなたは無関係だってことが証明されるまで、毎日ロティに連絡を入れてくれない?」

「ごめん、ヴィク。じつは、これまでの人生で最大のエンジニアリング・プロジェクトに加わったものだから、好きなときに電話するわけにもいかなくてさ」フェリックスは軽い口調にしようとしていた——重要なプロジェクトになじんでいる大物男性——しかし、口調の陰に神経質なものが感じられた。

人生最大のプロジェクトの内容を探るのはやめることにした。嘘八百を並べる彼の話に耳を傾けるのは耐えられない。「フォーサンという名前に心当たりはない?」わたしは尋ねた。「ロレンスかルロイには?」

「ないけど。どうして?」

「エロレンゼはどう?」

「どの名前にしろ、そんな知りあいはいない。どういうこと?」

「キャップ・サウアーズ・ホールディングで死んでた男性。わたし、その男性の身元を突き止めようとしてるんだけど、身元がはっきりしたら、メイウッドの保安官事務所のマッギヴニー警部補と監察医にも伝えなきゃいけない。だから、男とあなたを結びつけるものは何ひとつないってことを、いまここで徹底的に確認しておきたいの」

「あるわけないだろ。名前を聞いたこともないんだから」

「でも、男はあなたを知っていた。ムスリムの集まりを通じて知りあった可能性はない？」

「あんたたちアメリカ人にも、ムスリム嫌いにも、もううんざりだ！」

「あなた、中東の学生たちと一緒に水のプロジェクトを進めてるでしょ。フォーサンはアラビア語を話す人々のコミュニティに出入りしている――いえ、していた。そこであなたと知りあったんじゃないかって質問しても、わたしがムスリム嫌いってことにはならないのよ」

「ぼくのあとからくりかえしてよ――フェリックス・ハーシェルは、エロレンゼ、もしくはロレンス、もしくはルロイ・フォーサンという名前を一度も聞いたことがありません」

フェリックスは電話を切った。

彼の若い人生における最大のエンジニアリング・プロジェクト。まさか爆弾じゃないわよね？　爆弾だったら許せない。でも、好きなときに電話するわけにもいかないなんて、フェリックスは何を心配してるんだろう？　尾行？　もしくは、ついうっかり何かを爆発させてしまうこと？

〈友達を探す〉というアプリにフェリックスの電話番号を打ちこんだ。現在地はロジャーズ・パークではなく、ウィスコンシン州オークレアだった。南西方向へ移動中だ。

電話の画面で点滅している青い円を見つめ、もっと多くの情報が得られるよう念じたが、不意に円が消えてしまった。わたしの監視に気づいたのか、誰かの監視を恐れているのか、フェリックスが電話の電源をオフにしたのだ。

陰気な夕暮れの午後六時。暗い思念に穴のなかへひきずりこまれ、自力で這いあがることができなくなる時間帯だ。車で事務所に戻ったが、運動が精神を高揚させて脳の機能を高めるという説に基づき、建物に入る前にジョギングでブロックを一周した。

事務所のドアのロックをはずしていたとき、ルロイ／ロレンス・フォーサンとフェリックスのことがふたたび頭に浮かんだ。復元されてテレビで流れたフォーサンの顔に、わが匿名電話の主以外の誰かが気づくのは時間の問題だ。フォーサンのアパートメントへ行き、フェリックスとの明白な関係を示す品が残されていないかどうか、たしかめたくなった。

非常袋——カンバス地のリュックに、ピッキングツール、懐中電灯、ラテックスの手袋、その他の品々を入れたもの——をとり、ノートパソコンが入ったブリーフケースをマスタングのトランクにしまってから、北へ向かった。

ヒギンズ・アヴェニューは商業地区にある大通りで、アパートメントの建物やショッピングモールがあるが、シカゴのトレードマークとも言うべき平屋の家々が並ぶ横丁は静かだった。ニーナ・アヴェニューに駐車スペースが見つかった。ヒギンズ・アヴェニューに戻る道々、のんびり歩きながら、手入れの行き届いた前庭で芽を出しているクロッカスを眺めて楽しんだ。

ラベンダー色の黄昏のなかで子供たちが自転車を走らせ、仕事を終えた大人たちが帰宅する。フォーサンが住んでいた建物へ向かう女性が、片方の腕に幼児を抱きかかえ、前を行く年上の子供を急き立てていた。女性がばかでかいショルダーバッグから鍵をとりだすのを見て、わたしは彼女が抱えている食料品の袋ふたつを持とうと申しでた。

女性はヒップを軽く持ちあげて幼児をバランスよく抱えてから、ほっとした顔でわたしに袋を差しだした。これも公式認定されていないオリンピック競技のようなものだ。もがく幼児と、ばかでかい革のバッグと、重さ二十ポンドの食料品の袋を持ち運ぶ競技。ブルガリアのウェイトリフティング選手だって、これだけの荷物を運ぶのは至難の業だ。

わたしが女性にくっついて建物に入ると、女性はほっとした顔で幼児を下ろした。幼児は危なっかしい足どりで上の子を追いかけて、奥の住まいのほうへ向かった。わたしは女性の住まいの玄関まで食料品の袋を運び、向こうがわたしのことを変質者ではないか、いや、さらに悪くすれば、ルロイ・フォーサンのアパートメントに忍びこむつもりの探偵ではないかと疑いはじめる前に、その場を離れた。

フォーサンの部屋は三階だった。カーペットのない階段は石材かコンクリートでできていて、足音が上下の踊り場まで響きわたる。わたしはランニングシューズなのに、それでも階段に音が大きく響いた。

階段をのぼった先にフォーサンの部屋があった。ドアを強くノックし、まる一分待ってからもう一度ノックした。ワット数の低い電球がドアを照らしているが、錠はよく見えなかった。小型の懐中電灯を口にくわえ、膝を突いて、タンブラーの操作にとりかかった。旧式の錠だった。二、三度失敗したあとで解錠することができた。立ちあがって部屋に入ろうとした瞬間、背後の踊り場から足音が聞こえた。息を止めたが、どこかの家族が帰ってきただけで、足音が響いてわたしの横を通りすぎ、建物の奥へ去っていった。

わたしはドアにもたれ、懐中電灯であたりを照らして照明のスイッチを捜した。天井の照明はなく、スタンドがあるだけで、床に二台、デスクに一台置いてあった。スタンドをつけた瞬間、四方の壁と天井の一部を覆った特大写真の数々に圧倒された。ドアと向かいあった最高の場所に一枚の航空写真があった。あばただらけの月面に点々としみが散らばっているように見える。

しばらく凝視するうちに、しみのように見えたのはいくつもの小さな小屋で、砂漠に何本か掘られたトレンチの近くに並んでいることがわかってきた。そばに見える黒っぽい筋はどうやら濁った小川らしく、中央部分を水が細く流れている。敷地の端にトラックが二台止まっている。さらに目を凝らしたところ、人々の小さな身体や倒れた柱の残骸が見えた。さらには、破壊された人間の頭部もころがっていた。

ドアのそばの壁に目を向けると、美術展のポスターが額に入れてかけてあった。〈古代シリア宝物展〉。カールした顎鬚（ひげ）を持つ石像の頭部を中央に据え、その周囲に、ラピスラズリを象嵌（ぞうがん）した黄金の装身具がいくつかと、小像二体が配してある。

左側の壁にも大きくひきのばした写真がかけられ、空爆以前のアレッポの城門、イスラエルとシリアのそれぞれの方向から見たゴラン高原、シリアで発掘された工芸品のクローズアップなどが写っていた。見ているうちに、頭がくらくらしてきた。

リビングを調べる前に寝室に入った。ダブルベッドと整理だんすが置ける程度の広さだった。ベッドと向かいあった場所に、十人あまりの人々と一緒に撮ったルロイ（またはロレンス）自身の大きな写真がかかっていた。背後の景色に目を凝らしたところ、人々が遺跡発掘現場の一区画に立っていることがわかった。リビングにあった写真は上空から撮った全体像。この寝室の写真に写っているのは、倒れた柱や、鎖かたびらで作ったような髪と顎鬚のある巨大な頭部がころがっているエリアだ。

フェイスブックでロレンス・フォーサンと名乗っていた男性が、生真面目な顔をした中東の人間二人にはさまれて立っている。三人とも土で汚れたチュニックを着て、レギンスをはき、頭を布で覆っている。宗教上の理由というより、土埃（つちぼこり）から身を守るためだろう。グループには西欧人が三人いて、その一人がフェイスブックの写真に出ていたそばかすのある若い女性だった。

シリアからシカゴの森林保護区へ。フォーサンはどうやってシカゴにたどり着いたのだろう？　考古学者だったのか？　発掘に投資していたとは思えない。整理だんすは合板製で、ニス塗装に傷がついたり、はげたりしている。ベッドの横の赤いラグは古びている。先祖伝来のペルシャ絨毯（じゅうたん）のような古び方ではなく、〈バイ＝スマート〉で売っている機械織りのポリエステルが使い古されたという感じだ。

どの写真も特大で、圧倒的な迫力があるため、吸いこまれてしまいそうだった。フォーサンもそんなふうに感じていたのだろうか？　それとも、すっかり見慣れて、写真のインパクトは消えていたのだろうか？

ベッド脇のテーブルに紙片が何枚かのっていた。よく見受けられる日常生活の残骸だ――ヨーグルト六個のレシート、オースティン・アヴェニューにある中東料理のレストラン〈ダマスカス・ゲート〉のテイクアウトのレシート、剃刀（かみそり）の刃のレシート。電話番号はひとつもない。フェリックスの番号も、ほかの誰かの番号も。

ベッドのそばの床に十冊あまりの本が散らばっていた。その一冊が上級アラビア語の文法書だった。別の薄い本を手にとった。表紙が空色の布張りで、中東のタイルの模様に似たものがその布に銀色で刻印してある。アラビア語で書かれているが、著作権関係の事項は英語で印刷されている。著者タリク・カタバ、発行所の住所はベイルート。ページをぱらぱらめくっていたら、黄ばんだ新聞の切り抜きが落ちた。

〝アラビア語の詩に贈られるナフダ賞の本年度受賞者、タリク・カタバ氏は自ら賞を受けとることができなかった。二〇〇九年一月以来、バッシャール・アル＝アサドの刑務所のひとつに収容されているためだ。レバノンの寄宿学校在学中の娘ラーシマさんがカタバ氏のかわりに授賞式に出席した〟

記事にはラーシマの写真も出ていた。十二、三歳ぐらいの小柄な子で、ほっそりした顔のなかの深くくぼんだ目がやけに大人びた感じだった。何人かの男性に囲まれて、カメラのほうへ表彰状をかざしている。わたしは切り抜きを本のページのあいだに戻し、リュックに入れた。

床に散らばった本のなかには、シカゴ大学のオリエント研究所発行のものもあった。『金石併用時代の都市の発展：テル・アル＝サバー発掘』（チャンドラ・ファン・フリート著）。フォーサンの写真に出ている発掘現場と関係があるのかどうか、わたしに知る術はない。本に使用されているイラストのリストもあった。誰かがそのいくつかにメモをつけていたが、大部分が数字で、わたしにはなんの意味もなさなかった。

この本はオリエント研究所の蔵書となっていた。研究所の場所は漠然と知っている。サウス・サイド、シカゴ大学のキャンパスにある。小学六年のとき、社会見学で行ったことがある。みんなにいちばん人気だったのはミイラだ。そのあと何日ものあいだ、男の子たちがトイレットペーパーを頭にぐるぐる巻いて、校庭で女の子を追っかけたものだった。

シカゴ大学に入学してからようやく、そこが学術的な研究所で、人類最古の文字言語の辞書を編纂したり、発掘をおこなったり、中東の文化遺産を盗掘者たちから守ろうとしたりしていることを知った。その本もリュックに入れた。わたしから返却しておこう。警察がフォーサンのアパートメントの品々を証拠として押収したら、永遠に返却できなくなる。

奥の壁ぎわにぴったりつけて置いてある整理だんすを手早く調べた。ある引出しには黒ずんだブリーフとくたびれた靴下が乱雑に入っていた。別の引出しにはジーンズとTシャツが突っこんであった。スーツは持っていないようだが、スポーツジャケット一着と、フェイスブックの写真のなかで着ていたサファリシャツ三枚があった。それらのポケットをひっくりかえし、ジーンズのポケットも調べてみたが、フェリックスやイリノイ工科大学との関係を示すものは何も見つからなかった。ハイキングブーツ（これもかなりくたびれている）、サンダル、発掘現場の写真のなかで着ていたチュニックとレギンス、黒いチェックのカフィア。

リビングに戻ったわたしはフォーサンのデスクの椅子にすわり、彼のノートパソコンを開いた。壁紙に使われているのはラクダにまたがった彼の写真で、《アラビアのロレンス》のピーター・オトゥールみたいな衣装を着けている。不意にひらめいた。〝アラビアのルロイ〟では締まらないから、ロレンスと名乗っていたのだ。エロレンゼ――早朝に電話してきた男はアラビア語圏の人間だったのかもしれない。イリノイ工科大学か、もしくは、〈自由国家の技師団〉でフェリックスと知りあいになった人物だろうか？

フォーサンのパソコンはパスワードで保護されていたが、わがパソコンの師匠ならプロテクトを突破する方法を知っているだろう。パソコンを閉じ、カンバス地のリュックに入れた。

デスクには個人的な写真はまったくなかった――恋人の写真も、両親の写真も、さらには、自撮り写真すらない。一週間前の《ヘラルド＝スター》の下に、石の小像が半分ほど隠れていた。右前肢の一部をなくしたライオンのように見える。石にさわったらすべすべしていた。人差し指で頭をなでた。

「フォーサンのことを何か教えてくれない？」と頼んでみた。ライオンは何も言わず、厳粛な面持ちでこちらを見つめかえすだけだった。これもリュックに入れたいという衝動を抑えてデスクに戻し、引出しを調べた。

衣類の引出しと同じく、書類が乱雑に詰めこまれていた。いちばん上の引出しの奥からパスポートが出てきた。名義はルロイ・マイクル・フォーサン。

パスポートのページは、リヤドやカイロを含むアラブ諸国の多くの都市の入国スタンプで埋め尽くされ、ヨーロッパの空港のものもほとんどそろっていたが、アメリカに戻って以来、パスポートは一度も使われていなかった。目を細めてスタンプの日付と国名を見ていった。フォーサンは内戦のせいでシリアを離れることになったが、その後二年のあいだ中東と北アフリカを放浪し、最後にチュニスを発ってシカゴに来ている。わたしは数ページ分の写真を撮ったが、パスポートはライオンと一緒に置いていくことにした。

書類のあいだから公共料金の請求書が出てきたが、財政記録、クレジットカードの使用明細書、銀行関係の書類、給与明細といったものはいっさいなかった。フォーサンがすべてをオンラインで処理していたのなら、何を調べるにせよ、彼のパソコンに侵入できるときが来るまで待つしかない。

アパートメントに忍びこんでから、すでに一時間以上たっている。そろそろひきあげる潮時だ。キッチンを急いで見てまわったが、床板が浮いていたため、つまずいてしまった。靴のかかとで板を押さえつけると、となりの床板二枚が跳ねあがった。

膝を突いて調べてみた。フォーサンのところに財政記録がなかったのは、彼が現金経済の信奉者だったからのようだ。床板を持ちあげると、薄型のメタルボックスに百ドル札がぎっしり入っていた。

12 フリーフォール

百ドル札の束をひとつ手にとって数えてみた。百五十枚ぐらい。ぎっしり詰まった紙幣の厚みを目測すると、全部で二十五万ドルほどありそうだ。持っていく？ ここに置いていく？

現金とボックスと床板を写真に撮った。床板を上げるのにフォーサンが使っていた道具が流し台の下に置いてあった――ハンマーとバール。床板を釘で打ちつけ、できるだけもとに戻そうとしたが、フォーサンがこの隠し場所を何度も使っていたため、釘の穴が広がっていた。床板が浮いていたのも、もとはといえば、そのせいだったのだ。

スタンドを消してドアのノブに手をかけたとき、階段に複数の足音が響いた。フォーサンのドアの外で止まった。くぐもった話し声が聞こえてきた――男が二人。わたしが身をかがめてドアの横の壁に背中を押しつけた瞬間、一人が「あけろ」とどなった。

男たちはドアを蹴破り、わたしの横を素通りして部屋に入ってきた。わたしは外へ飛びだすなり、廊下の床にころがり、向こうが反応する前に踊り場に立った。

「止まれ！」男たちがわめいた。「連邦機関の者だ！　移民・関税執行局（ICE）だ！」

　わたしは階段を駆けおりた。背後に衝撃を受けてふたつめの階段をころげ落ちた。ほぼ同時にヒュッという音。背中を撃たれた。踊り場にばったり倒れ、空気を求めてあえいだ。上からまたしてもわめき声。「連邦機関の者だ。止まれ。止まらんと撃つぞ」二発目の弾丸がヒュッと音を立てた。わたしは反射的にころがって逃げた——身体は麻痺（まひ）していない。階段の下まで行かなきゃ。必死に身を起こし、手すりにまたがって一階の踊り場まですべり下りると、あとは下までジグザグに走った。

　踊り場の周囲でいくつものドアがあき、人々が恐怖の悲鳴を上げていた。「九一一！」わたしは叫んだ。「三階にギャング！」

　正面玄関から飛びだし、「九一一！　ギャング！」と叫びながらニーナ・アヴェニューを全力疾走して車に戻り、ドアを閉める前にアクセルを踏みこんだ。マスタングが横すべりし、悲鳴を上げ、どうにか立ち直った。角を曲がってヒギンズ・アヴェニューに入り、車のあいだを縫ったり、信号の色が変わった交差点を猛スピードで走り抜けたりして、高速道路までの半マイルを狂ったように飛ばした。ようやくヘッドライトをつけたのは、ケネディ高速に入って南東へ向かってからだった。ベルモント・アヴェニューで高速を下りたが、アパートメントまでは、まず西へ戻り、それから南へ向かい、さらに西へ、さらに南へというまわり道をとった。わたしが住む通りから二マイル離れた路地で車を止めたあと、ようやく、尾行がついていないことを確信した。

それでも、アパートメントの建物の二ブロック先で駐車して、裏口から入れるよう、建物の背後の路地を通ることにした。無事に帰り着いたようだ。わが住まいへ続く三階分の階段の下まで行ったとき、両腕と両脚が震えはじめた。不意にすわりこんだ。アドレナリンが枯渇し、いま初めて、背筋を生温かいものが伝い落ちるのを感じた。

13　一日一個のアップルが……

二匹の犬がミスタ・コントレーラスを起こした。わが隣人が玄関をあけると、二匹は彼を押し倒さんばかりの勢いで飛びだしてきた。ペピーがわたしの背中と階段のあいだに鼻を押しこんだ。母性本能に突き動かされて、わたしの血をなめなくてはと思ったようだ。

ミスタ・コントレーラスは関節炎の膝が許すかぎりのスピードでよたよたとやってきた。

「今度は何をしでかしたんだ、ヴィクトリア・ウォーショースキー？」

「誰かに撃たれたの。命中したような気がする」恐怖で呼吸が浅くなっていた。

ミスタ・コントレーラスはわたしを抱えて立たせると、彼の住まいに連れて入った。背もたれの硬い椅子にわたしをすわらせ、コートを脱がせてから、消毒薬と脱脂綿をとりに台所へ行った。二匹の犬がクーンと鳴きながら、わたしの周囲をうろついた。

「シャツかなんか知らんが、とにかく、着てるものをめくりあげてくれ。のぞき見したりしてごめんよ、嬢ちゃん。だが、仕方がない」

老人は脱脂綿を大きくちぎると、がさつではあるが慣れた手つきでわたしの背中を拭きはじめた。ウェストから徐々に上へ移っていった。右の肩甲骨にたどり着いたとき、わたしは悲鳴を抑えきれなくなった。

「ここに血と汚れがついとるが、弾痕は見当たらん」ミスタ・コントレーラスはきっぱりと言った。「これが戦場だったら、爆弾の破片が衣服を裂いて背中に突き刺さったと言いたいところだが、どういう怪我なのか、わしにはようわからん。幸い、傷は深くないが、皮膚が一インチ四方ぐらい削られとる。いちおうテープで留めておくが、朝になったらロティ先生んとこへ行って、破傷風の注射をしてもらい、包帯をしっかり巻いてもらうんだぞ」

ミスタ・コントレーラスがガーゼとテープをせかせかととりにいったあいだに、わたしはコートを拾いあげ、背中の部分を調べてみた。ぎざぎざの裂け目ができていたが、金属片らしきものはなかった。カンバス地のリュックはどこかと見まわすと、ドアのそばにあった。床にあぐらをかいてすわり、リュックを膝にのせた。

新たな救急用具を持ってミスタ・コントレーラスが戻ってきた。わたしが立ちあがろうとしたとき、リュックのなかでカチャン、ガタンと音がした。用心しながら片手を突っこんだ。破片、ワイヤ、ガラス——いったいなんなの？

老人がわたしの手からリュックをとりあげた。「こいつはどこへも行きはせん、嬢ちゃん。もういっぺんシャツをめくってくれ。ガーゼを当てるから。おやおや、あんたときたら、また傷を汚しちまったな。犬二匹を合わせたよりも世話の焼ける人だ」

ミスタ・コントレーラスはわたしの肩甲骨を消毒しなおして、抗生物質を塗り、ガーゼを当てた。最後に、ミイラの全身を包めそうなほど大量のテープをわたしに巻きつけ、それから二人でリュックを調べた。カンバス地に穴が一個あいていた。弾丸の射入口だ。反対側に大きな射出口。片側を見ると、弾丸が猛烈な勢いで何かを押しのけ、その何かがわたしのコートに突き刺さったのだ。

ミスタ・コントレーラスがアームチェアから今日の《サン＝タイムズ》をとり、ダイニングテーブルに何ページ分かを広げた。ここにリュックの中身をあけようというわけだ。アラビア語の本、フォーサンのデスクからとってきた何枚かの紙片、ピッキングツールと懐中電灯、オリエント研究所の刊行物、食べ忘れていたベーグル。ロレンス・フォーサンのノートパソコンの残骸。

弾丸がケースの蓋をゆがめてひびを入れ、パソコン画面を粉々に砕いていた。その衝撃で、何か——金属片？——がわたしの背中に刺さったのだろう。パソコンが弾丸の勢いをもろに受けていた。アップルが命を救ってくれた。

ガラスと金属の破片を調べてみた。パソコン内部の中央に、ゆがんだ花のように見える銅色のものがあった——ずんぐりした茎のてっぺんに広がった金属の花弁が六枚。どれも不格好にねじれ、一枚がちぎれている。弾丸だ。わたしの肩甲骨を突き抜けて心臓をひきさいた場合も、同じ形になっていただろう。激しい震えに襲われた。

ミスタ・コントレーラスがわたしを落ち着かせようとして、腕をかけた。「誰がこんなことを?」

「移民・関税執行局の者だと名乗った連中よ」わたしはルロイ(もしくはロレンス)のアパートメントへ行ったことを彼に話した。「テレビの警察ドラマで聞くようなどなり声だった。でも、本物の捜査官なのか、テレビの警官をまねただけなのかはわからない。ICEの捜査官が武装して街に出るなんて考えられないけど、メキシコ人かソマリ族の母親から使用済みのおむつを顔に投げつけられるのを警戒したのかもね」

「そもそも、なんでそんなとこへ行ったんだ?」ミスタ・コントレーラスが詰問した。「ただでさえ厄介ごとをどっさり抱えこんでおるときに、さらなる厄介ごとを捜しに出かけなくてもいいではないか」

「ロティの甥のためなの」フェリックスに付き添って保安官の待つ森へ行ったことは、わが隣人にはまだ話していなかった。フォーサンの遺体が発見され、ポケットにフェリックスの名前と電話番号を書いた紙が入っていたことを話すと、ミスタ・コントレーラスはたちまち同情的になった——ロティ先生の力になっておったのなら、あんたはまさに正しいことをしたわけだ。

「上へ行って、熱い風呂に入って、清潔な服に着替えるといい。わしがこの二匹と一緒に夕食を運んでやるから」

浴槽に湯がたまるのを待つあいだに、ロティに携帯メールを送った。フェリックスがわたしたち二人に腹を立てるあまり、無事に生きていることをロティにまだ知らせていなかったら困るので。

〝どこへ行ってたのか、フェリックスは言おうとしないんだけど、電話の信号からすると、ウィスコンシン西部にいたみたい〟

フォーサンのアパートメントでの冒険をかいつまんでロティに伝え、破傷風の注射をしてほしいので明日の午前中に診療所に顔を出すとつけくわえた。〝フォーサンの身元を警察に伝えるつもり。フェリックスとのつながりを示すものは、アパートメントには何も見当たらなかった。捜すべき場所はすべて捜したことを、目下、神に祈ってるところよ。フォーサンが何者なのか、何をしてたのかは知らないけど、床板の下に莫大な現金が隠してあったわ〟

洗濯物用のポリ袋で肩を包んで、ミスタ・コントレーラスが巻いてくれた包帯が濡れないようにしてから、浴槽に入った。フェリックスが何をしているのか想像しようとするうちに、うとうとしてしまい、やがて、わが隣人が外の廊下から大声でわたしの名前を呼んだ。裸のわたしを見る危険を避けたいのだろう。わたしは寝ぼけたまま、こわばった身体で浴槽から出た。ポリ袋が乳房にべっとり貼りついていた。

ミスタ・コントレーラスの料理のレパートリーはごくわずかだ。トマトソースで和えたスパゲッティ、ステーキ、チキンのオーブン焼き。今夜はスパゲッティで、トマトは彼が去年の秋に自家菜園でとれたのを瓶詰しておいたものだ。そこにわたしがパルメザンチーズを加えた。このチーズは母がいつも買物をしていた古いイタリアン・デリで買ってきた。ハーレム・アヴェニューに巨大小売店がいくつも進出するなかで、この店はどうにか生き延びている。

ミスタ・コントレーラスと一緒に、なつかしのチャンネルでやっている〈刑事コジャック〉を見た――この時代には、はげ頭の刑事が犯罪者と上司の警部をやっつけ、正しいことが――イコール正義とは限らないが――つねに勝利を収めたものだった。

コジャック自身が現金の詰まったブリーフケースを見て、「札束がどっさりだな」と言っていたとき、ロティから電話があった。

とはあまりないという点で、わたしと意見が一致した。「あなたにフェリックスを見張っててもらうしかないわね」ロティは言った。「あの子にへそを曲げられない範囲内で」

「フォーサンの身元がわかったのは匿名電話のおかげだけど、保安官は当然、フェリックスをあらためて尋問すると思うの。フリーマンの事務所にいる移民問題専門の弁護士に連絡してくれた?」

「マーサ・シモーンね。ええ、したわ。必要なときはいつでも力になってくれるって。それと、ヒューゴから電話があったわ。ヒューゴとペネロピから」ペネロピはヒューゴの娘。つまり、フェリックスの母親だ。「あの子をカナダに帰らせようとして二人がフェリックスを説得したけど、エンジニア仲間とすごく重要な研究をしてる最中だから抜けられないって返事だったそうよ。今夜、もう一度、二人と話してみるわ」

わたしたちは三十分ほど電話で話し、ミスタ・コントレーラスが熱心に、だが、無言で耳を傾けた。ロティは朝から病院で回診の予定だが、わたしの包帯を交換して破傷風の注射を打つよう、診療所の看護師に指示しておくと言ってくれた。

わたしがローカルニュースにチャンネルを変えるあいだに、わが隣人は食器を集めはじめた。フォーサンが住んでいた建物の銃撃事件はニュースになっていなかった。不思議に思って、ノートパソコンでシカゴのニュースを見てみた。そちらでも報道されていない。腑に落ちなかった。流血沙汰ではなかったから、ニュース性はないかもしれない。でも、シカゴでもっとも静かな界隈のひとつで階段の踊り場に銃声が響いたというのに？　報道されてもいいはずだ。ひょっとすると、わたしを撃った連中は本当にＩＣＥの捜査官で、国土安全保障省の権威を使って口止めしたのかもしれない。

わたしが偶然見つけたあの札束には、ＩＣＥの興味を掻き立てる要素があるのかもしれない。例えば、ドラッグ取引の金とか。厳密にいえば、それは麻薬取締局か財務省の管轄だが、国土安全保障省はよその縄張りにやたらと首を突っこみたがる。フォーサンのパスポートにカブールのスタンプが捺してあるのを見た覚えはないが、アフガニスタンから入る阿片ルートのことを考えてみた。

ミスタ・コントレーラスがわたしの撮った写真を見つめていた。魅了され、いささか興奮しているようだ。「たまげたな、嬢ちゃん、こんな大金をその男はどこで手に入れたんだろう？」

「見当もつかない。どうやって見当をつければいいのかもわからない。それより、フェリックスにどう結びつくかのほうが心配だわ。それから、わたしを撃ったのがフォーサンを殺したのと同じ連中だったとしたら？　フォーサンが殺されたのは、誰かのうしろ暗い金を彼がだましとったせいだったのかもしれない。ただ、そうだとしたら、どうしてICEが押しかけてくるの？　捜査官のふりをした悪党連中だったのなら納得できるけど。もしくは、捜査官が悪の道に走ったのなら」

「そんなとこ、二度と行くんじゃないぞ。少なくとも、一人で行ってはいかん。いいな？」

「ええ、もう行かない」わたしはうなずいた。「連中が法の側の人間であれ、無法な人間であれ、あそこを監視してるだろうし」

ミスタ・コントレーラスが鍋類を集め、ミッチを連れて一階へ退散したので——ペピーは癒しと安全のために置いていってくれた——わたしはメイウッドのマッギヴニー警部補に電話して、例の遺体に関して匿名電話で情報が入ったことを伝えた。十分もかかってしまった。なぜかというと、わたしが情報提供者と顔見知りではないことも、フェリックスが——もしくは、わたしが——本当にフォーサンを知らないということも、マッギヴニーが信じようとしなかったからだ。

「匿名電話？　あんたの通話記録を調べさせてもらう」

「令状をとってくれればオーケイよ。メイウッドに腰を据えて、便利なハッカーに調べさせるんじゃなくて」

「ゆうべ、真夜中に電話があったってことだが――」

「今日の早朝よ、警部補さん」

「すると何か、二十時間もたってからようやくおれに話すことにしたわけか？　いままで何してたんだ？」

「爪の手入れよ。ネイルサロンでペディキュアするお金の余裕がないときは、足のたこにやすりをかけたり、巻き爪をカットしたりするのに、すっごく時間がかかるの。次に、古いネイルポリッシュを落として――」

「〈サタデー・ナイト・ライブ〉に出るにはまだまだだな。それから、あんたの探偵スキルも少し磨（ポリッシュ）いたほうがいいぞ、シャーロック」

警部補はそこでいちおう電話を切った。

時刻は十一時に近く、わたしは昏睡状態に近かったが、フォーサンの身元が判明したことをマリに知らせておかなくてはと思った。マリが〈グローバル〉のニュースからわたしの名前を省いていたなら、匿名電話の主がわたしの存在を知ることもなかったはず。

マリも保安官と同じく、こちらから提供するつもりのない細かな情報をほしがった。その情報源の住所は？　職業は？　敵対者のリストは？

「マリ、わたしが知ったのは被害者の名前だけで、それをあなたに伝えることにしたのよ。

あなたのおかげで、匿名電話の主がわたしの名前を知ったんだもの。それから、もちろん忘れないでね——この電話がサービス向上のために録音されてるってことを」

「おれにまだ話してないことを何か知ってるような口ぶりだな」マリが文句を言った。

「あなたに話してないことはいっぱいあるわよ。そもそも、あなたが興味を持つとは思えないから。あなたのリポートのせいでわたしが保安官事務所に疑いをかけられたあとも、こうして情報を流してあげてるんだから、運がいいと思いなさい。たまには自分の足で取材することね。記者の筋肉を鍛えるために」

14　誰があんたを愛してるんだ、ベイビー？

冒険続きのせいで疲労困憊だった。あっというまに眠りに落ちたが、午前二時ごろ目がさめてしまい、止むことなき無益な思いに悶々としつづけた。睡眠の専門家に言わせれば、それだけは避けたほうがいいそうだ。

肩の痛みも原因の一部だが、最大の原因は、フェリックスの身を案じる気持ちと、ルロイ（もしくはロレンス）・フォーサンの部屋の床板の下で見つけた大金にあった。いまもあのまま残っているだろうか？

わたしを撃った二人組はフォーサンの頭に蹴りを入れたのと同じ連中かもしれない。床板の下に隠してあった百ドル札の束がどこから来た金にせよ、フォーサンに裏切られたと連中が思ったのなら、彼を殺し、それから金をとりもどしに来たのかもしれない。

もしくは、二人は本当に移民・関税執行局の捜査官で、職務遂行のためにフォーサンを捜しに来たのかもしれない――〝いまからドアを蹴破るぞ。おまえがアラビア語の詩を読んでる現場を押さえるために〃とか。銃を持っていたのは、金石併用時代がテーマの分厚い本を投げつけられたときの防御用だったのかも。

五時ごろ、ようやく浅い眠りについた。わたしはフェリックスとシリアにいた。空爆で破壊された市内の建物のひとつにフェリックスが精巧な給水設備をとりつけていたが、彼に頼まれてわたしが蛇口をひねると、ルロイ・フォーサンの脳みそが飛び散った。

八時ごろ、どうにか起きてシャワーの冷水の下に頭を突っこみ、右側の肩を慎重に回転させてみた。ミスタ・コントレーラスにテープでぐるぐる巻きにされたため、右腕を自在に動かせるのかどうかよくわからなかったが、動かしてみても、負傷した箇所に痛みが走ることはなかった。肩以外に深刻なダメージを受けたのは右側のヒップで、紫色のあざになっていた。ミシガン湖のような形で、大きさもほぼ同じだ。そこに軟膏を塗ってスウェットパンツをはいた。

いつもなら、早春の土曜の午前中は犬二匹を長時間の散歩に連れていく。散歩がすむとＹＭＣＡへ出かけて、寄せ集めメンバーでバスケットをやることが多い。しかし、今日は、わたしも犬も軽めの運動ですませることにした。二匹を車に乗せてベルモント・ハーバーの北の公園へ連れていき、アヒルやおたがいを追いかける二匹のあとをよたよたとついていった。

家に戻る途中、とりみだしたハーモニーから電話があった——エイブリューっていう部長刑事に、リノのことで話を聞きたいから署に来るようにって言われたの。ヴィクおばさん、いまどこ？

「すぐそっちへ行くわ」わたしは言った。

家に寄るのは省略して、犬を車に乗せたままハンボルト・パークへ直行した。到着すると、ハーモニーが歩道を行ったり来たりしていた。車で署に着いたときは、全身をこわばらせてすわったまま、ドアをあけようともしなかった。

「あたし、できない」

「大丈夫、できるわ。リノならあなたのためにそうするだろうし、クラリスならそれがあなたの務めだと言うはずよ。だから、車を降りなさい。ずっとそばについててあげる」

エイブリュー部長刑事というのは女性で、写真のクラリスに劣らぬ黒い肌をしていた。おかげでハーモニーの緊張が少しほぐれた。エイブリューは忍耐強く物静かなタイプだった。三十分ほどかかったものの、ハーモニーはようやくまともに話しはじめ、思いだせるかぎりのことを伝えた。

話がすむと、エイブリューはテリー・フィンチレーと相談をした。リノのアパートメントの建物を捜索する令状を、フィンチのほうですでにとってくれていた。建てられたのが一九二〇年代なので、地下室には大型の石炭暖房装置が据えつけてあり、貯蔵用の戸棚が並んでいて、死体を遺棄できそうな場所はいくらでもある。誰かが建物内でリノを殺害し、使われていない暖房装置のなかに遺体を隠したのかもしれない、などと露骨に言うのは誰もが避けたが、わたしたちがまず考えたのはそれだった。

何を捜すのかとハーモニーが不安そうに尋ねると、エイブリュー部長刑事はこう答えた。

「お姉さんが建物のなかでずっと助けを待ってたのに、こちらから助けの手を差しのべることができなかったなんて結果にはしたくないの」

同じ建物に住むほかの入居者に話を聞く。シカゴ市警内部でリノの写真を回覧する。航空会社に問い合わせをおこなって、リノがどこかへ向かう飛行機に乗らなかったかどうかをチェックする。リノがサン・マチューでかつての性的虐待者を見かけたのなら、復讐のためにそちらへ飛んだ可能性もある。

「警察が捜索を進めるあいだ、わたしのところに来る?」必要なことはすべて聞かせてもらったとエイブリューが言ったので、わたしはハーモニーに尋ねた。「わたしは一日じゅうほとんど外に出てるけど、犬とミスタ・コントレーラスがいれば寂しくないでしょ」

ハーモニーは姉のアパートメントにいたいと言った。「エイブリュー部長刑事も言ったみたいに、リノの具合が悪かったり、意識がなかったりしたら困るもん。リノが見つかったら、そばにいてあげたい。ねえ――ミッチも連れてっていい？　だって、あの――」

「もちろんよ。ただ、ときどき散歩に連れてかなきゃだめよ。それから、リードはぜったい放さないこと」

「ミッチの世話ぐらいできるわ。あたし、もう子供じゃないのよ」

「そりゃそうね」

ハーモニーとミッチを車から降ろしたとき、「警察が見つけてくれると思う？」と、ハーモニーが訊いた。

「全力でやってくれると思うけど、わたしにもわからない」

「つまり、ええと、この建物のなかで？　リノがここにいるのなら、きっと――」

「たぶん見つかるわ」わたしが優しく言うと、ハーモニーは足を止めた。

「月曜日までにリノが見つからなかったら、あたし、ポートランドに帰る」

「今日のうちに決める必要はないのよ。わたしはいまから破傷風の注射と怪我の手当てをしてもらって、それから探偵仕事を少し片づける予定だけど、どこにいても三十分以内にあなたのところに駆けつけるからね」

ロティの診療所へ向かう前に家に寄り、ペピーをミスタ・コントレーラスに預けた。ふたたび車に乗りこもうとしたとき、ディックから電話があった。

「警官どもに言ったのか？　うちに来てテリーを怖がらせろ、と」

「あら、ディック。お元気？」

「ヴィク、調子に乗るんじゃない」

「頭を冷やす時間をあげようとしてるだけよ。あなたが反対尋問の場でそういう根拠のない主張をしてきたのなら、事務所のパートナーになれたのが驚きだわ。警官たちがテリーを怖がらせたっていうの？　無理だと思うけど。わたしが警官をあなたの家に送りこんだというの？　わたしにそんな力はないわよ」

「ふざけるな、ヴィク。警察はきみからわたしの名前を聞いたに違いない」

「そうとはかぎらないわ。ハーモニーが教えたのかもしれない。あるいは、個人履歴データベースを検索すれば二十秒でわかることだわ。リノが姿を消して一週間近くになる。彼女の近親者と言えるのは、妹のハーモニーに次いであなたが二番目よ。警察があなたと奥さんに話を聞きに行くのは当然でしょ。あなた、警察になんて言ったの？　リノの職探しを自分の秘書に命じたから、近親者としての義務は果たしたことになる、とか？」

「警察には何も言っていない」ディックはこわばった声で答えた。「弁護士の同席がないかぎり、いかなる質問にも答えるつもりはないということで、テリーとわたしの意見が一致したから」

「そして、あなたの顧問弁護士はゴルフの最中だったため、土曜日にオーク・ブルックまで来ることができなかったのね？」

「わが家の顧問弁護士は資産計画が専門だ。刑法に詳しい弁護士を紹介してくれることになっている」

「ディック、けさはあなたに言いたいことが山ほどあるわ。あなたを怒らせることだけが目的でね。でも、やめておく。真剣な問題だから。若い女性が失踪して、かなり深刻な状況なの。何か――なんでもいいから――わかったら、例えば、リノがテリーに電話してきてバスの時刻表を尋ねたり、あなたに電話してきて法的助言を求めたりしたら、警察に話してちょうだい。リノの命のことで良心が咎めたりしたら、あなただっていやでしょ」

正直に言うと、その点は怪しいものだと思うけど。いまのアメリカでは誰もが洗脳されて、助けあいや支えあいの義務はないと考えるようになっている。金持ちになればなるほど、隣人たちや貧乏な姪たちと距離を置き、相手が道端で野垂れ死にしようと気にかけなくなっている。

15　整　体

診療所へ行く前に、あとひとつだけ用事を片づけなくてはならなかった。フォーサンのパソコンの残骸をわがパソコンの天才のもとへ届けるのだ。

ニコ・クルックシャンクは眠そうな目をした陽気な男だが、破壊されたＭａｃＢｏｏｋを見たとたん、いつもの気さくな態度は消え失せた。「あのね、Ｖ・Ｉ、これって高価なマシンなんだよ。剣戟(けんげき)の盾に使うなんてあんまりだ。その瓦礫(がれき)のなかに原子力コードが埋もれてでもいないかぎり、さっさと捨てちゃいなよ」

「銃撃戦だったのよ。剣戟じゃないわ。原子力コードは入ってないけど、殺人犯をとらえる手がかりが見つかることを祈ってるの。なんでもかまわないわ――住所でも、一人か二人の名前でも。このパソコンの持ち主は殺されたんだけど、わたしにわかってるのは考古学が好きな男だったってことだけ」

「ぼく、奇跡の人じゃないんだけど」

「ただの天才よね。何か進展があったら知らせて」

デイメン・アヴェニューにあるロティの診療所に着いたときは、二時近くになっていた。ミスタ・コントレーラスが巻いてくれた包帯を上級専門看護師のジュウェル・キムがほどいた。「ハロウィーンまでまだ半年もあるのよ、ヴィク。ゾンビみたいな格好で歩きまわるのは早すぎるわ。でも、あなたの隣人、上手に消毒してくれたわね。すでに傷が治りはじめてる。軽くガーゼを当てて破傷風の注射をしたら、帰ってもいいわよ」

ジュウェルはわたしが服を着る前に、あざのできたヒップを調べ、さまざまなストレッチと屈伸をさせ、次に右脚で立つように言った。「レントゲンは必要なさそうね。右脚に体重をかけても悲鳴は上がらないから。二、三日安静にしてて。安静にしすぎたら、身体が教えてくれるだろうし」

ジュウェルは軟膏をすりこんでから、チューブ入りの軟膏をわたしに一本よこし、次の患者を呼んだ。

事務所へ向かう車のなかでハーモニーに電話をした。いまも警察が建物を捜索中だが、彼女とミッチはハーモニーのノートパソコンで映画を見ているという。

「最初は一緒についてまわったんだけど、もう怖くって。警察の人が空き部屋に入ったり、古い物置のドアを蹴破ったりするたびに、その奥に何があるんだろうってすごく怖くなって、身体が震えだすの。一度なんか、ネズミの巣が見つかって、それもすごいショックだった」

一時間ほどしたら犬を迎えに行くとわたしが言うと、ハーモニーは遠慮がちに、もうひと晩ミッチを泊めてもいいかと訊いた。

「ちゃんと散歩させるって約束する。さっきも一回散歩に出て、ミッチったら公園ではしゃぎまわったのよ。ミッチがいると心強い」

「もちろん、いいわよ。ミッチが吠えはじめたり、外に出ようとしてクンクン鳴きはじめたりしたら、わたしに電話して。すぐ飛んでくから。犬のせいでリノが賃貸契約を解除されるなんてことになったら困るでしょ？」

ミッチのおかげで、ハーモニーをあの建物に一人で残しておいて大丈夫だろうかという、わたしの心の奥の不安も軽くなった。リノが拉致されたとすれば、偶然出会った昔の性的虐待者であれ、現在の悪党であれ、犯人が警察の捜索に目を光らせている可能性は充分にある。捕食者たちがとくに好むことだ――警察より自分のほうが利口だと思っているので、警察が犯人を突き止めようとして虚しい努力をするあいだ、近くに潜んでほくそ笑むのを好む。でも、ミッチと戦おうと思ったら、強力な武器と過剰な自信を備えていなくてはならない。

事務所に着くと、ジュウェルがくれた軟膏をひりひりするヒップに塗りなおした。あざの形がミシガン湖にますます似てきた。湖岸線は黄色と緑色に変わりつつあり、中心部は深い紫のままだ。

奥の簡易ベッドにきっぱりと背を向けて、パソコンの前にすわった。

まず、フォーサンのアパートメントから持ってきた本を調べることにした。最初はタリク・カタバの薄い詩集だ。

国際ペンクラブのサイトを見たところ、カタバに関して多くの情報が出ていた。自分で詩を書くほかに、ロシア語とフランス語の作品をアラビア語に翻訳している。彼を災難にひきずりこんだのはロシア語の詩だった。オシップ・マンデリシュタームが一九三〇年代にスターリンについて書いた詩を、カタバが翻訳したのだ。

PENのサイトにはこう出ていた――マンデリシュタームはスターリンの口髭を〝ゴキブリ〟と呼び、彼に従う者たちは〝媚びへつらいのうまいおべっか使いの集まり〟であり、彼に命じられるままに〝ニャオと鳴くか、ピーピーさえずるか、クーンと泣くか〟だと言っている。スターリンが作る法律は〝蹄鉄〟で、これが人々の頭や目や股間を直撃するのだ。

この作品のせいで、マンデリシュタームは強制収容所で死を迎えることになり、翻訳したカタバにも災いが降りかかった。バッシャール・アル＝アサドがこの詩を自分への批判ととった。ただし、PENの記事では、理由が明らかにされていない。とにかく、カタバは一年十カ月にわたって投獄され、拷問を受けた。カタバが獄中にいるあいだに妻が亡くなった。

釈放されたときには、シリア内戦が激化していた。カタバは二〇一〇年代の動乱の時期に、数百万の中東の人々と共にレバノンの首都ベイルートへ逃げた。それを最後に、消息がわからなくなる。死んだ？　溺れた？　失踪した？　娘がベイルートに残っているなら、父親を匿っているかもしれない。

詩集のページをすべて見てみたが、余白のところどころに鉛筆で書きこみがしてあるだけで、あとは何もなかった。

カタバの詩集を脇にどけ、『金石併用時代の都市の発展』と向きあった。著者のチャンドラ・ファン・フリートについて調べるのはカタバのときよりずっと簡単だった。生まれも育ちもオランダだが、現在シカゴに住んでいる。しかも、オリエント研究所の教授陣に名を連ねている。

時刻は四時半、オリエント研究所は五時に閉まる。ファン・フリートの研究室に電話をすると留守電になっていた。自宅にかけてみた。かすかな訛り（なま）のあるバリトンの声の男性が電話に出た。驚いていた。いきなり探偵が電話してきて〝誰それさんをお願いします〟と言ったら、誰だって驚くに決まっている。その男性もファン・フリート教授だったが、わたしが話したい相手はチャンドラで、男性はゴットフリートであることを双方で確認しあったのちに、男性が妻を電話のところに呼んでくれた。

「ロレンス・フォーサン？　ええ、知っています。でも、最後に話をしたのは数年前よ。電話してらした理由はなんでしょう、探偵さん？　彼が事件でも起こしたの？」

「その可能性はありますが、電話を差しあげたのは彼が死亡したからです」

「それはお気の毒に。でも、わたしにどういう関係が？」

「フォーサンのことを調べようとして手こずっているのです。所持品のなかに、金石併用時代に関する先生の御著書があったので、フォーサンに関して何か教えていただけるのではないかと思いまして。わたしが知っていることはふたつしかありません。彼が中東の考古学にとりつかれていたことと、亡くなったということです」

16　家族の晩餐

ファン・フリートは電話でフォーサンの話をするのをためらっている様子だった。「複雑な事情があるので、お話しするかどうかは、直接お目にかかったうえで決めることにします。明日はキャンパスにはおりませんが、明後日の午前十時にわたしのオフィスにいらしてください」

わたしが彼女の立場でも、同じように用心すると思うが、それでこちらの困惑が消えるものではない。しかし、承知しましたと答えて、ドナ・リュータスの自宅住所を調べることにした。

検索はきわめて簡単で、時間もかからなかった。ドナは四十一歳、カレッジ・オブ・デュページで会計学の準学士号を取得し、シカゴ南西部の郊外にあるオーク・ローンで母親と暮らしている。一度も結婚していない。兄が一人いて、三人の子持ち、ずっと西のほうに住んでいる。

電話をすれば、ドナは会うのを拒むに決まっている。今日は小雨の土曜日、家にいる可能性が高い。玄関先まで行けば、たぶん、家に通してくれるだろう。

右のヒップをさすりながら、二十五マイルの距離を運転するあいだ筋肉が収縮を続けたら傷の治りが早くなるのか、それとも遅くなるのかと考えこんだ。ぜったい早くなるはず。血行がよくなるのだから。

高速道路に入ろうとしたとき、テリー・フィンチレーから電話があって、エイブリュー部長刑事の捜索チームがリノの住む建物を調べたが空振りに終わったことを知らせてくれた。「ある住戸でマリワナ一ポンドとヘロインのかたまりが見つかったから、無駄骨に終わったわけではないが、見つかった遺体は古い石炭暖房装置のなかで死んでた二匹の猫だけだった。エイブリューが暖房装置に期待してたんだがな。使用禁止のテープがちぎられてたから――しかし、猫のほかは何も出てこなかった。市役所の建設課に連絡をとり、このビルの管理人宛に通知を送って暖房装置の撤去を命じるよう頼んでおいたが、いつになったらやってくれるかねえ」

背後のセミトレーラーが大きな警笛を鳴らした。高速道路に入るランプで、わたしが二台分の隙間を作ってしまうという罪を犯したせいだ。あわててスピードを上げて車間距離を詰めた。

「リノが航空券を予約したかどうか、航空会社に問い合わせる時間はあった？」

「おれがじかに訊いてみた――三十五丁目とミシガン・アヴェニューの角の市警本部にいまもけっこうコネがあるんで、オヘア空港のほうですぐに調べてくれた。シールという女性が飛行機を予約した記録も、レンタカーを借りた記録もないそうだ。少なくとも、大手代理店には記録なし。もちろん、ヒッチハイクとか、友達に車を借りたという可能性もあるが」

その結果に、というか、結果が得られなかったことに落胆したが、フィンチレーに礼を言った。シカゴ市警の骨折りと、わたしに知らせてくれたことの両方に対して。

「長年のつきあいだからな、ウォーショースキー。詳しく知らせておけば、あんたから受けるダメージを減らすことができる」

たぶん冗談だろうと思ったので、笑っておいた。「それで思いだしたけど――けさ、ディック・ヤーボローから電話があったわ。誰かが図々しくも姪のことで質問しに来たと言ってカンカンだった。あなただったの？」

「ああ、あれね。弁護士の同席がないかぎり家族に関する話はできないと言った弁護士か。いや、押しかけたのはフランシーンだ。エイブリュー部長刑事のことだよ。フェアフィールド・アヴェニューの建物の捜索を始める前にそっちへまわったんだ。しかし、興味が湧いてきたぞ。月曜日に法律事務所へ弁護士に会いにいくとするかな。制服を着て、バッジやなんかをずらっとつけて。そうすりゃ、法律事務所の下っ端連中が何事かとびっくりする。ゴシップに花が咲けば、つねに多少は効果があるものだ。上の連中があわてふためいて、ふだんより無謀な行動に出てしまう」

わたしはふたたび笑った。今度は自然な笑いだった。心が狭いのかもしれないが、ディックが事務所で冷や汗をかき、グリニスがフィンチから彼を守ろうとする光景を想像すると楽しくなった。

「またな、ウォーショースキー」フィンチレーは電話を切った。

シセロの出口に着いたときは六時になっていた。多くの家庭で夕食の時間だ。リュータス家もたぶんそうだろう。でも、何をしていようと、わたしが押しかけたらドナはいやな顔をするだろう。

オーク・ローンはブルーカラーが暮らす郊外で、通りはどこも静かだった。ただし、ミッドウェイ空港に離着陸するジェット機の騒音は別だ。ドナと母親が住んでいるのは袋小路の奥の平屋で、外側の羽目板が風雨にさらされて淡いグレイに変わっていた。歩道の両側にむきだしの四角い地面が続き、陽気がよくなって庭に変身するチャンスが来るのを待っている。

家に併設されたガレージは扉が閉まっていたので、車が自宅にあるのかどうか、わたしにはわからなかったが、家の奥に明かりが見えた。呼鈴を押してしばらくすると、カーキ色のパンツと色褪せたブルーのセーターを着た年配の女性が玄関に出てきた。

わたしは礼儀正しく笑みを浮かべて自己紹介をした。「お嬢さんの部下の一人が行方不明になったことを、お嬢さんからお聞きになってます？ 無事に生きているかどうかに関して、警察はきびしい見方をしています。土曜日の夕方にお邪魔したりして申しわけありませんが、行方不明者を捜すとなると、一日も無駄にはできませんので」

母親の背後にドナ・リュータスが姿を見せた。「あなたなの？ どうしてここに？」

母親が驚いて娘を見た。「ディニ、若い娘さんが行方不明になってて、おまえが何か知ってるのなら、刑事（ディテクティブ）さんの力になってあげなきゃ」

「その人、本物の刑事じゃないのよ」

「警察の人間ではないけど」わたしは彼女の誤りを正した。「本物の探偵（ディテクティブ）よ。イリノイ州発行の探偵許可証を持ってて、二十年以上の実績があるわ。サン・マチュー島の出来事に関してリノがなんて言ってたか、教えてほしいの」

「あなたときたら、会社に押しかけてきたうえ、今度はここで同じことをする気ね。だけど、わたしには自宅で静かに過ごす権利があるのよ」

「会社では自由に話してもらえないという印象を受けたの。自宅だったら、くつろいだ気分で詳しい話ができるだろうと思ってね。ここにはあなたの発言をすべて記録するビデオカメラもないし」

ドナは母親に渋い顔を向けた。「そろそろ夕食にする?」

「夕食はあとでいいよ」母親は言った。「その人、おまえが話してたあの娘さんのことを訊きに来たんだろ。リビングに通してておあげ。ラザーニャは時間どおりにオーブンから出しておくから」

ドナはやりたくもない家事を母親から押しつけられたティーンエイジャーみたいに、重い足どりでわたしをリビングへ連れていった。テレビがついていた。動物番組をやっていた。オウムと犬が一緒に芸をしているようだ。ドナはふかふかのアームチェアの端に腰かけ、両手を膝で固く握りしめた。テレビには目を向けようともしない。

「話って?」

わたしはリモコンを見つけてテレビを切った。「どうもまずいのよね。主な可能性は四通りある。リノ・シールは死んでいる。リノ・シールは事故にあって自分の名前を言うこともできない。リノ・シールは誘拐され、犯人たちは警察に見つかりそうな痕跡をいっさい残していない。もしくは、リノ・シールは用があって街を出たが、内密の用件なのであなたにも妹にも何も言っていかなかった。打ち明けるとしたら、あなたたち二人しかいないと思うのよ。さて、あなたならどれを選ぶ？」

ドナの首の筋が動き、返事をしようとするかに見えたが、言葉は出てこなかった。

「何が起きているの、ミズ・リュータス？」わたしは親身になって、いや、せめて淡々とした口調で話をしようとしたが、わたし自身が緊張していた。「木曜日には、わたしの電話を受けて喜んでいる様子だった。それどころか、安堵したと言ってもいいような口ぶりだった。昨日は会社の指示で口をつぐんでしまった。その気持ちはわかるわ。社の方針を部外者に話してはならない、仕事を失うことになる、って言われたんでしょ？　警備員のジェリーがあなたのオフィスに案内してくれたとき、しばらくうろうろしてたのはあなたの身を守るためだと思ったけど、よく考えてみたら、誰かに報告するために監視してたのね。たぶん、イライザ・トロッセあたりに」

ドナは目を丸くしてわたしを見た。まるで、わたしがあっと驚く手品を披露したかのように。

「リノ・シールの身に何があったか、あなた、知ってるの？」沈黙を続ける彼女に、わたしは尋ねた。

ドナはのろのろと首を横にふった。首がこわばり、動かしにくいとでもいうように。

「リノが負傷していないことはたしかよ。少なくとも、近くの病院には運ばれていない。だって、わたしが病院をひとつ残らず調べたんだから。だとすると、リノは死んだの？それとも内密の用件で出かけただけ？」

「リノがどこにいるのかも、何をしてるのかも、わたしは知らないわよ」ドナはそっけなく言った。「それに、イライザ・トロッセじゃなかったわ。誰だったのかわからない」

「なんのこと？——ああ、リノに関する質問はやめるよう、あなたに言った人物のことね。誰かから電話があったの？」

土曜日の夕方だというのに、ドナは化粧をしていて、唇を嚙んだために赤い薄皮がはがれた。かすかにうなずいた。

「電話で何を言われたの？」

「きみは優秀なキャリアを築き、優秀な実績をあげてきた社員だが、リノのことで騒ぎ立てたら、きみの未来に傷がつくことになるぞ、って」

「男？　女？　警備員のジェリー？」

「男だったわ。聞き覚えのある声ではなかった。テレビのアナウンサーみたいな話し方。もしくは、テレビですごい視聴率をとってる説教師みたいな感じだった」

「ほかに何か言ってなかった？　あなたのキャリアが傷つく理由とか」

「こう言ってた。〝リノは疑惑をかけられて会社を去った。社から訴えられなかっただけでも幸運というものだ。リノが冷遇されていたなどと、きみが誤解しないように願いたい〟って」

「リノがどこにいるのか、電話をよこした男に訊いてみた？」

ドナは肩をすくめただけで、わたしを見ようとはしなかった。

「知りたいと思わなかったの？　心配じゃなかったの？」

ドナはやはり何も答えなかったが、全身をさらにこわばらせた。

「ほかにも何かあるんでしょ？」わたしは鋭い声で言った。「飴と鞭のどっち？」

化粧の下でドナの肌が赤く染まった。「写真よ」とつぶやいた。「そんな写真を撮られてたなんて知らなかった。わたし——お願い——」

傷ついた者の屈辱を目にするのは耐えがたい。「わたしがとやかく言うことじゃないわ。わたしはリノの身を心配してるだけ。リノがサン・マチュー島のことでどんな話をしてたかを知りたいの。リノを捜す手がかりになりそうなことを」

ドナが何個かはめた指輪を乱暴にねじったため、そのうちの一個が指の内側の皮膚を傷つけた。

「わたしにはわからない。わかってるのはリノが何かで狼狽してたってことだけ。ただ—

—リノがわたしを信頼していたと、あなた、何度も言ってるけど、それは違うわ。もともと物静かな子だったけど、サン・マチュー島から戻ってくると、出かけたときよりさらに寡黙になっていた。旅行はどうだった、どんなことをしたの、とみんなが尋ねると、楽しい時間もあったし、ビーチはゴージャスだったけど、イベントはTVドラマの〈マッドメン〉をステロイドで増強したような雰囲気だったと言っていた——リッチな男たち、ビキニの若い女たち。女はセクシーな踊りを期待されてた。リノは怒ってたわ。〝人生のなかのたった五日間なんだから忘れなさい〟ってわたしが言ったら、リノは〝人生のすべてを奪われたような気がする〟と言っていた。

次に、人事部のイライザ・トロッセから電話があって、リノから苦情が来てるけど、それを止めるのがわたしの役目だと言われた。〝社の経営陣が問題にするだろうし、表沙汰になったら、あなたにも悪影響があるのよ〟って。つまり、左遷されるか、悪くすればクビってことね」

ドナの母親が湯の入ったマグ二個と箱入りのティーバッグを運んできて、わたしがすわっているカウチのそばの小さなテーブルに置いた。「二人とも、お茶でも飲んだほうがよさそうな顔よ」

わたしは感謝の笑みを浮かべた。お茶を飲んでいれば手持無沙汰の解消になるし、喉の痛みも和らぐ。わたしはジンジャー＆ターメリックを選んだ。

「それで、わたし、リノと話をして、〝サン・マチュー島で何があったか知らないけど、会社が力になってくれることはありえないから、穏便にすませたらどう？〟って言ったの。リノは仕事に戻ったけど、客の応対をしてないときは、ひきこもってるように見えたわ。自分のなかに」

ドナは熱い湯を少し飲んだ。「そのあと、リノが人事部へ送った苦情に書面で返事が来てないかと思って、わたし、彼女の個人ファイルを閲覧してみたの。社の誰かがリノのファイルにメモを送ってきてたわ。オンラインでって意味よ」

「メモの内容は？」

「〝この女に関して何がわかっているのか？〟。イニシャルなし。誰かのファイルに書きこみをするときは、イニシャルで署名するのが決まりなのに。わたしはすぐ、マネージャーに電話をしたわ」

「イライザ・トロッセのこと？」

「いいえ。イライザは本社の幹部。わたしの直属のマネージャーはウェスト・サイドにある二十の支店を統括する人物で、イライザの部下に当たるの。〝リノのファイルにはメモなんか入ってないわ。何を言ってるの？〟ってマネージャーに言われたわ。たしかに、もう一度ログインしたら、メモは消えていた」

「リノは子供のころ、誰かに性的虐待を受けてたの。男の名前はわからなかった。サン・マチュー島でその男にばったり会ったんじゃないかって、リノの妹は想像してるんだけど」

「まあ、気の毒な子！」わたしは気づいていなかったが、ドナの母親がドアのところに立っていた。「ディニ——その子からそういう話を聞いたことは？」

ドナは首を横にふった。「もしかしたら、そのせいで、サン・マチュー島での出来事に過剰反応したのかもしれない。じっさいは——リノの話ほど淫乱なことではなかったのかもしれない」

「あるいは、リノの話以上に淫乱だったのかも」わたしは言った。「月曜日に何か特別なことが起きなかった？　リノが最後に出勤した月曜日に」

ドナの唇が困惑にゆがんだ。

「わたし、リノに言ったの——何か秘密を抱えてるんじゃない？　わたしに打ち明けたほうがいいわよ、って。だって、わたしはリノの上司ですもの。彼女のファイルに入ってたのに、あとで消えてしまったメモのこともあるし。リゾート地で社の経営陣の誰かと衝突したんじゃないかって、ズバッと訊いてみたわ。リノが言うには、経営陣の名前がわかれば、その質問に答えられるってことだった。そのあと、リノは勤務を終えて帰っていった。火曜日も水曜日も無断欠勤だったし、電話にも出ないので心配してたら、木曜日にあなたから電話があって、ほっとしたのよ。ところが——電話がかかってきて……」ドナの声が細くなって消え、てのひらが汗ばんできたのか、ジーンズに両手をこすりつけた。

わたしと話をしたら彼女のキャリアに傷がつくという脅しの電話。

ラザーニャが焼けたらしく、牛肉とトマトの匂いが漂ってきて、わたしは自分が空腹で自宅から二十五マイルも離れていることに気づいた。

「月曜日にリノと話をした場所はあなたのオフィスだったの？　誰かに立ち聞きされた可能性はない？」

ドナは苦笑した。「あのオフィス、あなたも見たでしょ？　プライバシーはわが社の最優先事項じゃないのよ」

ドナ・リュータスの話をどう解釈すればいいのか、いくら考えてもわからなかった。とくに、最後のほうの言葉が気になった。リノは〈レストEZ〉の経営陣の名前を探りだそうとしていたという。その一人がリノを凌辱し、こんなことは日常茶飯事だとでも言ったのだろうか？「こんなすてきな島に招待してやったのに、いまになって拒む気か？」と。そして、リノの個人ファイルにメモを送ったが、よけいな注意を惹くだけだと気づいて削除した。

17 バケーション・スポット

雨はすでにやんでいたが、気温が下がっていた。ラシーヌ・アヴェニューの自宅に帰り着くころには、ヒップと肩が疼きはじめていた。車を降り、脚をひきずって建物の入口まで行き、脚をひきずったまま、ペピーを散歩させるためにブロックを一周した。

土曜日の夜はときどきクラブへ出かけて踊りや音楽を楽しむことにしているが、今夜はテレビの前に寝そべってピッツァを食べ、ボトルに半分残っていたブルネッロを飲みながら、ブラックホークスの試合を見た。第三ピリオドの途中でハーモニーから電話が入った。エイブリュー部長刑事がわざわざ立ち寄って、捜索が空振りに終わったことを知らせてくれたそうだ。

「リノが消えちゃうなんて、すごく辛い。あたしが思ってたのと違って、リノはあたしのことなんか愛してなかったのかも」

「ハーモニー、リノの身に何があったのかはわからないけど、リノが自分から進んであなたを捨てたとは思えないわ。リノに関していい知らせが来そうもないことは、あなたもきっと覚悟してるわね」

「消えたかったのかもしれない」ハーモニーは鼻をグスンといわせた。「リノはポートランドから出ていった。あたしとクラリスを残して。それでも、あたしから連絡をとることはできた。もしかしたら、リノのほうはあたしとすっぱり縁を切りたかったのかも」

ある意味で、これは子供っぽい癇癪だが、姉妹の本質的な孤独を示すものでもあった。ろくな返事はできそうもなかったので、かわりに、リノの口から〈レストEZ〉の経営陣の噂を聞いたことはないかと尋ねてみた。

「リノは社の経営陣の名前を突き止めようとしてたみたいなの」わたしは言った。「サン・マチュー島で経営陣の誰かと衝突したというような話をしてなかった?」

「前にも言ったように、どの男も同じに見えたってことしか聞いてない。ハゲタカみたいだけど、表情が死んでるんだって。そうだ、リノがどんなに馬鹿だったかを知ったら、クラリスが発作を起こすだろうとも言ってた。そもそも、あそこへ行くことを承知したのが間違いだったって」

ハーモニーは長いあいだ無言になったが、やがて、小さな声で言った。「もしかしたら、もう死んでるのかも。考えただけで耐えられない。次々と辛いことを思いだしてしまうから。男たちに――」

ハーモニーは言葉を切った。力を持つ男たちの支配下に置かれたとき、女がどれほど酷い目にあわされるかを、ハーモニーは大部分の人間より熟知している。

「とにかく」ふたたび沈黙を続けたのちに、ハーモニーはつけくわえた。「これ以上シカゴにはいられない。頭が変になりそう。リノを見つけたいのに、何もできないんだもん。少なくともガーデン・ショップで仕事をしてれば、植物に命を与えることができる。だから、あたし、月曜の朝の飛行機でポートランドに戻ることにする」

わたしはハーモニーに、あなたは正しい決断をしたと思うと言い、リノ捜しはわたしのほうで続けることを約束した。電話を切る前に、シカゴでの最終日はぜひ観光を楽しむようにと言った。

今週に入って初めて、朝まで熟睡することができ、目がさめたときには、ハーモニーを市内観光に連れていく元気が湧いていた。ミスタ・コントレーラスもシカゴ建築財団主催のダウンタウンのビルめぐりウォーキング・ツアーに参加した。わたしは脚をひきずらなくなり、ヒップに広がるミシガン湖の地図は中央部が黄色に変わりつつあった。つまり、深奥部の傷も癒えてきたわけだ。

わたしが生まれ育った家を見るため、車でサウス・シカゴへ出かけた。ハーモニーは五歳のときに経験したクリスマスを断片的に覚えていたが、家に入ることはできなかった。わたしの子供時代の寝室を見せてほしいと現在の住人に頼んだのだが、途中で玄関を閉められてしまった。でも、家がまだ残っているだけでも運がいい。この界隈の住宅の多くが抵当流れで消えてしまったり、倒壊したりして、どの通りを見ても住宅より空き地のほうが目立っている。

母が植えたオリーブの木がいまも前庭に残っていた。逃げだしたきり二度と戻れなくなったイタリアを忘れないために、ここに植えたのだ。ハーモニーが木の状態を調べようとしたが、玄関にふたたび住人が出てきた。今度は銃を手にして。

ノース・ハーレム・アヴェニューの〈オルヴィエート〉で夕食にした。毎年、結婚記念日に父が母を連れていった店だ。古めかしいレストランで、クリームソースも量もたっぷりのパスタを出してくれる。このタイプのパスタは母の好みではなく、自分で作ることもなかったが、母がこの店を気に入っていたのは、生まれ育ったウンブリア州の丘陵地帯を描いた壁画があるからだった。

わたしはハーモニーを説得してうちに泊まらせようとし、飛行機に間に合うようみんなで早起きしようと提案したが、身のまわりの品はすべてリノのところに置いてあるので、どうしてもそちらに戻る必要があった。

ベッドに入る前にロティに電話して、フェリックスから連絡があったかどうか尋ねてみた。

「なんと、今夜、食事に来たのよ。エンジニア仲間とミネソタ州の北部でキャンプしてたとか言ってたわ。むずかしい問題点をみんなで解決しようとがんばってて、瞑想会みたいな時間を作れば思考を明晰にするのに役立つと思ったそうなの」

「食事にはフェリックス一人で？」わたしは尋ねた。

「ええ。〈自由国家の技師団〉の仲間にはまだ会ったことがないけど、今夜のあの子は最近の様子からすると別人のようで、昔のフェリックスに戻ったみたいだった」ロティは短く笑った。「魅力的な若い男を自分の人生に迎えた年寄り女の例に漏れず、わたしもあの子を信じることにしたわ。心の奥では疑ってるけど」

例えば、キャンプと瞑想会の話を信じてもいいものかどうか。好奇心から、ミネソタ州北部の天候を調べてみた。シカゴより十度近く気温が低く、各地のスキー場は一フィートを超える積雪で、どの湖も凍っている。フェリックスだって雪中キャンプぐらいできるだろうが、やはり、こちらに戻ってから急いでこしらえた話のように思えてならない。

わたしが金曜日にフェリックスと電話で話したときは、これまでの人生で最大のエンジニアリング・プロジェクトに関わっていると言っていた。〝思考を明晰にするために仲間と一緒に北の森林地帯へ行っていた〟などとは言わなかった。

「ロレンス・フォーサンの件で保安官事務所の警部補から連絡があって取り調べを受けた、なんて言ってなかった？　マリ・ライアスンのテレビのコメントを聞いて、その警部補がカッとなり、へそを曲げたみたいなの」

「ええ、言ってたわ。フェリックスが食事に来たのもそれが理由でしょうね。あなたが紹介してくれた弁護士のマーサ・シモーンが取り調べに同席して、その取り調べを短時間の形式的なものにしてくれたそうよ。わたしも、フェリックスも、あなたに感謝してる。あの子がお礼を言うのを忘れなきゃいいけど」

ロティとわたしがおやすみを言って電話を切ったとたん、まるでそれが合図だったかのように、フェリックス本人が電話してきた。ロティの報告とほぼ同じ話を始めた。

「三月下旬にミネソタ州北部でキャンプ？　あなたもお友達もずいぶん元気ねえ。まだ雪と氷に覆われてるでしょ」

「ぼくはカナダの人間だよ、ヴィク。モントリオール出身。みんな、冬のキャンプが大好きなんだ」

フェリックスはマーサ・シモーンの力添えに対して、わたしに丁寧に礼を言った。「ぼくがフォーサンとは一面識もないことを、マーサ・シモーンの説明で警部補が納得したかどうかはわからないけど、弁護士の同席がないかぎりぼくとは話ができないって、彼女が警部補にはっきりわからせてくれた。ぼくを犯人扱いするだけの証拠はないと言ってる。彼女、かなり評判の高い弁護士みたいだね。マッギヴニー警部補からは解放してもらえたけど、事件が解決するまでクック郡から出ないようにと釘を刺された。いまのところはぼくもかまわないよ。でも、五月末までに解決しなかったらどうすればいい？　学期が終わったらカナダに帰るつもりなんだ」

わたしはフェリックスを安心させようとした――殺人事件の捜査が八週間以上続くとしたらそのほうが驚きだわ、と言って。しかし、よけい神経質にさせただけだった。マッギヴニー警部補がフォーサン殺しの罪を自分にかぶせるつもりだとフェリックスは思いこんでいる。彼を元気づけたくても、もう言葉が出てこなかった。フェリックスがフォーサンと何かの形でつながっているのかどうか、わたしにはわからないし、郡の保安官事務所がフェリックスへの疑いを強めたのは、もちろんマリ・ライアスンのリポートのせいだ。マリとわたしの関係がなければ、ぜったいこんなことにはならなかったはず。フェリックスとわたしはおたがいに鬱々たる気分のまま、電話を切った。

ハーモニーを空港まで送るために早起きしなくてはならないので、しばらくしてからベッドに入ったが、なかなか寝つけなかった。フェリックスのキャンプの話と、リノが〈レストEZ〉の経営陣の名前を突き止めようとしていたというドナ・リュータスの話が、交互に頭に浮かんでくる。経営陣の名前を秘密にする会社がどこにあるだろう?

ついに起きあがってダイニングルームへ行き、母の赤いグラスのひとつにアルマニャックを注いで、ニコロ・ヨンメッリの伝記を読もうとした。母は一度だけオペラの舞台に立ったことがあるが、その作曲者がヨンメッリだった。読書には集中できなかった。

アルマニャックかヨンメッリが眠りに誘ってくれることを期待してベッドに戻ったが、午前一時にふたたび起きあがり、〈レストEZ〉のことを検索した。社内組織についても、親会社があるのかどうか、子会社があるのかどうかについても、何ひとつわからなかった。〈レストEZ〉は上場企業ではなかった。一時間かけて調べた結果、わかったのはそれだけだった。証券取引委員会の記録文書はないが、〈レストEZ〉はデラウェアで法人化された〈トレチェット・インベストメント〉の全額出資子会社だった。〈トレチェット・インベストメント〉は株主のために金融商品への投資をおこなっていて、株主は〈トレチェット・インターナショナル〉一社だけだが、社の業務内容は明記されていない。サン・マチュー島の中心地、アーヴル＝デ＝ザンジュで法人化されている。

トレチェットという名前をどこかで聞いた覚えがあるが、どこだったかは思いだせなかった。ハーモニーが初めて訪ねてきたときからわたしのほうでとっていたメモを残らず調べ、次にフェリックス関係のメモを調べ、最後にわたしの調査済みファイルにも目を通したが、どこで見たにせよ、わが探偵仕事とのつながりはなさそうだった。

それに、いずれにしろ関係のないことだ。〈トレチェット・インターナショナル〉がどこで法人化されたにせよ、オフショア会社であれば、オーナーが本社と同じ場所にいる必要はない。オーナーはロンドンかニューヨークに、あるいは、このシカゴにいて、届出代理人がカリブ海で業務を担当するという形をとればいい。

パソコンの電源を切る前に逆方向検索をやってみた。〈トレチェット・インベストメント〉もしくは〈トレチェット・インターナショナル〉が所有するほかの企業を調べてみたのだ。ラトヴィアとキエフの銀行が見つかった。それから、ジャージー島に本社がある保険会社と、ブエノスアイレスを拠点として油田に投資をしている持株会社も。しかし、親会社以外に株主の名前はまったく出ていない。親会社は〈トレチェット・インターナショナル〉のこともあれば、〈トレチェット保険グループ〉のこともあった。すべての会社がタックスヘイブンで設立されているが、社員の名前はどこにもない。届出代理人はつねに銀行。地元の法律事務所というケースもいくつかある。

サン・マチューという島を調べたところ、フランス領西インド諸島のひとつ、マルティニーク島の近くにあることがわかった。大アンティルおよび小アンティル諸島の多くの島々と同じく、主な産業は貧しい投資家たちを相手にオフショア会社を設立することのようだ。このわたしだって、マウスを二、三回クリックして、自分の銀行口座からわずかな金がひき落とされれば、個人組織であれ、法人組織であれ、信託や財団や会社を手に入れることができる。

リノが〈トレチェット〉のオーナーの正体を自分で突き止めようとして、アーヴル＝デ＝ザンジュへ飛んだとは考えられないだろうか？　もしそうなら、偽名を使ったのだろう。フィンチレーが航空会社へ問い合わせをしても、リノの名前は出てこなかったのだから。

午前二時、ハーモニーをミッドウェイ空港で飛行機に乗せるため六時十五分には迎えに行かなくては、と自分に言い聞かせた。つまり、五時に起きなくてはならない。何も考えまいとするのについ考えてしまうときの、脳がぎしぎしするような感覚を抱えて、わたしはベッドに入った。

うとうとしかけたとき、またしても電話に起こされた。悪態をつき、留守電に切り替わるのを待とうとしたが、その瞬間、ハーモニーからだと気がついた。

「ヴィク？　ヴィク——誰かが入ってこようとしてる——音がしてる——」

「すぐ行く」わたしはジーンズをはきはじめた。「いまから九一一に電話する。そのあとであなたにかける。わたしがそっちに着くまで電話を切っちゃだめよ」

ミッチを連れてアパートメントの建物を出たときには、すでに九一一への電話を終えていた。湧きあがるパニックを抑えつけ、どのルートで行くべきかを頭のなかで考えた。信号無視で突っ走り、のろのろ運転の車の脇をまわり、トラックの前に割りこんだ。ノース・アヴェニューとアシュランド・アヴェニューの交差点でとうとう運に見放された。パトカーに停止を命じられた。

わたしはマスタングから飛びおりてパトカーまで走った。「おまわりさん、わたしの姪が——誰かが忍びこもうとしてる音を聞いて、いまは電話で呼びかけても返事がないの。九一一に電話したけど、わたしも急いで駆けつけないと」

わたしが怒りと恐怖と苛立ちで泣きださんばかりだったので、運転席の警官も真剣に耳を傾けてくれた。女々しいリアクション。大嫌いだが、意志の力で抑えこむことはできなかった。警官は九一一に確認してから、サイレンを鳴らしたパトカーについてくるように言った。最後の一マイル半を二分で走った。

建物に到着すると、ブルーと白のパトカーが表に止まっていた。警官たちが呼鈴で誰かを起こしてすでに建物に入っていて、いまから上の階へ向かうのでロビーで待つよう、わたしに言った。わたしはミッチを脇に従えて、方向転換して廊下を走り、裏階段へ向かった。ミッチはうなじの毛を逆立て、低くうなりながら、わたしの先に立って階段を駆けあがった。

わたしがようやく部屋にたどり着いたときには、ミッチがすでに部屋に飛びこんでいた。裏口のドアのロックがこわされている。わたしは開いたドアから駆けこんで、ハーモニーの名前を大声で呼んだ。警察が玄関ドアをガンガン叩いていたが、ミッチは裏口からふたたび廊下に出た。あとについていくと、業務用エレベーターがあり、このフロア用のゴミ容器が並んでいた。そのひとつにミッチが鼻をこすりつけ、クーンと鳴いたり吠えたりしている。

わたしの胃のあたりが冷たくなった。ようやく勇気を出して蓋をあけた。残飯や紙屑のからまったトウモロコシの房のような髪が、くの字に折れたハーモニーの胴体に垂れている。身じろぎもしない。ミッチが飛びあがり、蓋の縁に前足をかけて、ハーモニーの頭に鼻先をすりつけた。

ハーモニー、死んでないよね、ハーモニー、死んでないよね。わたしは震える手をゴミ容器に突っこみ、ハーモニーの首を探った。脈、かすかに打っている。

横に警官が現われた。なめし革のような肌をした背の低い女性。

「わたしの姪」わたしはつぶやいた。「まだ息がある。わからないけど——怪我してるかも——」

警官はミッチをどけるように言った。わたしの姪の様子を見ようというのだ。犬はハーモニーのそばを離れようとしなかった。わたしが踊り場のドアをつっかい棒にして足を踏んばり、ミッチを抱きかかえようとすると、うなり声を上げて嚙みつこうとした。

「テーザー銃は使わないで」ツールベルトに手を伸ばした女性警官に、わたしはあえぎながら言った。「この犬、姪を守ろうとしてるの。自分の役目を果たしてるだけなの」

「だったら、しっかりつかまえてて、ハニー」

警官はゴミ容器をゆっくり横倒しにして、ハーモニーを少しずつひっぱりだした。そのとたん、ミッチがわたしの手を逃れてハーモニーに駆け寄り、顔をなめはじめた。警官は犬の好きにさせておくことにした。ハーモニーの脚と腕を伸ばそうとする警官に、わたしも手を貸した。ハーモニーが着ているスウェットシャツをめくりあげ、ヨガパンツを下ろしたが、どこにも怪我はなかった。

「ショック症状に陥ってるようね」警官は言った。「もっとも、わたしは救急救命士じゃないけど。この子のそばについてて。救急車を呼んでくる」

　わたしはコートを脱いで姪をくるんだ。ハーモニーの顔は蠟(ろう)のように白く、呼吸は浅く不規則だった。彼女の手を握りしめ、愛情を伝えたいときに人が口にする意味もない言葉を甘く投げかけた。ミッチが彼女の顔をなめつづけていると、救急救命士たちが到着し、彼女をストラップでストレッチャーに固定した。

　ミッチを押さえつけておくには渾身の力が必要だった。救命士たちがストレッチャーを持ちあげて業務用エレベーターのほうへ運んでいくと、ミッチはもう狂乱状態だった。エレベーターのドアが閉まった瞬間、悲痛な遠吠えを始めた。わたしはミッチを静かにさせようとしたが、ほとんど成功しなかった。リードを短く持ってミッチを横にぴったりつけ、リノのアパートメントの様子を見に行った。

　何者かのがさつで乱暴な手が室内を荒らしていた——引出しを抜き、きちんと整頓されていたリノの衣類を床に投げ捨て、キッチンの戸棚までも空っぽにしていた。

18　安全なスペース

エイブリュー部長刑事とテリー・フィンチレーがわたしの話を聞き終えたとき、時刻は明け方近くになっていた。二人は病院でわたしと落ちあい、わたしはERのスタッフから、ハーモニーはショック状態に陥っただけで銃創は負っていない、という説明を受けた。現在点滴中で、一泊入院が必要とのことだったが、わたしが病室でしばらく付き添うことは許可してくれた。誰かがハーモニーの髪と顔からゴミをとりのぞいてくれていた。胸が痛くなるほど若く無力な姿だった。

彼女の手をとると、まぶたが震えて開いた。「クラリス？」

「ヴィクよ、ハーモニー。ヴィクおばさんよ」

ハーモニーはわたしからも、醜い現実からも遠ざかろうとするかのように目を閉じたが、わたしが指を軽く握ると、「ヘンリーとクラリスの夢を見てたの」と言った。

「よかったわね」わたしは言った。「ヘンリーとクラリスのそばにいれば安心だもの。起こしてしまってごめん。でも、いくつか質問させてほしいの。何が起きたか覚えてる？わたしに電話してきて、誰かが入りこもうとしてるって言ったわよね」

「裏口でそいつらの声がしたの」ハーモニーに装着されたモニターが大きな音を立てはじめ、看護師が飛びこんできて、患者を興奮させたわたしに眉をひそめた。

「ヴィクおばさんに電話したけど、そのとき、大きな音とどなり声が響いて、あたし、凍りついてしまった。シェルターで暮らしてた八つのころに戻ったみたいだった。あたしとリノはいつもママとその男たちから逃げようとしてどっかに隠れてたの。あたし——どうしたらいいかわかんなくて——一人前の大人だったら、玄関から逃げだして助けを求めただろうけど、あたしは臆病だからじっと隠れてただけ」ハーモニーは泣きはじめた。

「泣かないで。あなたは自分で自分の命を救ったのよ。とても賢いやり方だった。わたしに電話してから、襲撃者につかまる心配のない場所に身を隠した。その機転には脱帽だわ。ミッチが嗅ぎつけてくれなかったら、わたしだってゴミ容器をのぞきさえしなかったと思う」

ハーモニーは歯の根も合わないほど震えていた。わたしに握られていた手がふたたび冷たくなった。帰ってもらいたいと看護師がわたしに言った。

「だめ」ハーモニーがつぶやいた。「あたしのおばさんなのよ。ここにいてほしい」

その瞬間、フィンチレーとエイブリューが病室に入ってきた。別の看護師があとを追ってきて、患者の安静を乱さないでほしいと言った。

「ほう、私立探偵なら乱してもいいのか？」フィンチレーが言った。「そりゃないだろ。ミズ・シールがウォーショースキーの質問に答えられるのなら、おれの質問にも答えられるはずだ」

ハーモニーがわたしの指を握りしめた。「帰らないよね？」

「ここにいるわ」わたしはハーモニーを安心させた。

「ミズ・シール、われわれはあんたを困らせに来たわけじゃない」フィンチレーが言った。「もっと話を聞かせてほしいんだ。事件の記憶が新たなうちに。襲撃犯をつかまえるチャンスがそれだけ大きくなる。犯人たちの顔は見たかい？」

「男たちが飛びこんできたとき、あたし、キッチンのドアの陰に隠れてて、それから廊下へ逃げたの。見たのはうしろ姿だけ。ものすごい大男だった。あんな大きな男を見たのは初めて」

エイブリューに質問されて、ハーモニーは三人いたと思うと答えた。全員が黒の革ジャケットをはおり、毛皮の帽子をかぶっていた。

「しゃべる声は聞いたかい？」フィンチレーが尋ねた。

「もう怖くて、怖くて、聞こえるのは自分の心臓の音だけで、そのあとはゴミ容器に隠れて、たぶん気を失ったんだと思う」

「何か覚えてることはないかしら、ミズ・シール?」エイブリュー部長刑事が訊いた。

「誰かが押し入ろうとしてるって、どうしてわかったの?」

「あたし、ベッドに入って、タブレットで〈ピープル・オブ・アース〉を見てたのね。最初はドラマのなかの音かと思ったけど、誰かが裏口にいるんだってわかったの。ヴァーン・ウルファーマンかもしれないって思った。ほら、管理人の。だって、あたしたちの階のゴミ容器をエレベーターで運んでくれるから。でも、音がどんどん大きくなって、何かこわそうとしてるみたいな感じで、そのとき、連中が押し入ろうとしてるんだって気づいたから、ヴィクおばさんに電話して、そのあと、次の行動に移ったの」

「次の行動?」フィンチレーが鋭く言った。

「連中が錠かドアをこわしたから――どっちかわかんないけど――あたしは廊下へ逃げて身を隠したの」わたしの指を握ったハーモニーの手がこわばった。フィンチレーたちから残りの質問を受けるあいだ、ハーモニーはわたしから目を離そうとせず、わたしの手をきつく握ったままだった。

襲撃者たちは何を捜していたのだろうとフィンチレーが首をひねった――ドラッグ?

この言葉に、ハーモニーはカッとなった――リノもあたしも一度もやったことないわ。前も警察でそう言ったのよ。そのたびに嘘だろうって言われたら、警官と話をしようって気になんかなれない。

「嘘だなんて思ってないわ、ミズ・シール」エイブリュー部長刑事が言った。「でも、あなたはお姉さんに一年以上も会っていない。この大都会で一人暮らしをするストレスがお姉さんにどう影響したか、あなたにはわからないでしょ」

「あたしたち、オークランドで孤独な暮らしをしてて、あのときのほうがストレスは大きかったけど、ドラッグに走ったことはなかった。一度も」ハーモニーの唇がキッと結ばれた。「クスリをやった女があっというまに転落するのを、この目で見てきたもの。うちのママがどうなったかも見てきた」

さらに二、三分、こんなやりとりが続いたが、ハーモニーの血圧と脈拍が上がったため、病棟看護師がフィンチレーたちを追いだした。

「あたしのこと、怒ってる、ヴィク?」警察が出ていったあとで、ハーモニーがおずおずと訊いた。

「怒る?　どうして?」

「あの――ヴィクおばさんが付き添ってくれてたのに、クラリスの名前を呼んでしまって」

「わたしも母が亡くなって三十年以上になるけど、苦痛や悲しみのなかで目をさましたときにそばにいてほしいと思うのは、いまもやっぱり母なのよ」わたしは腰をかがめてハーモニーの額にキスをした。「あなたもいちばん会いたい人の名前を呼んだだけだわ」

「朝の飛行機で帰るつもりだったけど、だめになってしまった。しばらくシカゴにいるとしても——リノのアパートメントにはもういられない」

「もちろん、今日の飛行機に乗るのは無理ね。だから、もちろん、ミスタ・コントレーラスとわたしのところに泊まらなきゃ」

ハーモニーの病室の外でエイブリューとフィンチレーが待っていた。ハーモニーがわたしに何を打ち明けたかを聞きだすつもりなのだ。

「母親を恋しがってるわ。あの子を愛してくれた里親を。生みの母じゃなくて」

「あの子、犯人と面識があると思うか？　あるいは、アパートメントに侵入された理由を知ってるかな？」フィンチレーが訊いた。

「もし知ってるとすれば、巨額詐欺事件で逮捕されたバーニー・メイドフ以上の天才詐欺師ね。でも、いいこと、ハーモニーのふところ具合を見たかぎりでは、バラの苗を販売する以外のことは知らないって感じよ」

ふところ具合という言葉をふと口にした瞬間、ルロイ（もしくはロレンス）・フォーサンのことと、床板の下に隠されていた大金のことを思いだした。リノとフォーサンを結びつけるものは何もなさそうだし、あるとしてもわたしの存在ぐらいだが、ハーモニーとリノの姉妹も現金を隠し持っていたのではないかという疑惑が浮かんできた。襲撃犯たちは百ドル札の束を捜していたのだろうか？

いつしかフィンチレーの話についていけなくなっていたが、向こうはわたしの心を、というか、心の一部を読んでいるようだった――あの姉妹に関して、あんた、ほんとは何を知ってんだ？　ハーモニーがこっちに来たのは、リノが何か企んでて、それがうまくいってないから、様子を見るためだったのか？

「あなた、明日――いえ、もう今日ね――やっぱり、ディック・ヤーボローと話をする予定？」わたしは言った。「彼もいまの説に大いに共鳴すると思うわ。おやすみ、もしくは、おはよう。どっちか知らないけど」

19 特別配達

マスタングのなかでミッチが待っていた。帰宅したあとで散歩させてやらなくてはならなかった。緊張の一夜を送ったのだから。まず、ハーモニーを見つけだし、興奮した警官たちと渡りあい、最後は病院のガレージに閉じこめられてしまったのだ。

わたしが這うようにしてベッドに入ったのは朝の五時だった。電話のアラームの快活なメッセージに起こされたときは、まだ一秒もたっていないような気がした。〝本日月曜最初のミーティングは午前十時、チャンドラ・ファン・フリート、オリエント研究所〟

わたしはまずイタリア語で、次に英語で悪態をつき、ポーランド人の祖母からポーランド語の悪態も教わっておけばよかったと思った。アポイントのことをすっかり忘れていた。アラームを九時四十五分にリセットした。その時刻になったらファン・フリートに電話をして、家族に緊急事態が発生したので予定を変更させてほしいと言うつもりだった。

でも、横になっても寝つけなかった。ゆうべ逆上して動きまわったせいか、右のヒップが疼いていて、ロレンス・フォーサンのアパートメントから逃げようとしたときに撃たれたことを思いだした。

リノとフォーサンのあいだには奇怪な類似点があるように思える。二人とも、アパートメントに押し入って家捜しをする連中に狙われた。でも、考えてみると、先週わたしに襲いかかった二人組がじっさいにフォーサンのアパートメントのなかを調べたのかどうか、わたしにはわからない。もしかしたら、フォーサンを撃つつもりでやってきたが、フォーサンの姿がなかったので落胆し、第二候補としてわたしを撃ったのかもしれない。

しぶしぶベッドを出て、エスプレッソ・マシンのスイッチを入れた。浴室に入ったとき、ハーモニーのゴミ容器の中身がわたし自身の髪に少しついているのに気づいた。シャワーの下に飛びこんで、頭皮がひりひりするまで髪を洗いつづけた。もしかしたら、脳が刺激を受けて、機敏に考えごとができそうだと判断してくれるかもしれない。

土曜日に電話で話したときのファン・フリート教授の声は冷静で、傲慢な印象すらあった。そこで、わたしは服を選ぶに当たって、冷静な、そして傲慢にもなれそうな雰囲気にしようと決めた。濃紺のカシミアのパンツとセーターにローズ色のブレザーを合わせた。このブレザーはシャープなデザインと甘い色がほどよく調和している。数年前にミラノで買ったラリオのブーツ。軽く化粧。玄関を出るとき、廊下の鏡で自分の顔を見てみたが、いまも疲れた目をしていた。

ミスタ・コントレーラスのところに寄って、ゆうべの騒ぎをざっと報告し、けさは犬を散歩させる時間がないことを伝えた。この老人との会話が短時間ですむことはけっしてないが、ハーモニーが危険にさらされていて安全な居場所が必要だとわかると、老人の胸に保護本能が湧きあがった。ハーモニーを迎えに病院へ行こうとして、バスのルートを調べはじめた。

「帰りはタクシーを使うことにする。通りの角に立ってバスを待つようなことはせんから、あんたが誰かと話をしたくてじりじりしとるなら、もう出かけてもかまわんぞ。あんたの姪の世話はわしがひきうける」

老人の頰にキスをして、今夜のメニューは何がいいかと彼が考えているあいだに、こっそり外に出た。事務所に寄って、フォーサンのアパートメントで撮った写真をプリントした。彼のフェイスブックのページに出ていたグループ写真もついでにプリントした。

朝食をとる暇がなかったが、運転しながら食事をして上等の服に食べものをこぼす危険を冒すのはいやだった。バナナを一本食べてから、南のシカゴ大学へ向かった。

この界隈に来たのは数年ぶりだ。大学は新築ブームに沸いていた——新築の学生寮、周辺にできた新築のアパートメント。キャンパスで唯一の立体駐車場を見つけたときは十時ぴったりになっていた。小走りで中庭を抜けてオリエント研究所へ向かった。クールな専門職のイメージはもう捨てよう。

オリエント研究所はツタのからまる古びた石造りで、ハリウッドが考えそうなアカデミックな建物という雰囲気だった。ファサードの幅が狭いため、じっさいより小さく見える。隣接する建物のひとつが大学の巨大な礼拝堂で、もうひとつがシカゴの経済学に捧げられた特大の神殿となれば、なおさらだ——神と富の邪神マモンが中庭をはさんで対峙し、オリエント研究所が板ばさみになっている。マモンとオリエント研究所のあいだに置かれたベンチに学生や教職員がすわり、ほとんどの者がコーヒーを飲みながら、それぞれの電子機器の前で背中を丸めている。

研究所の入口は石造りかコンクリート製で、照明はピラミッドの内部程度の明るさしかなかった。わたしが案内デスクのそばまで行っても、高い天井が足音を増幅しているというのに、デスクの向こうの学生はパソコンから顔を上げようともしなかった。

「ファン・フリート教授にお目にかかる約束なの。こちらを見る必要はないから、教授のオフィスへ行く道だけ教えてちょうだい」

学生はわたしの背後の階段を指さした。「二階、長い廊下を進む、右へ曲がる、左側の最初のドア。必要ならエレベーターもあります」

わたしは学生におとなしく礼を言って向きを変えた。階段はすり減っていて、すべりやすかった。踊り場で足をすべらせたあと、手すりにつかまることにした。

ファン・フリート教授のオフィスにたどり着いたとき、教授は髪の薄い日焼けした男性と話をしていた。男性は彼女のデスクに身を乗りだして、パソコン画面を見ている。

「ジャミールは最近どこにいるんだ？」髪の薄い男性が尋ねた。

「何カ月も前から誰にも連絡が来てないのよ。わたしもすごく心配で――」わたしの姿に気づいて、教授は言葉を切った。「どなた？」

やはり二度寝したほうがよかったかもしれないが、オフィスに入って名刺を渡した。

「十時にお会いする約束になっています」

ファン・フリートは名刺をちらっと見て。「ああ、そうだった。探偵（ディテクティブ）さんね」

四十代といったところだろうか。暗い色調の金髪をひっつめてシニョンにしている。砂漠の太陽の下で人生を送ってきた人の割には、日焼け具合はさほどでもないが、目尻にしわが刻まれている。わたしの予想どおり、装いはカジュアルなエレガンスが感じられるものだった。ジーンズ、ウェスタン・ブーツ、銀を打ちだして作ったベルトのバックル、身体にぴったりしたセーターの上に高価なキャメルのジャケット。

「刑事（ディテクティブ）？」髪の薄い男性が言った。「時期尚早だぞ、チャンドラ。それに、まずわたしに相談してほしかった」

「警察なんか呼んでないわよ、ピーター。この人はルロイ・フォーサンのことで質問があるんですって」

「フォーサン？」ピーターの顔が困惑でゆがんだ。「オリエント研究所とは何年も前に縁が切れたはずだが」

「そうなの。だから、話をする前にまず、この人が誰なのか、どうしてそんな質問をするのか、詳しいことを知りたいと思ったの。ミズ――」ファン・フリートはわたしの名刺を見た。「ええと、ウォーショースキー――こちらはピーター・サンセン、この研究所の所長よ。だから、わたしたちがもう何年も会っていない男性のことで質問にいらした理由を教えていただきたいわ」

「フォーサンは亡くなりました。殺されたのです」

考古学者は二人とも無言になった。ほかのオフィスで鳴っている電話の音や、スチームの循環でラジエーターが立てる金属音が聞こえてきた。

「土曜日の電話では、亡くなったとおっしゃったわね」ようやく、ファン・フリートが言った。「どうして殺されたことを教えてくださらなかったの？　どこで殺されたの？」

なんだか妙な質問だ。〝いつ〟〝どんなふうに〟ではなく、〝どこで〟。フェリックスのときと似ている。あのときの彼は〝どこの国の人だろう〟と言った。「わかりません。遺体が発見されたのはシカゴ市の西の森林保護区ですが、どこか別の場所で殺害されたものと思われます。どこなのか、お心当たりはありません？」

ファン・フリートは横柄な態度で目を丸くした。「知るわけないでしょ。さっきも言ったように、フォーサンとはずっと会ってなかったのよ。テル・アル＝サバーの発掘現場から撤退して以来ずっと。シリアの内戦がひどくなってきたころだから、もう七年以上になるわ」

「あなたはどうしてここに？」サンセンが訊いた。

わたしはブリーフケースから、ファン・フリートの著書『金石併用時代の都市の発展』をとりだした。「フォーサンのベッドの横にこの本が置いてありました。フォーサン自身に関しては、どこで働いていたのか、どんな経歴なのか、わたしは何も知りません。アパートメントの壁に遺跡発掘現場の特大サイズの写真がかかっていたので、この本が見つかったとき、あなたならフォーサンのことを何かご存じではないかと思ったのです」

「フォーサンが盗んだのね！」ファン・フリートの目が軽蔑ですっと細くなった。「研究所の蔵書は持出し禁止なのに」

「でしたら、棚に戻してください」わたしは言った。「ほかにどんなことを話していただけるのでしょう?」

　ファン・フリートが両手を広げたので、彼女の指輪が目に入った。シンプルな結婚指輪と、トルコ石が象嵌された幅の広い銀の指輪。「フォーサンは考古学専攻の大学院生だったけど、あの現場を撤退したときにはすでに、院生向け奨学金の新たな支給は無理だと彼に言ってあったの。フォーサンがわたしたちと一緒にシカゴに戻ることはなかったわ」

「あなたがシリアを離れたのは二〇一一年でした?」わたしは尋ねた。

「正確に言うと、二〇一二年の初めよ。たぶん、もっと早く離れるべきだったのね――大部分のスタッフはすでに帰国させてあったけど、わたしは保存のために必要な作業が残っていたから――発掘現場の保存じゃないわよ。それは無理だったと思う――出土品の保存。無謀だったかもしれない。夫はもちろんそう思ってたわ」

「あなたと同じく考古学者ですか?」

　ファン・フリートは嘲るように笑った。「そんなことを言われたら、夫はいやがるでしょうね。考古学者じゃなくて神経科医よ。そして、ただちにシリアを離れるよう、わたしにメールでしつこく言ってきたわ」

「われわれ自身の議論を終える必要がある、チャンドラ」サンセンが言った。「だから、こちらの探偵さんの知りたいことをきみが話し終えたら、すぐに……」

サンセンは部屋を出ようとせず、ファイル・キャビネットにもたれた。室内のほかのスペースと同じく、そこにも本と小型の出土品がぎっしり置いてあった。彼がファン・フリートのデスクに身を乗りだしていたとき、わたしに見えたのは彼の顔の右側だけだったが、いまは顔全体が見えていて、右の顎の輪郭から首にかけて醜いひきつれができているのがわかった。火傷の跡だ。最近のものではなさそうだが、かなり目立つ。

じっと見ている自分に気づいて、あわてて目をそらし、小さな石像に視線を移した。乳房が八個あり、ファン・フリートのデスクでペーパーウェイトがわりに使われていた。頭に角が生えていて、そばに置かれた牛の像の埋め合わせをしている。牛のほうは角が折れ、ずんぐりした根元が二カ所に残っているだけだ。

ノートをとりだし、話に集中しようとした。「さて。あなたはフォーサンの奨学金の支給を打ち切った。その理由はなんだったのでしょう？」

ファン・フリートは両手の指を尖塔の形に合わせた。「フォーサンには考古学に対する強い責任感が欠如していた。つまり、発掘現場で必要とされる細部への配慮に欠けていたの。フォーサンの興味は中東のロマンティックな要素にあった。カフィエをかぶり、小型のオートバイで砂漠を走りまわった。ラクダに乗ることまで覚えた。修士号を取得したいのなら、中東の政治学を専攻したほうがいいんじゃないかってアドバイスしたわ。でも、学問をするのに必要な素養が彼にあるとは――いえ、あったとは――思えない」

まさにアラビアのロレンスだ。「奨学金打ち切りの知らせをフォーサンはどう受け止めたのでしょう?」

「ひどい怒りようだった――ええ、怒りという言葉を使っても強すぎないと思うわ。でも、奨学金の件については、フォーサンがテル・アル＝サバーの発掘現場にいた二年のあいだに何度も話してあったのよ」

「あなたや現場に危害を加えると言って、フォーサンが脅すようなことはありませんでした?」

「いくら彼が脅したところで、現実に起きていた暴力沙汰には敵わなかったでしょうね」ファン・フリートは苦々しく言った。「忘れないでほしいけど、あのころすでに、あなたの国がイラクに侵攻してたのよ。わたしたちはつねに難民と略奪者を相手にしていた。フォーサンが報復の脅しをかけることはなかったわ。あなたが訊きたいのがそのことなら」

「あなたがたが去ったあとも、フォーサンは二年のあいだ中東で過ごしています。何をしていたのでしょう?」わたしはフォーサンのパスポートに押されたスタンプの写真をファン・フリートに見せた。サンセンがそれを見ようとしてやってきた。

「わたしの記憶が正しければ、フォーサンはアラビア語に堪能でした」サンセンが言った。

「中東の国々で英語を教えていたのかもしれない。英語を母国語とする人間はつねに需要があるのです。もしくは、アメリカ人観光客のツアーガイドをするとか、バイクで走りまわって遊牧民の暮らしを楽しんでいたとも考えられます」

「死んでしまったのね。気の毒に」ファン・フリートがこわばった笑みを浮かべた。「死者を鞭打つことなかれ。大きな可能性を持っていたのに自分でつぶしてしまった――そう言うにとどめておきましょう」

「ほかにお訊きになりたいことは？」サンセンが腕時計に目をやった。

「フォーサンはカタバというシリア人の詩集を持っていました」わたしはその本をとりだした。「フォーサンが翻訳した可能性はないでしょうか？」

ファン・フリートはわたしから詩集を受けとった。「まあ！　タリク・カタバ！」

彼女がその名を発音すると、歯切れのいい音が連続しているように響いた。「カタバはわたしたちがサラキブで出会った人だけど、政権からにらまれてたの。死んだものと思っていた。でも、このシカゴで姿を見かけたという噂も聞いたわ」

「最近ですか？」

ファン・フリートは首を小さく横にふった。耳につけた金の螺旋形のピアスが回転しているみたいに見えた。「ここ数週間以内じゃなくて、たしか去年のクリスマスごろだったかしら。思いだせないわ」

「フォーサンのフェイスブックに、何かの会合で撮ったと思われる写真が出ていました。カタバもそのグループにいるでしょうか？」ファン・フリートをまねてカタバの名前を発音しようとするのはやめた。

　わたしがフォーサンのフェイスブックのページで見つけた集合写真を、サンセンとファン・フリートが見た。

「ええ、これがルロイ・フォーサンよ」ファン・フリートがサファリジャケットの男性を軽く叩いて示した。

　彼女は人々の顔を丹念に見ていき、うしろの列に立っているシンプルな白いシャツ姿の浅黒い男性を指さした。「この人がたぶんカタバだと思うけど、わたしは二、三回しか会ってないの。カタバがサラキブで自転車の修理店をやってたから、自転車のタイヤ交換を頼みに行ったのよ。カタバはほかにツアーガイドもやってたわ。ルロイ・フォーサンはその関係でカタバと知りあったんじゃないかしら。発掘に従事してなきゃいけないときに、バイクでよその村へ出かけることが多かったから」

　ファン・フリートがフォーサンの奨学金を打ち切った理由については、わたしにじかに語る気はないようだったが、遠まわしな嫌みがくりかえされたおかげで、だいたいの見当はついた。

わたしはカタバの詩集の上にフェイスブックの写真を置いた。「このグループはどこかで会合を開いていました。壁にアラビア語のポスターが貼ってあります。お読みになれます？」

ファン・フリートはデスクの上をかきまわして拡大鏡を見つけ、ポスターを調べた。「何かのスローガンみたいね。〝子供は蝶を追い、生涯追うはずだった夢を捨てる。わが心にシリアが住んでいるが、わが心は大きく、アメリカまでも抱くことができる〟。詩の一節かもしれない。カタバがグループの一人だとすればとくに。でも、わたしの現代アラビア語は流暢（りゅうちょう）にはほど遠いし、現代詩はよく知らないのよ」冬のように冷ややかな微笑を浮かべた。「わたしが知ってる範囲で現代にいちばん近いのは、イナンナとドゥムジの結婚を祝う詩かしら。もちろん、アラビア語で書かれたものではないけど」

「お言葉をそのまま信じましょう。この女性はフォーサンのアパートメントにかかっていた発掘現場の写真にも写っていました」わたしはそばかすのある顔を軽く叩いた。「あなたの教え子の一人でした？」

サンセンがファン・フリートのデスクに両手を突いて、写真の上に身をかがめた。「メアリ＝キャロルだ。メアリ＝キャロル・クーイ。さっき見たときは、彼女だとは気づかなかった。みごとな学位論文を書いています。テル・アル＝サバーでの発掘期間が短縮されたというのに。現在、博士課程を終えてここで研究員となっています。フォーサンと連絡をとっていたとは知らなかった」

「わたしも」ファン・フリートが言った。「たぶん、わたしたちの心証を悪くすると思ったんでしょうね。これ以上お力になれなくて申しわけないけど、サンセン所長とわたしは話の続きが残っているので」

サンセンが身体を起こして片手を差しだしたが、窮屈なスペースのせいで、乳房が八つある小像を倒してしまった。あわてて拾い、破損がないことを確認しようとした拍子に、今度はデスクの縁から箱を払い落とした。わたしはそちらへ駆け寄ったが、箱の端をつかむことしかできなかった。汚れたチェックの布が落ちた。

かがんで布を拾おうとしたとき、金属製の小像がころがり出た。高さ五インチぐらいだった。間近で見てみると、巨大な魚を身体にかけた男の像で、魚の頭が男の頭にかぶさり、うろこのある魚皮が男の肩と胴体をマントのように覆っていた。

20　魚人

わたしはチェックの布を拾いあげ、布と魚人像をファン・フリートに渡そうとした。彼女は像を奪いとるなり、拡大鏡で調べた。

「どこにも損傷はないようよ」ようやく彼女が言った。「困ったものね、ピーター。固い大地のなかから、かすり傷ひとつつけずに陶製品をとりだせる人なのに、オフィスではどうしてそんなに不器用になれるの？」

「自在に動きまわるには砂漠の空気が必要なんだ」反省する様子もなく、サンセンは言った。

「その像は何なんでしょう？」わたしはファン・フリートに尋ねた。

「よくわからないの。いえ、シュメール人が住居のなかで使っていた像であることはわかってるわ。シュメールの賢人や神々のうち、七賢人と呼ばれるグループにこうした魚人が含まれていたこともわかっている。神々や魔物の鋳像のなかに、ときどきこの魚人像を見かけることがある。魚人は病人の枕元に立つことになっている。でも、魚人の役目については、それ以外ほとんどわからないの」

「ロレンス・フォーサンのクロゼットにこれとよく似た布がありました」わたしはそう言って、チェックの布をかざしてみせた。

「ロレンス？」ファン・フリートがオウム返しに言った。「あなた、フォーサンに会ったこともないのに、アラビアのロレンスをイメージしてるの？　それはともかく、この布地はシリアの織物の代表的なものよ。ルロイはこういうのを好んで身に着けていたわ。〝自分は植民地を食いものにするほかの連中とは違う。この土地とここに住む人々を理解している〟という姿勢を示すために」

「フォーサンがこの像をわれわれに送ってきたとは考えられませんか？」サンセンがわたしに尋ねた。

「わかりません」わたしは面食らった。「いつ届いたんです？」

「けさ、ここに届いてたの。わたし宛になっていた。もっとも、名前の綴りが違ってたけど」ファン・フリートが言った。

さっき魚人像を拾おうとしたときに、わたしは箱を落としてしまった。箱の蓋に太い大きな字で〝ファン・フレーアト教授〟と書いてあったが、住所はなかった。箱を見つけたとき、包装紙がかかっていたかどうかを尋ねてみたが、ファン・フリートは首を横にふった。

「誰かが箱のまま、じかに持ってきたみたい。でも、きっと真夜中のことね。郵便室の人たちに訊いてみたの——警備員が出勤して正面玄関の錠をはずそうとしたとき、外に置いてあったんですって」

「フォーサンではありえない」わたしは言った。「亡くなってもう一週間になるから」

誰が箱を置いていったにしろ、盗まれないようにかなり用心したはずだ。近くに身を潜めて、オリエント研究所に入る者がそれを手にするのを確認した可能性もある。

「できればこれを警察に持っていき、指紋が採取できないか調べてもらいたいけど、あなたとミスタ・サンセンの指紋も調べられることになるでしょう。ほかにこの箱に手を触れた人は？」

「玄関の錠をはずした警備員と、けさ、郵便物を配ってくれた事務員。おそらく、郵便室のほかのスタッフも」

「いまはまだ、警察へ行ったり、指紋を調べてもらったりする段階ではないと思う」サンセンが言った。「だが、いい指摘をしてくれましたね、ミズ・ウォーショースキー。箱に戻して、誰も手を触れることのないようにしておきます」

わたしは反論しようとした。箱の宛名の文字がフォーサンのポケットに入っていた紙片の文字と一致すれば、指紋がフォーサン殺しの犯人に結びつくかもしれない。しかし、フェリックスの電話番号が書かれた紙片は、メイウッドの保安官事務所に証拠品として保管されている。オリエント研究所にやってくるのはシカゴ市警の警官たちだ。ふたつの法執行機関が情報を共有するころには、フェリックス自身が祖父になっているかもしれない。いや、おそらく、フォーサン殺しの罪で服役しているだろう。

ファン・フリートが彼女の携帯で電話をかけ、電話の向こうの人物に十九インチの保管ケースを持ってくるように頼み、それから、わたしに冷ややかな視線をよこした。「犯罪調査に関してプロのアドバイスがさらに必要になったら、連絡させてもらうわ。お越しくださってありがとう」

わたしは遠まわしなその言葉を無視した。「わたし以上のプロのアドバイスが必要なら、警察を呼んだほうがいいでしょう。包んであった布からすると、何者かがシリアとの関連をあなたに伝えたがっているようですから」

「それだけでは、対象を絞る役には立ちません」サンセンが言った。「このオリエント研究所には、わたしも含めて、シリアで何十年も過ごした者がたくさんいます。われわれはみな、シリア人、レバノン人、エジプト人、それから、西欧の学者たちの多くと知りあいです」

「この品もテル・アル＝サバーの発掘現場から出たものだと思われます？」

「あなたがやってきたとき、それについて所長と議論しているところだったの」ファン・フリートがしぶしぶ言った。「こんな小像を見たのは二人とも初めてよ。これまでに目にした魚人像は浅浮彫りと鋳物だけだったわ。それと、たまに粘土」

ジーンズとミイラのプリントつきスウェットシャツ姿の女性が入ってきた。グレイの大きな箱を抱えている——たぶん、十九インチの保管ケースだろう。ファン・フリートは女性に、ラベルを作って〝魚人像の輸送容器〟と書くよう指示した。

「日付、内容物、発掘現場のときの要領でね」ファン・フリートは箱の端をつまんで持ちあげ、保管ケースに丁寧に入れた。

女性はうなずき、ケースを持って出ていった。

「いまの魚人像って価値のあるものなんですか？」わたしは尋ねた。

ファン・フリートは苛立たしげなしぐさを見せた。「誰にとっての価値？　もし本物なら、わたしにとっては貴重品だけど、価値はないわ。来歴不明だから。この研究所内の博物館で展示するのはとうてい無理。盗品かもしれない。シュメール文明の品がどうかすらわからない。魚人というイメージに惚れこんだ後世の職人の手になるコピー作品かもしれない。トルコの出土品かもしれないし、シュメール人が入植したどこかほかの土地のものかもしれない。盗品だとしたら、盗まれたのは先月？　それとも、前世紀？　だから、わたし個人にとっては、魅力的な品ではあるけど価値はないのよ」

わたしには古代の像を追う資格などないことを、ファン・フリートはいやというほどわからせてくれた。

「この研究所には、世界じゅうの博物館が所蔵する古代遺物を集めたデータベースがあります」サンセンがもう少し親切な口調でつけくわえた。「このところ、シリアの博物館への問い合わせができなくなっている。理由はよくおわかりのことと思います。だが、誰かがこういう品を所持していたり、こういう品が国際盗品監視リストにのっていたりすれば、われわれにもわかるはずです」

わたしの退場を促すセリフのように響いた。わたしはフォーサンの近親者のことを尋ねようと思い、ドアのところで足を止めた。「フォーサンの人事ファイルについては、誰に問い合わせればいいでしょう？」

「フォーサンは大学の職員じゃなかったわ」ファン・フリートがとげとげしく答えた。

「学生だったんでしょう？　だったら、入学時に書類を提出しているはずです。このキャンパスの誰かのところに、フォーサンの生年月日や母親などの記録が保管されていると思いますけど」

サンセンがしぶしぶうなずいた。「メアリ＝キャロル・クーイに訊けばわかるかもしれません。奨学金の足しにするため、研究所の事務仕事をやっているので。廊下を進んで右側の四つめの部屋です」

その場を去ろうとしたとき、ファン・フリートの声が聞こえてきた。「どうしてわたしたちの問題に首を突っこむ許可なんか出したのよ、ピーター？　そもそも、警察に電話するのに反対したのはあなたでしょ」

わたしはしばらく足を止めてサンセンの返事に耳を傾けた。「博物館はいつからプロの無料奉仕を拒むようになったんだ、チャンドラ？」

二人の口調からすると、警官やわたしから逃げようとしている雰囲気ではなかった。

メアリ＝キャロル・クーイのオフィスまで行ってこちらの名前を告げると、彼女は「はい、ピーター・サンセン所長からメールが届いたところです」と言って、フォーサンの記録を出してくれた。「所長に聞いたんですけど、先週森林保護区で殺されたのが彼だったとか？」

「地元のニュース局すべてのサイトに、復元された顔が出てますよ。気がつかなかった？」

「ニュースを見るのは耐えられないの。悲惨なニュースばかりだから」クーイは言った。「シリアの遺跡が空爆でふたたび壊滅的な被害を受けたというニュースが流れるたびに、わたしの心臓は砕け散ってしまう。そして、移民とＩＳＩＳに関してメディアが好き勝手なことを言うたびに、頭に来て、見る気をなくしてしまう。アメリカがイラク侵攻なんて愚かなことをしたせいで、何百万ものイラク人が国を追われたことをご存じ？　百万人を超えるイラク人がシリアにたどり着いたのよ。あの国が崩壊しはじめたのは無理もないわ。わたしたちアメリカ人は壁を築こうとし、ムスリムを追い払おうとし、現代史における最大の移民問題を生みだしている」

クーイは言葉を切り、照れくさそうに微笑した。「ごめんなさい。つい熱くなってしまった。ロレンスはどうして森林保護区へ？　彼が好きなのは砂漠のハイキングだけだと思ってたけど」

「どこかよそで殺されたあとで、そこへ運ばれたみたい。でも、彼に関する情報がまったく手に入らないので、親しくしてた可能性のある人からぜひ話を聞きたいと思ってるの」

わたしは彼女にこちらの電話番号を伝え、フォーサンの記録をメールで送ってもらうことにした。「ファン・フリート教授の話だと、フォーサンは大学院の奨学金を打ち切られたそうだけど、アメリカに帰国したとき、この研究所に来たのかしら」

「チャンドラ・ファン・フリートに二、三回会いに来たと思うけど、最近のことではないわ。奨学金の件で口論したのかもしれない」クーイは赤くなった。「立ち聞きなんかしてないわよ。でも……オフィスの前を通りかかったら、わめき声が聞こえてきて、それで……」

「口論の声がすれば、誰だって足を止めて聴き入るものよ。それは盗み聞きじゃなくて、人間の自然な反応に過ぎないわ」

クーイは顔をしかめた。「かもね。ロレンスはどうやら、チャンドラの論文執筆をずいぶん手伝ったから奨学金を復活してもらって当然だ、と思ってたみたい」

わたしはその件をメモしたが、重要なことかどうかはわからなかった。「彼、自分のことをみんなに〝ロレンス〟って呼ばせてたのね。〝ルロイ〟ではなく？」

「それだけじゃなくて、ぜったい〝ロレンス〟でなきゃだめで、略称の〝ラリー〟は使おうとしなかった。チャンドラはつまらない虚飾だと言ってたけど、要するに、ロレンスは若すぎたのね——とても未熟だった。幻想の世界でずっと暮らしたいって感じだった。アラブの衣装に身を包み、T・E・ロレンスごっこができる世界で」

わたしはうなずいた。頭にかぶるチェックの布と、あの髪形。分け目は右側のかなり下のほう——まるで、ハロウィーンのためにアラビアのロレンスのコスプレをしたかのようだった。

ヒギンズ・ロードのフォーサンのアパートメントへ行ったことがあるかどうか、クーイに尋ねた。

彼女がむきになって否定したので、わたしは言った。「アパートメントの壁に写真がかかってたの。テル・アル＝サバーの発掘現場だと思うけど、そこに写った人々のなかにあなたがいたわ。だから、あなたなら彼のことをよく知ってて、何か話してくれるんじゃないかと期待してたの」

フォーサンの寝室で見つけた写真をプリントしたものをもう一枚とりだし、クーイに渡した。彼女はすわりなおしてそれを見た。

「まあ」クーイの顔が輝いた。「ハッダムだわ」フォーサンと並んだ中東の男の一人を指さした。

「昔の賢人みたいな人なの――風の様子から天気を予知できる人で、わたしが覚えてるかぎりでは、間違えたことは一回しかなかった。砂嵐がやってくるときは数日前から予知してて、服を飛ばされないようにする方法や、給水装置を守る方法を教えてくれたわ」

輝いていたクーイの表情が懸念に変わった。「生きててくれればいいけど。あの人たちの消息を知ることはもうできない」

「フォーサンのフェイスブックに出てた写真には、あなたと、主に中東の人たちのグループが写ってた。シリアの発掘作業はこの人たちと一緒だったの?」フォーサンのフェイスブックからダウンロードした写真を彼女に渡した。

クーイは写真に目を凝らした。「ああ、これね——違うわ。わたし、アラビア語を話そうと思って、しばらく市内にあるシリア・コミュニティ・センターに通ってたの。言語と文化のクラスがいくつかあるのよ。そういう場があれば、子供たちはアラビア語をしゃべりながら、あるいは、少なくとも耳にしながら成長できるでしょ。そして、わたしはアラビア語が錆びつかないようにしたかった。でも、センターがあるのは遠くのパロスだから、通うのがひと苦労だったわ。ロレンスはアラビア語がすごく上手だったから、シリア人の親たちがティーンエイジャーの子供たちに詩を教えてほしいって、彼に頼んだほどだった」

クーイはチャンドラ・ファン・フリートが目を留めたのと同じ人物を指さした。「この人はタリク・カタバ。ロレンスはカタバと知りあいで、それをよく自慢してたわ」

「センターがあるのはパロスなの? フォーサンの遺体はその近くの森林保護区で発見されたんだけど。彼がセンターの誰かと衝突したことはなかった?」

クーイは背をめいっぱい伸ばした。五フィート二インチぐらいだ。「ISISがシリア難民と移民のコミュニティで暗躍してるって言いたいのなら、あなたもICEに劣らず最低ね。ICEはいつから自分たちの捜査を個人業者に委託するようになったの？　イラクで民間軍事会社の〈ブラックウォーター〉と契約を結んだみたいに？」

わたしは歯ぎしりしないように努めた。少なくとも、音だけは立てないようにした。「人間はいつだって衝突してるし、悲しいけど、殺しあうこともある。ISISや、ナチスや、KKKや、その他の過激派組織に属していなくてもね。フォーサンはもしかしたら、誰かの恋人か、もしくは、カタバの詩集の初版本を盗んだのかもしれない。それより軽い侮辱行為でも、怒りに火がついて殺人にまで発展した例だってあるわ。フォーサンは周囲を怒らせるタイプだった？」

クーイが赤くなり、返事を躊躇したので、わたしはさらに続けた。「ファン・フリート教授がフォーサンについて話したときの口調からすると、彼に腹を立ててたような感じなんだけど」

「チャンドラが殺したなんて言わないでね！」メアリ＝キャロルは叫んだ。

睡眠不足に加えてハーモニーのことが心配でたまらないため、わたしはつい喧嘩腰になってしまった。「あなたをずいぶん苛立たせてしまったようね。でも、わたし、テロ組織には属してないわ。ICEの捜査官でもないし。もう一度言わせてね。あなたはミスタ・

フォーサンを知ってたけど、わたしは知らない。フォーサンはどんな人だったの？　考古学を愛していたのは明らかだわ。あるいは、少なくとも、あなたが発掘に従事していたシリアのあの場所を愛していた。でも、発掘者仲間を苛立たせたことはなかった？　ミスタ・ハッダムのような人たちを怒らせたことは？」

クーイはしぶしぶ微笑した。「ないわ。ハッダムも、村の男たちも、ロレンスとのつきあいを歓迎してた。衝撃だったでしょうね——彼らの話に耳を傾け、地元の風習を学ぼうとするアメリカ人がいるなんて」

「それが奨学金打ち切りの原因とは思えないけど」

クーイはさっき渡された写真をしかめっ面で見ていた。怒っているのではなく、心に葛藤が生じているのだ。「ピーターはたぶん、あなたなら大丈夫だと思ったんだわ。わたしが知ってることを話すだけなら、差し支えなさそうね」

21 シカゴのロレンス

オリエント研究所から離れた場所でランチをとりながら話をするほうが楽だろうと言ったところ、クーイも同意した。通りの向かいにあるカフェに入ったが、ランチタイムで混雑していて、コーヒーと食べものにありつくのにずいぶん待たなくてはならなかった。

わたしの朝食はバナナ一本だったので、質問と返事に集中するのがむずかしかった。噂によると、シリコン・バレーでは断食が流行の最先端を行っていて、かの地で競争にしのぎを削るエンジニアたちは、食べないダイエットこそが創造性を高めるものだと思っているそうだ。何も食べずにもっとも長時間活動できるのは誰かを競いあっている。わたしがエンジニアでなく探偵になった理由は、たぶんそこにあるのだろう。注文する順番が来るのを待つあいだ、そばのテーブルから食べものをかっぱらわずにすんだのは、ひとえに鉄の自制心の賜物(たまもの)だった。

「ロレンスはこっちに戻ってくると、清掃員として働きはじめたの」クーイは言った。

「すごい変人だったから、チャンドラとピーター・サンセンへの当てつけのつもりでそんな仕事についたんじゃないかと思ったほどよ。だって——オリエント研究所で学べるのはトイレ掃除のやり方ぐらいですもの」

フォーサンがどこで働いていたのか、クーイは知らなかったが、どこかの大企業の清掃を請け負っている業者のところだと思うと言った。「パロス・センターに来るシリア人がずいぶんそこで働いてるから。英語をしゃべらなくていいし、そういう業者は履歴書の提出を求めないし。ロレンスはたぶん、シリア難民のふりをするのが好きだったんだわ」

「あなた、彼のことをよく思ってなかったようね」わたしは言った。

クーイは赤くなった。「ごめんなさい——亡くなったことはわかってるのに——発掘現場で一緒だったころは、いい人だと思ってた。でも、シカゴで再会したら、ひどく気むずかしくなってたの」

わたしがシリア・コミュニティ・センターの人を誰か紹介してほしいと頼むと、クーイは警戒の表情になった。あそこで知りあった難民や移民を危険にさらすことはできないと言った。

「あなたがどんな人か、わたしは知らないのよ」クーイは抵抗した。「みんなを裏切ることになりかねない——」

「パロスは広い地区じゃないわ」わたしはうんざりしながら言った。「センターぐらい簡単に見つけられる。紹介状があれば助かるけど、なければないでかまわないのよ」

クーイは大々的な戦闘の敗北を認めるかのように、ため息をついたが、センターを運営している女性の名前と、語学講座を担当している男性の名前を教えてくれた。

わたしが頼んだオムレツが運ばれてきて、ようやく人心地がついた。手こずりつつも、クーイへの質問を続けた。クーイが渡してくれた記録を見るかぎりでは、フォーサンに家族はいない。近親者の欄に記入されているのはチャンドラ・ファン・フリートの名前だ。ニュー・メキシコ州育ち。両親とも言語学者で、ホピ族のなかに入って活動し、彼らの言語を研究していた。フォーサンが大学生だったとき、両親の乗った小型機がサンタフェの国有林に墜落して二人とも亡くなった。

「フォーサンのほうが一方的にファン・フリート教授に親近感を持ってたようね」わたしは言った。「シリアで何かトラブルでもあったの？」

クーイがスープを乱暴にかきまわしたため、テーブルにトマトの雫(しずく)が飛び散った。「フォーサンはフィールドワークに向かないタイプだって、チャンドラが言っていた。そのときは、わたし、ムッとしたわ。ロレンスは古代の遺物に夢中で、発掘現場の誰よりも詳しかったから。もちろん、チャンドラは別よ。チャンドラの言葉が正しかったことを悟ったのは、もっとあとになってからだった。ロレンスには苛酷な作業を続けるための自制心が欠けてたの」

「えっ？　料理と洗濯とか、そういう作業のこと？」

「ううん、違う。そういうのは全員の共同作業よ。もちろん、人よりがんばるタイプもいたけど、ロレンスがいわゆる〝群れのリーダー〟になろうとしても、チャンドラが許さなかったでしょうね。ただ、新人にコツを教えるのがロレンスは大好きだった。

　わたしも初めて発掘現場に出たときは、ロレンスを頼りにしたものよ。だって、みんなが赤痢にかかったり、本物のお風呂に焦がれたりしても、彼だけは平然としてたから。年上の女性の一人がわたしに言ったわ――ロレンスにどう反応するかで、一マイル先からでも新人を見分けることができるって」

　クーイは気の毒なほど赤くなった。「質問される前に言っといたほうがよさそうね。しばらく彼とつきあってたの。ほんのしばらくだけど。あそこでは長続きするものなんて何もない。もちろん、大地そのものは別よ。それから、陶片も……」

　クーイの声がしだいに消えた。砂漠の日々を、フォーサンとの情事を思いだしているのだ。砂漠での日々は肉体面では苛酷だったが、感情面では満たされていたのだろう。

「フォーサンはどういう点で自制心に欠けてたの？」わたしは話の続きを促した。

「緻密な作業が苦手だった——例えば、土中から破片をとりだし、土を払い落とし、誰かが近くで見つけた別の破片と合わないかを確認するとか。でも、率直に言うと、ロレンスは自分の仕事をさぼりがちだった。わたしは長いあいだ彼を庇いつづけたわ。彼と寝た自分が愚かだったなんて、もちろん思いたくないもの。でも、とうとう、チャンドラやほかの人たちの意見に同意するしかなくなった。

ロレンスが望んでいたのは大々的な発見だったの。陶製品と彫像が無傷で残されたお墓を発見して、いっきに国際的な名声を得るというような。彼、テル・アル＝サバーを抜けだして、ハッダムみたいな地元の案内人と一緒に砂漠へ出ていくことがよくあったわ。そのうち一回か二回はカタバと一緒で、出かけたきり何日も帰ってこなかった。発掘に参加する者はチームプレイヤーに徹しなきゃいけないのに」

わたしはフォーサンのアパートメントに隠されていた大金を思い浮かべた。「あなたたち全員が帰国したあとも、フォーサンは二年ほど中東に残って、アラブ諸国のほぼすべてをまわってたみたい。念願のお墓を発見して、その周辺で出土品を売りさばいていたとは考えられない？」

この意見にクーイはショックを受けたようだった。「ロレンスは遺丘(テル)の品を盗みだすような人じゃないわ。歴史をとても大切にしてたから。あなたったら、ロレンスに会ったこともないのに、勝手に重罪人扱いするなんて！」

「ロレンスはきわめて質素に暮らしてたけど、大金を隠し持ってたのよ。古代の遺物をアメリカに持ち帰って売りさばいてたんじゃない？」

「そんなことするわけないわよ！」クーイは激怒した。「神への冒瀆だわ」

「彼は奨学金を打ち切られたのよ。将来の夢を変更しなきゃいけなくなった」わたしはそれとなく言ってみた。

「お金持ちのスポンサーを見つけたのかもしれない。チャンドラが中東を去ったあと、ロレンスが現地に残ってたあいだに、スポンサーが見つかった可能性もあるでしょ。石油や鉱山で儲けたシークたちって、お金は腐るほどあるけど、誇りにできるものが何もない。大々的な発見に自分の名前がつくとなれば、シークたちだって大興奮だわ」

わたしの脳裏に、『アラビアのロレンス』に登場するオマー・シャリフの姿が浮かんだ。ラクダに乗り、彼の黒い目のまわりで熱気が揺らいでいる。

「そういう噂はすぐに広まるものでしょ」わたしは反論した。

「あっちは戦争中だから無理よ。ロレンスが新たな遺跡を見つければ、盗掘者から守るために、できるだけ長く秘密にしておくはずよ。ところで、どうしてロレンスの死を考古学と結びつけようとするの？　ごろつき連中のしわざじゃないって、どうして言いきれるの?」

「ロレンスは意図的に殴打されて死亡した。たまたま出会った相手に闇雲に襲われたわけではない。遺体はパロスからそう遠くない森林保護区で発見された」

この言葉の意味を理解したとたん、クーイは怒りだした。「とんでもない言いがかりだわ。シリアの人たちがロレンスを殺したなんて」

「そんなこと言ってないわよ。そもそも、シリア・センターのことだって、五分前にあなたから聞いたばかりよ。でも、シリアで彼がやってた仕事と何か関係がありそうね。向こうで誰かに出会ったのか、何かを目撃したのか——ロレンスが誰かを脅迫してたとは考えられない?」

「たとえ、そういうことをするロレンスをわたしが想像できたとしても、脅迫されてお金を払えるような人なんて、シリアの移民社会には誰もいないわ」クーイの声は侮蔑(ぶべつ)に満ちていた。「ついで言っとくと、オリエント研究所にもね。それから、チャンドラはお金持ちだけど、脅迫に屈するような人じゃないわ」

「けさ研究所に届いた古代の遺物を見て、サンセン教授はフォーサンが送ってきたのかもしれないって言ってたわ」わたしは言った。「黄金の魚人像。時間的にありえない。誰かが直接届けに来たみたいだけど、フォーサンは一週間前に亡くなってるもの——でも、彼が見つけたという可能性はないかしら」

「ロレンスに関して大事なのはそこよ。彼がそういう品を掘りだしたのなら、来歴も記さずによそへ送ることはありえない。かねての望みどおり、世間に認められるチャンスともなればとくに。あなたが見つけた大金と一緒に、そういう写真か書類が置いてなかった？もしくは、パソコンに入ってなかった？」

ロレンスのパソコン。ハーモニーとリノをめぐる騒ぎのせいで、パソコンのことをすっかり忘れていた。

「彼のパソコンはわたしのかわりに弾丸を受けたの。わがテクノロジーの師匠がハードドライブの復旧にとりくんでるところよ」

クーイは弾丸には興味がなさそうだった。あるいは、ロレンスが隠していた現金にも。ロレンスがどういう人間だったかということで、頭がいっぱいのようだ。

クーイは半分残ったサンドイッチをナプキンに包んだ。仕事に戻らなくてはならないのだ。「ロレンスが何かの犯罪に関わったと思ってるのね？」二人でカフェを出るときに、彼女が言った。

「何も思ってないわ。充分なデータがないもの。現金を隠しておくのって、麻薬取引と関係してる場合が多いし、フォーサンは世界有数のヘロイン取引の首都にいたことがある。

でも、彼のアパートメントには、ヘロインを使用した形跡はまったくなかった。あの現金はフォーサンが誰かのために保管してたのかもしれない。もしかしたら、シリア人の友達に頼まれて、国外へ持ちだしたのかも。そうすれば、友達がこちらに来たとき、生活に困らないでしょ」

クーイの顔が明るくなった。「そのほうが彼らしいわ。とくに、カタバが関わっているのなら。ロレンスは詩人たちを偶像視してるの――いえ、してたの」

わたしの唇がゆがんで苦い笑みを浮かべた。「あなたと一緒に半ダースほどの仮説を立ててみたけど、事実はゼロ。まるで――どう言えばいいのかしら――発掘現場を想像することはできても、たった一個の陶片も手にしていないようなものね。探偵の仕事は考古学に似ているのかもしれない――事実が必要で、事実に対する解釈が必要で、そののちにようやく価値が判明する」

わたしたちは博物館の入口まで来ていた。わたしはクーイに名刺を渡した。「ほかに何か思いついたら電話して。あるいは、わたしの助けが必要になったら」

22　手を伸ばす

キャンパスをてくてく歩いて立体駐車場へ向かいながら、睡眠不足は創造性を高める、そこに飢餓状態が加われればさらに効果的、という判定をシリコン・バレーの大物たちが下すのはいつのことだろうと思った。

〝すべきことリスト〟が長くなっていた。ミスタ・コントレーラスに電話して、ハーモニーを無事に連れ帰ったかどうか確認しなくてはならない。エイブリュー部長刑事に電話して、リノのアパートメントに押し入った犯人に関して警察が何か手がかりをつかんだかどうか、尋ねなくてはならない。わたしの事務所へ行き、料金を払ってくれる依頼人たちのために仕事をしなくてはならない。

しかも、運転席で眠りこまないようにしなくてはならない。車に乗りこんだとき、五分だけ目を閉じれば、あらゆることにタックルできるようになるだろうと思った。

電話に起こされたが、眠りがあまりに深かったため、ここはどこなのかと焦って車のなかで身をよじった。ハンドルに膝をぶつけてしまった。痛みで頭がはっきりした。車のなか、シカゴ大学の立体駐車場、午後一時。

電話を見つけて、いまいる場所をようやく思いだしたときには、電話はすでに切れていた。かけてきたのは、別れた夫の秘書、グリニス・ハッデンだった。留守電メッセージはなかったし、いずれにしろ、グリニスと話す気にはなれなかった。今日の午前中にフィンチレーが〈クローフォード・ミード〉の事務所へ押しかけたことで、文句を言いたいだけに決まっている。それでも、電話をもらって助かった。一時間近く寝てしまった。口のなかは綿を詰められたみたいだし、膝はまるで油が切れた〝ブリキのきこり〟だ。

マスタングから降りて、運転しても大丈夫だと脚と肩が同意してくれるまでストレッチをおこない、それから事務所に戻った。歯を磨いた。通りの向かいのコーヒーバーでコルタードを二杯テイクアウトして、仕事にとりかかった。

ダロウ・グレアムから問い合わせがあった件の調査を始める前に、ミスタ・コントレーラスに連絡した。老人はハーモニーを連れて無事に帰宅していた。ハーモニーはベッドのなかだ。ゆうべの騒ぎで疲労困憊だし、病院で熟睡できる者は誰もいない。

エイブリュー部長刑事と話をした。彼女の説明によると、誰かがブザーを押して犯人たちを建物に入れたらしい。「もちろん、自分がやったなんて認める者はいないけど、外に面したドアはどれもこじあけられた形跡がないのよね。通りの向かいにある銀行の防犯カメラの映像に、見込みのありそうなのがいくつかあったわ。それをミズ・シールに見せて、心当たりがないか確認するつもりだったけど、すでに退院してて、どこにいるのかわからないの」

わたしはエイブリューにミスタ・コントレーラスの電話番号を教えた。

ダロウから依頼された件に関するメモを見た。極度の集中が必要とされる仕事だ。明日の朝早起きして、全力でとりくむことにしよう。今日の午後は、ラッシュアワーの渋滞がひどくなる前に、フォーサンがシリアのティーンたちにアラビア語の詩を教えていたというパロス・パークのコミュニティ・センターへ行ってみることにした。

シリア＝レバノン・コミュニティ支援センターは百二十四丁目にあり、古くからあるカーネギー図書館のスペースを借りていた。ここもよそのカーネギー図書館と同じく、小さな神殿に似た建物だった。カーネギーは読書の力が人生を変えると信じていたから、彼の図書館も学問の神殿を思わせる設計になっているのだろう。

すり減った石の階段をのぼり、ところどころひび割れのあるコンクリートの柱のあいだを抜けてロビーに入った。ドアの近くの棚に置かれたチラシは、禁酒(AA)会の会合からズンバのエクササイズ講習会まで、ありとあらゆるものを宣伝していた。シリア＝レバノン・コミュニティ支援センターの案内板に従って地下におりると、瞑想と祈りのための小部屋がひとつ、講座とイベントのための大きな部屋がふたつあった。

イベント用の部屋のドアに予定表が貼ってある。今夜は成人を対象とする読み書きの講座、講師を務めるのは英語を第二言語とする人々だ。明日の夜はシカゴ大都市圏で支援を得るにはどうすればいいかをテーマとした説明会。木曜日は仕事に応募して面接を受けるための方法を学ぶ講習会。日曜日の午後はアラビア語の映画上映会。水曜日の夜と日曜日の午前中は年代別のアラビア語講座。水曜日の夜はコーランの勉強会。

質問がある者はセンターの管理責任者、サンジーヤ・ヤジキにメールまたは電話すること。センターの使用を希望する団体があれば、予定を組むさいにヤジキが手を貸す。クーイから紹介された女性の名前がこれだった。

ドアは施錠されていなかった。入口近くのデスクには誰もいなかったが、部屋の奥からガタガタと音が聞こえてきた。書棚のあいだを抜けて奥へ進むと、ロレンス・フォーサンのフェイスブックの写真で見たスペースに出た。壁のポスターも、子供たちの絵も、一年前から変わっていないようだ。

西欧ふうの服の上に刺繡(ししゅう)入りの薄紫のヘッドスカーフを着けた四十歳ぐらいの女性が、台車から折りたたみ椅子をとって、ふたつの会議用テーブルのまわりに並べていた。力まかせに椅子を広げる様子からすると、この作業が気に食わないようだ。

「サンジーヤ・ヤジキさん？」わたしは声をかけながら椅子をひとつとり、いまの発音がどうにか通じているよう願った。「お手伝いしましょうか？」

「あら！」彼女は頬を赤くして身体を起こした。「びっくりするじゃない！　ティーンの子たちが準備を担当することになってるんだけど、やっぱり、モールをうろついたり、サッカーボールを蹴ったりするほうが好きなのよね」

わたしは手にとった椅子を広げた。「何脚ぐらい必要ですか？」

わたしが椅子をさらに七脚広げ、台車を奥の壁まで押していくあいだに、彼女は戸棚のところへ行って紙と鉛筆をとりだした。部屋の横手のドアは狭いキッチンに通じていて、彼女がいくつかの水差しに水をたっぷり入れた。それをわたしがテーブルへ運んだ。準備が終わったところで、彼女がようやく、わたしが誰なのか、どういう用件なのかを訊いてきた。

わたしは名刺を渡した。「私立探偵をしています。ここに来たのはロレンス・フォーサンの件で。彼が殺されたことはご存じですね？」

「ロレンス」ヤジキは低く言った。匿名電話の主と同じく、〝エロレンゼ〟というような発音だった。

「ニュースで見たわ。あんな温厚な人が殺されるなんて、ほんとに妙な話で、どうにも信じられなかった。でも、シリアじゃ幼い子供たちが毎日のように殺されてるんだから、この世で起きる暴力沙汰のどれも、信じられないなんて言えないわね」

「彼、ここで教えてたそうですが？」わたしは椅子のひとつに腰を下ろしながら尋ねた。

ヤジキはうなずいた。

「アラビア語を深く愛してたわ。まるで、第二言語ではなく、母国語にしようとしてるみたいに。アラビア語の文学作品をずいぶん読んでて——」ヤジキは書棚に向かって片腕で弧を描いた。「この詩人とか、あの歴史家とかの本がないとわかると、自腹を切って寄付してくれたわ。ティーンエイジャーの子たちが母国の詩に興味を示さないことに苛立っていた。みんな、現代音楽や詩のほうが好きだもの。仕方ないわよね。

年配の人たちはエロレンゼの講座が大好きだった。古典的なアラビア語の詩を彼が暗誦するのを聞くのが好きだったの。とくに女性たちが。わが子の英語が流暢になって、家でアラビア語を話さなくなるから、寂しいんでしょうね」

「誰がフォーサンを殺したのか、心当たりのある人がいないでしょうか？」わたしは尋ねた。

「センターのメンバーのなかには、移民局の仕返しだと思ってる者もいるわ。エロレンゼがシカゴのシリア人社会でやってたことが原因で」ヤジキはわたしを横目で見て、その噂にわたしがどう反応するかをたしかめようとした。

「フォーサンがICEの捜査官を怒らせた可能性はありますね」わたしは言った。「でも、その場合は射殺されるのがふつうだわ。残酷に殴り殺されるんじゃなくて」

「で、あなたは？　どうしてわたしの話を聞きにきたの？」

「フォーサンがどんな人物だったかを教えてくれそうな人を探してるんです。職業でも、交際相手でも、なんでもいいから、人々に話を聞いてまわるときの材料にできることを。そうすれば、誰がフォーサンを殴り殺すほど激怒してたかがわかるかもしれません」

わたしはコミュニティ・センターのイベント用の部屋で撮られた写真のプリントアウトをとりだし、メアリ＝キャロル・クーイの顔のところを軽く叩いた。「フォーサンがここでアラビア語を教えてたことは、この女性から聞きました」

ヤジキは写真を受けとり、表情を和らげた。「わたしが撮ったのよ。高卒相当の学力試験に男性二人が合格したから、お祝いにパーティを開いたの」

「メアリ＝キャロル・クーイの話では、フォーサンはこのセンターの何人かと同じところで清掃員として働いてたということでした。どこなのかご存じなら、教えてもらえません？　ねっ？　だめなら、わたしがその人たちに直接訊いてもいいし」

ヤジキの表情がふたたびこわばった。「メアリ＝キャロル・クーイは何カ月も前から顔を出さなくなってるわ。どうして突然あなたをここによこしたの？　それから、あなたはなぜエロレンゼの死を気にかけてるの？　ひょっとすると、あなた自身がアメリカの政府機関の人で、不法滞在者を摘発しようとしてるとか？」

わたしはムッとしそうになったが、ＩＣＥの捜査官たちが〈セブン‐イレブン〉の複数店舗を急襲して数百人の従業員を逮捕したことを思いだした。それから、わが子の面前で拘束された母親たちのことを。娘を車に乗せてシートベルトを着けてやろうとしていたときに、不法入国で逮捕された化学の教授たちのことを。アメリカは弱い者を虐げる国になってしまった。

「ある青年が――わたしの大切な友達の甥ですけど――尋問のために警察へ連行されたんです。彼の電話番号をメモした紙がフォーサンのポケットに入ってたせいで、フォーサン殺しの犯人ではないかと警察に疑われています。警察はほかに犯人捜しをする気なんかないらしくて」

わたしはフェリックスの写真を電話の画面に出し、それをヤジキに見せた。「このあたりで見かけたことはありません？」

ヤジキは写真に目を凝らした。「シリア人？」

「カナダ人です。でも、親は中欧出身なの。中東じゃなくて」

ヤジキはほんの一瞬、笑みを浮かべた。「ユダヤ系ね？　アラブ人でも通りそうだわ。もちろん、わたしもヨーロッパ人で通るけど。みんな、民族的背景を気にしすぎよね」

ヘッドスカーフの下に一インチほどはみでた髪は淡い茶色で、顔はロマンス作家が大好きなクリーム色とバラの花びらの色を帯びていた。

「そのユダヤ系のお友達はここに何しに来たの？」ヤジキは訊いた。

「来たかどうかはわかりません。ただ、わたしはその青年とフォーサンの人生がどこで交差したかを突き止めようとしてるだけなんです」

ヤジキは軽く首をふった。「どこかで見たような顔だけど、たとえここに来てるとしても、定期的な集まりには出てないと思うわ。もしかして、特別イベントかしら」

「工学部の学生で、砂漠の給水システムに関心を寄せてる子です。故郷に残った家族のために役立ちそうなことをテーマにしたワークショップが、こちらで開かれていないでしょうか？」

「わたしの故郷はここよ。わたしたちの故郷」ヤジキは声を尖らせた。「ここで開くワークショップは、移住してきた人たちが新しい国に適応するのに手を貸すためのものなの」

「じゃ、工学分野のワークショップはないわけですね」電話をしまいながら、わたしは言った。

ヤジキは質問の真意を探ろうとするかのように、わたしに険悪な視線をよこした。「ここに通ってくる人のなかには、エンジニアもいれば、工学部の学生もいるわ。もしかしたら、そのなかの誰かがその青年を連れてきたのかもしれない。さて、英語を第二言語として学ぶ人たちがもうじきやってくるから、そろそろ帰ってもらわないと。みんな、あなたを政府機関の人間だと思いこんで怯えるだろうから」

わたしは立ちあがった。「フォーサンがどこで働いてたかを知っていそうな人に、ぜひ話を伺いたいんですが」

「わたしから訊いておくわ」ヤジキは言った。「あなたが誰かとじかに話をするのは遠慮してもらったほうが安全だし、心配しなくてすむと思うから」

「詩人のタリク・カタバのことを訊いてもいいでしょうか？　フォーサンのベッド脇にカタバの詩集が置いてありました。メアリ＝キャロル・クーイの話だと、シリアにいたころからのつきあいだったとか」

ヤジキの微笑がこわばった。「わたしが最後にカタバに会ったのは何カ月も前のことよ。どうやって見つければいいのか、わたしにはわからないわ」

わたしが真実と正義の側に立つ人間であり、ＩＣＥのために移民を一網打尽にするつもりなどないことをヤジキにわかってもらうにはどう言えばいいのかを、考えようとした。でも、何ひとつ思いつけずにいるうちに、英語の講座に出る生徒たちがやってきた。黒いアバヤをまとい、頭も黒い布で包んだ女性が二人と、タイトなジーンズに〝オーランド・パーク・ハイスクール〟のロゴつきスウェットシャツという年下の女性が一人。三人ともアラビア語でしゃべり、笑っていたが、わたしに気づいたとたん黙りこんだ。

ヤジキが三人にアラビア語で話しかけた。三人はうなずいて席につき、ワークブックと練習用のノートをとりだした。どうやらわたしが退散する潮時のようだ。

23 給与明細

わたしがいまいる場所はロレンス・フォーサンの遺体発見現場からわずか数マイルのところなので、コミュニティ・センターと彼の殺害がどこかでつながっているような気がしてならなかった。サンジーヤ・ヤジキはわたしを信用していない——するわけがない。これまで会ったこともなく、名前を聞いたこともないのだから。しかし、このセンターはフォーサンの遺体が遺棄されたキャップ・サウアーズ・ホールディングに近い。ヤジキは否定したが、ふたつの場所がまったくの無関係だとは、わたしにはどうしても思えなかった。

わたしは移民の世界で大きくなった。ほとんどがサウスイースト・サイドに住むポーランド人だったが、母と親しくしていたイタリアの人々もいた。巨大なアングロサクソン世界の権威に対して移民社会がどうやって団結するかを、わたしは知っている——身をもって同胞を守ろうとする。たとえ同胞が最低の屑であろうと。

だから、ロレンス・フォーサンが働いていた場所に関してヤジキからふたたび連絡があるかどうかについては、あまり期待していなかった。いつなんどき強制送還されるかわからない移民社会の仲間をヤジキは守ろうとしている。わたしにそれを非難することはできないが、彼女を説得して協力をとりつけられないことが歯がゆかった。

せっかく近くまで来たことだし、次の予定もなかったので、キャップ・サウアーズ・ホールディングへ車を走らせた。あのとき車を止めた場所がわかるかどうか、ましてや、森を抜ける小道が見つかるかどうか、自信がなかったが、行ってみたら簡単だった。警察車、救急車、鑑識の車などが止まっていた路肩は泥だらけで、現場保存用の黄色いテープや、煙草の吸殻や、くしゃくしゃになったポテトチップスの袋などが散乱していた。

タイヤがぬかるみにはまりこむのを避けるため、道路に近い砂利敷きの一画に車を入れた。時刻はもうじき五時、暗くなるまでに一時間ほどあるが、森のなかの陰気な午後ともなれば、ぐずぐずしてはいられない。電話のライトより懐中電灯のほうが強力なので、車のトランクに入れておいた非常袋から懐中電灯をとりだした。午前中にファン・フリート教授を訪ねたとき、ウィンドブレーカーを車に置いていった。それを着た。

フェリックスとわたしが悪戦苦闘してたどった狭い小道は、捜査に必要な品々を持っておおぜいが行き来したおかげで広くなっていた。広くなった小道は巨大な倒木の近くで行き止まりになり、倒木にはいまも現場保存用のテープがわずかに貼りついていた――警察が木のまわりを円形に囲む形で杭を打ち、そこにテープを張りめぐらしたのだが、テープの大半が風に飛ばされ、森に散乱するプラスチックごみの仲間入りをしていた。

倒木のまわりを歩きながら懐中電灯であたりを照らしてみた。人々が盛んに行き来したせいで、分厚く積もった落葉のあいだにむきだしの地面が何ヵ所ものぞいていたが、一週間ほど小雨続きだったため、足跡はほとんど消えていた。鑑識の技師たちが見落とした手がかりを見つけてやろうというわたしの夢は、結局のところ、ただの夢で終わってしまった。

倒木そのものを調べようと思い、テープをまたいだ。幹が腐葉土のなかに数インチ沈んでいる。そのおかげで、犯人は倒木の空洞部分に楽々と遺体を押しこむことができたのだ。倒木の根が好き勝手な方向へ突きでていて、まるで関節炎にかかった巨人の指のようだ。倒木の根元の部分はわたしのウェストより高くそびえ、空洞の直径は約一ヤードといったところだろうか。黒ずんだ樹皮のあいだを昆虫がせわしなく這いまわっている。探偵たる者、怖気(おじけ)づくことはけっしてない。だから、わたしも泥と虫と周囲のじっとりした感触に怖気づかないようにしながら、しゃがんで空洞部分をのぞきこんだ。

おずおずと腕を突っこんだ瞬間、巻きひげのようなものが顔をかすめた。懐中電灯の光とわたしの腕に向かって怒りの叫びがあがった。茶色い生き物がぶつかってきた。

あわてて飛びのいた。顔と腕を乱暴にこすり、何もくっついていないことをたしかめた。数ヤード向こうで一匹のリスがしっぽを揺らして騒々しくわめいていた。

「ここ、きみの家なの？」わたしは冷静になろうと努めながら言った。「きみには巨人どもから自宅を守る権利があるよね」

リスはさっと逃げだすと、近くの木にのぼり、わたしが追ってこないのを見て、ふたたび脅しをかけに戻ってきた。空洞のなかに家族がいるに違いない。

「そうよね」わたしはリスに言った。「憲法修正第四条で保障されてるように、きみには自宅で安全に暮らす権利がある。人殺しの連中がロレンス・フォーサンをここに運んできたとき、きみはどうしたの？　嚙みついてやった？　自撮りとかした？」

倒木の下で腐りかけている落葉を懐中電灯で照らした。上等のパンツで地面に膝を突いてリスや蛇を踏んづけたりしたら大変だ。たとえジーンズでもまっぴら。蛇とリスが共同生活をすることはあるのだろうか？　周囲の世界に関して知らないことがずいぶんある。まったくもう、わたしったらどういう探偵なんだか。

落葉の上にウィンドブレーカーを広げ、懐中電灯の光でリスの目を直撃してさらに遠くへ追い払ってから、地面に伏せて空洞部分をのぞきこんだ。

じりじりと這い進み、内部を懐中電灯で照らした。空洞部分は優に十フィートの奥行きがあった。周囲は黒ずみ、虫食い穴がぽつぽつあいている。リスの巣は空洞の中心部の奥にあった。わたしが伸ばした腕の一ヤードほど先だ。母親リスがキーキーわめきながら駆け寄ってきて、また逃げていった。

わたしはあとずさって空洞の外に出ると、巣をつくるのに使えそうな長い棒を見つけた。倒木のところに戻ったときは、アキレス腱がずきずきしていた。父親リスの鋭い歯に攻撃されたのだ。

「ごめんね」小声で言いながら、母親リスを巣から追いだした。

材料を丹念に編んで作る小鳥の巣と違って、リスの巣は小枝と葉が乱雑に重なっているだけだった。何本かの枝に布地がからまっていた。ほかに何が見つかるかとびくびくしながら少しずつ這い進んだが、奥に遺体がころがっているようなことはなかった。幸い、毛も生えていないリスの赤ちゃんたちがもぞもぞ動いていることもなかった。母親リスはまだ出産していないのだ。

棒を使って乱雑な作りの巣をたぐり寄せ、あとずさって少しずつ外に出た。汚い葉と小枝を選り分けたが、興味を惹くものは何も見つからなかった。布切れがいくつかあった。ひとつはシルクのような手ざわりの細長い切れ端。色は鮮やかなブルー。あとはカーキ色の帆布で、リュックに使うようなタイプの生地だ。日の光が薄れつつあった。いちばん大きな布切れを懐中電灯で照らしてみた。隅の部分を補強するのに使われていたようだ。てのひらにのせて裏返すと、ちぎれた紙が何枚か地面に舞い落ちた。

一枚は小切手の切れ端で、支払人の名前の一部が出ていた。〈フォース5〉。もう一枚はレシートの切れ端で、いちばん上に〝マスカス・ゲー〟という色褪せた文字が並び、日付の一部が入っている。二月二十七日、何年かは不明。誰かが十八ドル三十七セント分のテイクアイトを注文している。

レシートをしばらくにらんだ。〝マスカス・ゲー〟――この名前なら知っている。そう、オースティン・アヴェニューにある〈ダマスカス・ゲート〉だ。ロレンス・フォーサンのベッドのそばにこの店のレシートが置いてあった。

木から離れ、数ヤード向こうで陣地を死守している父親リスから離れながら、それ以外にも何かの破片が見つかることを期待して懐中電灯で下草のあちこちを照らしてみた。あたりはすでに暗く、現場保存用の黄色いテープもほとんど見分けられない。ほかに何か見つけたければ、太陽が出ているときにあらためて来るしかない。

紙片と帆布をポケットに入れてから、落葉と小枝と鮮やかなブルーの細長い布をひとまとめにし、棒を使って木の空洞部分に押しこんだ。「家をこわしてしまってごめんね」わたしはリスに声をかけた。「これを使って建てなおしてちょうだい」くすねた帆布の埋め合わせに何か進呈しなくてはと思ったので、ポケットからティッシュを出して、それも空洞の奥へ入れた。

立ち去ろうとするわたしを見て、父親リスがしっぽを何度もふり、これ以上はないほどのきびしい口調で警告をよこした。

先週フェリックスとここに来たときにからみついてきたイバラが、パンツにくっついていた。トゲが突き刺さって、わたしは悲鳴を上げた。リスの巣を破壊したわたしに森が復讐しているのだ。

すでに五時半になっていた。どのルートで市内に戻ろうとしても、渋滞にひっかかってしまう。近くにあるオーランド・パークという郊外まで車を走らせたところ、古めかしいカーネギー図書館の跡地に建てられた現代的な図書館が見つかった。アームチェアに身を沈めて、〈フォース5〉のことを調べた。

正式名称は〈フォース5・清掃業〉。〟竜巻並みのパワーで汚れ落とし〟が社のスローガンだ。社屋は市の北西部にある。ロレンス・フォーサンのアパートメントから距離にして二マイルほど。電話すると、例の苛立たしいメッセージが流れてきた。〟お客さまを精神錯乱の縁へ追いやるために、当社のメニューを変更いたしました〟と言わんばかりのやつ。清掃業者の派遣をご希望でしたら……。破損もしくは窃盗に関してクレームがおありでしたら……。核戦争のことがご心配でしたら……。

営業時間外ではあったが、清掃業者なら夜も営業しているはずだ。さまざまなメニューのオプションに挑んで、ようやく、生身の女性につないでもらうことができた。

「探偵（ディテクティブ）のウォーショースキーという者です。ロレンス・フォーサンの仕事仲間を見つけようとしているところです」

生身の女性はわたしに協力できなかった。というか、協力する気がなかった。彼女の役目は、チームメンバーから病欠の連絡があったときに伝言を聞き、チームの主任に連絡することだけだという。

「いま言ったチームメンバーから、死亡の連絡があったのよ」わたしは言った。「チームの主任につないでちょうだい、お願いだから」

数分後、わたしはメラニー・ドゥアルテと話をしていた。イラッとするほど用心深い女性だった。

「はい、ロレンス・フォーサンが誰なのかは知っています。亡くなったことも知っています。いいえ、フォーサンがどこで働いていたかは申しあげられません。あなたが令状をお持ちで、それをわたしの上司に見せてくだされば、上司からわたしに対して、あなたに協力してもいいかどうか指示が来ます」

詐欺にひっかからないようにするには誰もがこれぐらい用心すべきだが、そのせいでわたしの仕事がやりにくくなる。

彼女の上司の名前を教えてもらった。パブロ・モリータ。電話を切られる前に、彼女もクルーと一緒に清掃現場へ出向くのかどうかを尋ねた。

「大規模な現場でしたら、答えはイエスです。小規模な現場の場合は、作業が終わった時点で点検に行きます」

「ロレンス・フォーサンが割り当てられたのは大規模な現場でしょうか？　それとも、小規模なほう？」

「ミスタ・モリータに訊いてください。正式な令状があれば、お尋ねの件について彼がお答えいたします」

電話を切られてしまった。椅子にもたれた。この問題にどれだけエネルギーを注ぎこむつもり？　シカゴ大のキャンパスで仮眠をとったのは五時間前のことだ。疲労がどっと襲ってきた。図書館の椅子がふかふかなので、うつらうつらしはじめた。

タイミングを計ったかのように、ロティから電話があった。「ヴィクトリア——マーサ・シモーンがたったいま電話をくれたの。今日の午後、警察がイリノイ工科大学のキャンパスに来て、取り調べのためにフェリックスを連行したんですって」

「市警？　それとも、郡の保安官事務所？」

「さあ……。それが何か問題なの？」ロティの声は尖っていた。

「どちらと交渉すればいいかを決めようと思って。心配でしょうね、ロティ。マーサがフェリックスに付き添ってくれてるの？」

「ええ、そう。でも、警察はフォーサンという男の殺害事件でフェリックスを逮捕する一歩手前なんですって。あなたならフェリックスを助けてくれると思ったのに。何もしてくれなかったのね」ロティはパニックを抑えこむのに必死で、それが怒りにつながっていた。

「マーサの話を聞いてみる」わたしは約束した。「目下、フォーサンの人生を探る手がかりをつかもうと悪戦苦闘中なんだけど、フェリックスのほうにもっとエネルギーを注ぎこむことにするわ」

マーサに携帯メールを送ると、ほぼ同時に彼女が電話をくれた。「ヴィク、まずいことになったけど、絶望的ではないわ。いまいるのはメイウッド。マッギヴニー警部補と何人かの部下がフェリックスを取り調べ中なの。彼が先週、ミネソタ州北部へ出かけたことに関して。フェリックスが何度も州境を越えてるって報告がＩＣＥのほうから来てて、だから保安官事務所としては、彼が北の森林地帯のどこかへ証拠品を捨てに行ったんだと主張したいわけね。本当は何をしに行ったのか、フェリックスはわたしにも話そうとしないのよ。友達とキャンプをしてたって言うんだけど、友達の名前は明かしてくれないの」

「明かす必要がある？　北の森林地帯へ出かけたからって、どうしてクック郡の保安官事務所と合衆国移民・関税執行局にごちゃごちゃ言われなきゃいけないの？」

「同感」シモーンは言った。「でも、状況を考えると、刑務所行きを回避するために言葉か行動で何か示したほうがいいと思うの。三月末といっても、北西部のバウンダリー・ウォーターズはまだ寒くて、雪が残ってるのよ。フェリックスがそっちでバカンス中だったなんて、わたしを含めて誰も信じる気になれないわ。しかも、学期の途中なんだし」

「わたしのほうは、目下、フォーサンの仕事仲間を追っているところ。彼と親しかった人を見つけようとしたものの、遅々として進まなかったの。でも、ようやく何人か見つかりはじめたから、マッギヴニー警部補にそう伝えてくれない？」

「何もないよりはましね」シモーンは承知してくれた。「名前がわかったらすぐ電話して。どんな名前でもいいから」

電話が切られた。わたしは焦った。焦るなんて、探偵として褒められたことではない。

車でシリア＝レバノン・コミュニティ支援センターに戻ることにした。英語の講座がまだ終わっていない場合は、〈フォース5〉で働いていることを自分から認める者がいないかどうか、たしかめてみよう。名案とは言えないが、わたしに思いつけるのはその程度のものだ。

24
ヒッチハイク

通りの向かいに車を止めると、センターの地下から明かりが漏れていた。何人かが建物から出てきたところで、女性たちは少人数に分かれて笑ったり、身ぶりを交えてしゃべったりしていたが、四人の男は歩道の縁で立ち止まった。わたしが四人のそばへ行こうとして車を降りたとき、薄汚れたバンがやってきた。汚れとへこみ傷のあいだから竜巻の絵と〈フォース5〉という文字がのぞき、ウェブサイトのアドレスと電話番号も書かれている。ベアーズのジャケットを着た肥満体の男性が運転席側から降りてきて、のっしのっしとバンのうしろにまわり、ドアをあけた。男たちが乗りこんだ。

わたしはマスタングのドアを閉めて通りの端まで行き、それからUターンして、バンのあとから車の流れに加わった。バンはオーク・ローンの通りの角でふたたび停止すると、スティーヴンソン高速に入った。ラッシュアワーに加えて視界も悪いため、不本意ながらバンとの距離を詰めるしかなかった。

フェリックスのニュースが流れたときのために、カーラジオをニュース局に合わせたままにしておいた。サウス・サイドとウェスト・サイドでまたしても銃撃事件――アメリカ国民すべてを五回か六回ずつ殺せるほどの武器を市民一人一人に持たせてくれた政府に感謝。フェリックス関係のニュースはなかった。

一時間の番組が終わろうとするころ、わたしが午前中にオリエント研究所で見た魚人像に関して、リスナーの興味を惹きそうな短いニュースが流れた。

「当研究所のコレクションに加えることはできません」所長のピーター・サンセンが説明していた。「盗まれた品なのか、それとも、盗掘された品なのかも含めて、来歴がいっさいわからないのです。インターポールの美術犯罪担当セクションに写真を何点か送り、国際データベースとの照合も進めているところですが、興味を惹く品であることはたしかです。調査する機会が得られたことを喜んでおります」

そのあと、深刻なニュースに戻った――EPA（環境保護庁）による科学者の排除、核の脅威、旱魃（かんばつ）、洪水、雪崩（なだれ）。東八十九丁目で進行中の銃撃事件。わたしが子供時代を送った家のすぐ近くだ。

バンはデイメン・アヴェニューまで行くと高速を離れて北へ向かい、ピルゼンに入った。シカゴのメキシコ人コミュニティの中心地。このエリアならバスで楽に来られる。十八丁目とアシュランド・アヴェニューの交差点でバンが止まったとき、わたしはすでに準備を整えていた。バッグから財布をとりだし、駐車スペースに車を入れ、ブリーフケースとバッグを車のトランクに放りこんだ。新たにやってきた二人と一緒にバンの後部スペースに乗りこんだ。

そこは人でぎっしりだった。ドアが乱暴に閉まる前に、両サイドに設置されたベンチに一ダースほどの人がすわっているのが見えた。わたしを含めてあと八人から十人ほどは中央にぎゅう詰めで立つことになった。

内部は暗かったが、誰もが新顔の存在に気づいていた。何人かがスペイン語で声をかけてきた。それから、たぶん、アラビア語で。

「残念だけど（ミ・ディスピアーチェ）」わたしはイタリア語で謝った。「スペイン語もアラビア語もできないの。わたしの名前はヴィクトリア」

これに応えて二人の女性がバンの奥でそれぞれ名前を名乗り、さらに男性たちも加わった。屋根からファンのうなりが聞こえてくるが、大人数が詰めこまれているため、呼吸するのもひと苦労だった。洗っていない衣類と身体から立ちのぼる悪臭だけでもひどいものだ。うしろのほうに立つことができて、わたしは運がよかった。周囲の三人と身体が密着しているので、後部ドアの隙間近くに鼻をくっつけた。

穴ぼこのない道路などシカゴにはひとつもなく、運転手はその上をすべて通ろうと決心しているかのようだった。赤信号のたびに急ブレーキを踏んだ。最後の停止。目的地に着いたことを常連の人々は第六感で察したようだ。彼らが上着やバッグをとって押しあいながら出口のほうへ移動するのを、わたしも気配で感じとった。ドアがあいた瞬間、脇へどいた。真っ先に飛びだして、ベアーズのジャケットを着た男の前に見慣れぬ顔をさらすことになっては大変だ。複数の照明と、雨のなかでガラスがきらめきを放っている高層ビルのファサードが目に入った。

人々は雨を避けるためにビルの入口のほうへ行こうとしたが、ベアーズのジャケットの男に通りへ押し戻された。「みんな、手順はわかってるな？　メラニーが名前を呼ぶから、ちゃんと並ぶんだ」

メラニー？　メラニー・ドゥアルテに違いない。さきほど電話で話した相手。わたしは大多数が外に出るまで待ってから、車を降りた。ウィンドブレーカーのフードを深くかぶり、列の最後尾近くでうずくまった。しかし、完全に隠れることはできなかった。列のなかでわたしがいちばんの長身だ。

クリップボードと傘を持った女性が姿を見せた。ベアーズのジャケットの男が懐中電灯でバンの内部を照らし、誰かのランチバッグが見つかったので、それをメラニーに渡してから、後部ドアをバタンと閉めた。「一時半にあんたら(ユーズ)を迎えに来る」不愛想な声で言った。まさしく地元の人間だ。相手を〝ユーズ〟と呼ぶのはシカゴのサウス・サイドの住人だけだ。

　メラニーが名前を読みあげ、クリップボードのリストにチェックマークを入れていった。一人一人が「はい」と叫んで高層ビルのほうへ向かった。最後に、わたしだけが残された。

「ええと、あなたは？」

「ヴィクトリア。ヴィクトリア・フォーサン」

「リストに出てないわね――」メラニーがもう一度確認した。「名字は？」

「フォーサン」わたしはもう一度言い、綴りも言った。「聞いたことのある名字でしょ？」

「どうやってバンに乗りこんだの？」

「十八丁目とアシュランドの交差点で乗るように言われたから、そのとおりにしたんだけど」

「作業してもらうわけにはいかないわ」メラニーがきっぱりと言った。「登録されてないから」

　わたしは返事をしなかった。できなかったのだ。ここはグロメット・ビルの前だった。

日中は、刻々と変わりゆく川面の光と、轟音と共にウェルズ・ストリート橋を走る車が、湾曲したガラスのファサードに映しだされる。夜になると、車やトラックは闇の色を帯びたガラスに同化して見えなくなり、反射するヘッドライトだけが遊離してガラスのファサードに光を描きだす。

わたしの脳も同じく現実から遊離しているように思われた。グロメット・ビルは別れた夫の法律事務所が七つのフロアを借りているビルだ。ディック・ヤーボローとロレンス・フォーサン——この二人にはなんのつながりもない。ただの偶然だ。グロメット・ビルの清掃を担当する業者は当然いるはずだが、フォーサンが清掃員だったことをオリエント研究所のメアリ＝キャロル・クーイから聞いたとき、わたしが想像したのはモップを持っておんぼろビルの廊下に立つ男たちの姿だった。

〈フォース5〉はやはり、高級志向のビルの清掃を請け負う業者にはふさわしくない気がする。バンで市内をまわって、あちこちで労働者を拾い集めるような業者だもの。安い労働力をほしがる建設会社や造園業者のやりそうなことだ。そういうところは不法滞在者を使う——当然だ。わたしは自分の頭をひっぱたきたくなった。さっきの連中も安い金で働く不法滞在者だったのだ。グロメット・ビルの管理会社は最低賃金で働く連中を求めていたのだ。

「聞いてるの？」クリップボードを持った女性が言った。

彼女がわたしに思いきり顔を近づけた。清掃クルーからスペイン語とアラビア語のつぶやきが上がった。百匹ほどの蜜蜂が羽音を響かせているような感じだった。

「聞いてませんでした」わたしは謝った。「ロレンスがここで働いてたことも知らなかったし」

「彼にはアラブ人（アラビアン）クルーのための通訳を頼んでたの。あなた、フォーサンの親戚なの？　アラビア語はできる？」

「アラビアン？　それ、アラブ馬って意味もあるから、ロレンスが馬の調教師だったみたいに聞こえるわよ。残念ながら、わたしが英語のほかにできるのはイタリア語だけ。スペイン語は多少理解できるけど、しゃべろうと思ったことはないわ」

メラニーは清掃クルーの指揮官という立場を忘れかけていた自分に気がついた。「あなたの件はあとで」

手を叩き、清掃員たちを連れてビルに入った。時刻は七時半、ロビーは基本的にがらんとしていたが、このビルにはヘッジファンド会社や国際的な法律事務所が入っているので、若手弁護士たちが週百時間の労働に従事するいっぽうで、トレーダーたちは極東のマーケットに合わせて仕事をしている。東京とシンガポールは朝だ。若い女性がわたしたちの横を急ぎ足で通りすぎ、警備員と軽い冗談を交わしてから外へ出ていった。

「やあ、メラニー」警備員がクルーの責任者に声をかけた。「アラビア語の通訳は見つかったかい?」

「まだよ。心当たりがあったら教えて」メラニーはバッグに手を入れて身分証をとりだそうとしたが、警備員が手をふって彼女を通した。

〝38 - 54〟と記されたエレベーター・ホールへ全員でぞろぞろと向かった。誰もがジーンズとTシャツで、女性ですらそうだった。もっとも、そのうち二人は髪を布で包んでいた。わたしは上等のパンツのままだったが、腐った木の幹の汚れがついていたため、周囲からさほど浮いてはいなかった。

メラニーが仕事を割り当てるためにみんなをエレベーター・ホールに集合させ、まず英語で、次にスペイン語で指示を出した。四人ひと組のチームに分かれて、ひとつのチームが四つのフロアを担当する。大部分が常連のようで、メラニーが作業内容――トイレ掃除、ちり払い、ゴミ箱、掃除機、食べこぼしの処理など――の説明を始めると、みんな、足をしきりに動かしたり、電話に目を向けたり、「シ、シ、シ」と苛立たしげにつぶやいたりした。一人の女性がエレベーターのキーパッドに〝42〟を打ちこんだ。ほぼ同時にエレベーターが到着し、四人ひと組のチームが彼女を先頭にして乗りこんだ。別のチームは三十八階へ向かった。

わたしもあとに続こうとしたが、メラニーに腕をつかまれた。「話があるの。終わったら出てってもらいます」

エレベーターが来るまでのあいだ、あとの清掃員たちにじろじろ見られた。チームのうちふたつはすでに、ディックの法律事務所が占領している七つのフロアへ行っていた。わたしはふたたび、フォーサンのアパートメントの床下に隠されていた二十五万ドルと、ディックとテリーのものだと言ってグリニスが自慢していた高価なアートコレクションのことを考えた。フォーサンが憧れの発掘作業の費用にしようとして、〈クローフォード・ミード〉で盗みを働いていたのだろうか？　溶岩が凝固したように見える艶やかな金属のかたまりを運びだすのは困難だろうが、小さな品だってたくさんある――スケッチ、額から切りとることができる絵、小像――それなら簡単に持ちだせる。

エレベーター・ホールでメラニーと二人になったとたん、フォーサンとはどういう関係か、清掃クルーのバンに乗ってきたのはなぜか、と詰問された。

「ロレンスを殺した犯人を保安官事務所が突き止めようとしてもまったく進展がないみたいで、周囲の人々が心配してるからよ、ミズ・ドゥアルテ。わたしは、フォーサンが誰と一緒に働いていたのか、彼が殺された理由について心当たりのある人はいないか、探りだしてほしいと頼まれたの」

「なんですって？　一緒に働いてた人間がフォーサンを殺したというの？」

「その可能性があると思います？」逆にこちらから尋ねた。「仕事仲間に訊けば、かつてフォーサンを脅した人間がいるかどうかわかると思ったの。もしかしたら、フォーサンが貴重な品をこわして、持ち主が激怒したとか。あるいは――」

「その場合は、顧客からわたしに苦情が来るでしょうね」メラニーは言った。「苦情はクルーの責任者が受けることになってるから。作業に不手際があった場合、それを知る方法がほかにあって？」

「じゃ、フォーサンのことで誰かから苦情が来たことは？」

「フォーサンの仕事ぶりはつねに申し分なかったわ」メラニーは唇をきつく結んだ。

「熱意はあったけど、さぼりがちだったとか」わたしは試しに言ってみた。

「オフィスの清掃に熱意を持つ人間なんていないわ。でも、さぼりがちという点はたしかに当たってる。アラブの連中と雑談ばかりしてたから。もしフォーサンが、いまこの瞬間、上の階にいたら、わたしはあなたと話をしてる暇なんかなかったわね――三十七階まで行って、フォーサンがアラブの連中と無駄話をするかわりに、まじめにトイレ掃除をしているかどうか確認してたでしょう」

警備員が近くに立っていた。「先週、森で死体になって発見された男のことかい？　弁護士事務所で何か騒ぎを起こしたはずだが」

わたしの心臓の鼓動が速くなった。「どんな騒ぎ？」

「たいしたことじゃないわ」メラニーは警備員を迷惑がっていた。「弁護士の一人が十一時ごろ自分のオフィスに戻ったら、フォーサンがくずかごの手紙を拾って読んでたんですって。わたしはフォーサンに厳重注意をして、今度やったらクビだと言っておいたわ」

警備員は笑っていた。「ミスタ・プルーエットのことだな。なんで夜の十一時にオフィスに戻ったかは、みんなにバレバレだ」

「まあね」メラニーの唇がゆがみ、苦笑を浮かべそうになった。「でも、オフィスを掃除する者がくずかごの中身まで調べるのは非常識だわ。作業範囲に入っていない。もちろん、清掃作業に雇われた人間の大半は英語が読めないから、別にかまわないけど」

「フォーサンはそもそもどうしておたくで働くことになったの？」わたしは尋ねた。

「フォーサンの知りあいがアラビア語(アラビアン)の――」メラニーは不意に黙りこんだ。「身分証を見せてちょうだい。あなたがＩＣＥの人間なら、いますぐ正直に言ったほうがいいわよ」

警備員はデスクに戻った。〈フォース５〉が移民問題を抱えているなら、関わりあいになるのはごめんというわけだ。不法滞在者の隠蔽工作の共謀者とみなされかねない。

「いいえ、わたしはＩＣＥじゃないわ。フォーサンが考古学専攻の大学院生としてシリアにいたころ、向こうで内戦が勃発したの。フォーサンは中東を愛し、中東の言語と文化を愛していたから、アラビア語(アラビック)を——〝アラビアン〟とは言わないのよ——話したくて、シリア＝レバノン・コミュニティ支援センターに出入りするようになった。そこでアラビア語の詩まで教えていた。フォーサンが職探しを始めたときに、たぶん、おたくで働いてた男たちの一人が彼を連れてきたんでしょうね」

「そうかもしれないけど、身分証を見せてもらいたいわ」メラニーの唇がきびしく結ばれた。「いやなら、雨のなかに戻ってちょうだい」

「人を雇うときはいつも身分証を見せるように言うの？」

「あなたを雇うつもりはないわ」

そのままいったら、にらみあいが果たしてどんな結果になっていたのか、わたしにはわからないが、ふたたびエレベーターのドアが開いた。女性がエレベーターを降り、談笑する男たちがあとに続いた。グリニス・ハッデンが遅くまで仕事をしていたのだ。ボスのディック・ヤーボローと、そのほか三人の男たちも。

25 手綱を締める

「ディック」わたしは熱っぽく叫んだ。「まあ、グリニスも。お二人はきっと、シカゴでいちばんの働き者カップルね。仕事を終えるのが七時半過ぎだなんて」

「ヴィク、こんなとこで何してるの?」グリニスはカーキ色のワンピースに赤いヒールというエレガントな装いだった。化粧直しをしたばかりだ。わたしは自分の濡れた靴と汚れたパンツをひどく意識した。「泥んこレスリングでもしてきたような姿だけど」

「だって、しょうがないでしょ、グリニス。扶養料がもらえないんですもの。自分で仕事を見つけなきゃ。〈フォース5〉で雇ってくださいって頼みこんでるところなの」

警備員がこのドラマを見ようとして、エレベーター・ホールに戻ってきた。

グリニスが唇をこわばらせた。顔をしかめるような愚かなことはしない――目尻と口元のしわが深くなってしまう。

グリニスのうしろで、ディックが剝製のフクロウみたいな顔をしていた。この表情には見覚えがある。テリー・フェリッティと寝ているのがばれたときに見せたのと同じ表情。彼女がテリー・ヤーボローになる前の話だ。

　グリニスと二人で遅くまで仕事をしていたことをわたしに知られても、ディックが気にするわけはない。もっとも、内心ではうしろめたいかもしれないけど。二人の顔を観察した。でも、ディックとグリニスは強い絆(きずな)で結ばれているから、二人のあいだに肉体関係があるとしても、わたしがとやかく言うことではない。

　三人の男性の一人は、先週わたしが帰ろうとしたときにディックに会いに来た人物だったが、グループの権力の中枢にいるのは六十歳ぐらいの男性だった。グレイになりつつある髪を《華麗なるギャツビー》のレオナルド・ディカプリオみたいなオールバックにしている。きっと、意図してやっているのだ。ピンストライプのスーツは思わずなでたくなるようなウールで仕立ててあって、襟の折り返しがやたらと広いダブルという一九二〇年代を思わせるデザインだ。

　残る一人は〝ボディガード〟というネオンが額で明滅しているのも同然の男性だった——凄腕のボディガードであることは間違いない。ショルダー・ホルスターの上でぴんと張りつめているのは上質のスーツの生地だ。男性はエレベーター・ホールにさっと視線を走らせ、危険物の有無をチェックした——わたしのことは危険物に含めなかったようだ。

によこした。

「別れた奥さんかね？」ディカプリオがディックに尋ね、愉快そうな侮蔑の視線をこちら

「ヴィクとは前世に結婚していました」ディックは後悔の面持ちで肩をすくめた。「よその惑星で。どうやってその星にたどり着いたのか、しばしば不思議に思うことがありま

す」

先週ディックに会いに来た男性は追従の笑い声を上げたが、ボディガードは無表情なまだった。

「もしかして、軍関係のクライアントですか？」言葉に訛りがあった。たぶん、フランス語の訛りだろう。

ディックは片方のてのひらをかざした。知らないというしぐさ。

ディカプリオが苛立たしげに肩をすくめた。「時間を無駄にしてしまった。ヤーボローの別れた妻の仕事には誰も興味など持っていない」

「わたしどもはこちらのオフィスの清掃をビル管理会社から委託された業者です、ミスタ・ケティ」メラニーはフランス人を無視した。ディカプリオに近づいて満面の笑みを向けた。顔に貼りついた服従の笑み。「わたしはメラニー・ドゥアルテ、シフトの管理に当たっていますが、こちらの女性は——」

ディカプリオではなく、ケティだ。ジャーヴェス・ケティはシカゴの不動産・建設業界のビッグネーム。少なくとも週に一度はニュースに登場する――シカゴ、ニューヨーク、アブダビの取引、彼の所得税をめぐる疑問――でも、わたしがケティの顔を生で見たのはこれが初めてだ。ディックの事務所がオフィスを借りているこのビルは、どうやらケティがオーナーらしい。ディックがこの男を一同の権力中枢に据えているのも無理はない。

　ケティはメラニーにわざとらしく背を向けた。笑い声を轟（とどろ）かせてディックの肩を叩いた。

「究極の仕返しだな、ヤーボロー。きみには脱帽だ。別れた妻にオフィスの掃除をさせるとは。どちらにとってもいいことだ」

　わたしは膝をかがめてケティの手にキスをした。「ありがとね、旦那（マッサ）さん、ありがと。うちの子供たちもみんな感謝してる。そうだよね、マッサ・ディック」

「やめろ、ヴィク」ディックがわたしの腕をつかんだ。「申しわけありません、ケティ。この女はわたしを困らせてばかりで、だから、あなたのこともつい困らせたくなるのでしょう。厄介なことに、ヴィクという女は吠えるより嚙みつくほうが厄介なのか、もしくはその逆なのか、予測がつきません」

　ケティがはめている指輪にわたしの髪がからまった。ディックにひっぱられて立ちあがった瞬間、指輪の象嵌細工がはずれて床にころがった。

　わたしは象嵌細工を拾いあげ、てのひらで裏返してみた。大粒のラピスラズリで、マッチョな男が選びそうな貴石ではない。ただ、ひどく古い品のようだ。ラピスラズリに黄金の蛇が象嵌されている。これにわたしの髪がからまったのだ。

「軽率で不器用な女め！」ケティはラピスラズリと蛇を奪いとると、わたしの頬をひっぱたこうとした。わたしは身をかがめた。ケティの手は空を切り、バランスを崩しかけた。ボディガードがさっと飛びだしてケティの身体を支え、わたしの手首をつかんだ。流れるような一連の動作だった。

「まあまあ、落ち着いて」ディックが言った。蒼白になっている。ケティがどんな行動に出るか、わたしがどう反応するかを危惧しているのだろう。「ヴィク、ケティに謝るんだ」

「大魔王クッパがわたしを放してくれたらすぐにね」

　ケティは渋い顔をしたが、ようやく言った。「放してやれ、ミッティ。こんな女のために時間を無駄にすることはない」

　大魔王クッパ、またの名をミッティはわたしの手首を放したが、その場から動こうとはしなかった。

「ごめんなさい、ケティ」わたしは言った。「あなたと同じく子供っぽい態度をとってしまって悪かったわ」

ディックがますます蒼白になった。今度は怒りのせいだが、パンチや訴訟の応酬が始まる前にビルを出たほうが利口であることは心得ていた。ケティの肩に腕をまわした。「さあ、行きましょう、ジャーヴェス――〈ポタワトミ〉でマティーニを飲めば、これもただの悪夢に変わるでしょう」

ふりむいて、こうつけくわえた。「ヴィク、きみは崖っぷちに近づきすぎる。いまみたいに崖から転落することもある……グリニス、車の用意はできたかね？」

グリニスはうなずき、警備員を見た。「カーティス、傘を持ってきてくれる？」

カーティスは警備員詰所からばかでかい傘をとってきて外に出た。ディックとケティがリムジンまで行くあいだ、高価なスーツを雨から守るためだ。

ケティはディックの腕をふり払い、わたしをにらみつけた。「今度わたしに逆らってみろ。生まれてこなければよかったと思わせてやる」

わたしはケティの顔に浮かんだ怒りのすさまじさに唖然とし、返事もできなかった。ケティは沈黙を怯えの証拠だと思ったようだ。ディックのそばに戻り、またしても彼の肩を叩いて言った。「あの女にタマを切り刻まれる前に離婚できてラッキーだったな。ああいうフェミナチスの連中を相手にするときは、手綱を締める必要がある」

男たちが回転ドアまで行ったとき、わたしは思わず叫んだ。「リノはいまも行方不明よ、ディック！　でも、ディナーを楽しんでちょうだい」

ディックは足を止めた。ふりむいて叫びかえそうとするかに見えたが、やがて肩をそびやかし、そのまま歩きだした。ケティがディックに質問している様子だったが、距離があるため、わたしの耳には二人の低いやりとりが届かなかった。たぶん、リノのことか、ディックのゴルフのハンディを話題にしているのだろう。

「いずれまた、あなたに逆らってやる、ジャーヴェス・ケティ」

「いいえ、それは無理」メラニー・ドゥアルテが言った。わたしは自分が胸の思いを声にしたことに気づいていなかった。「うちのクルーと一緒に入りこんで、ミスタ・ケティを怒らせるのはやめてちょうだい。わたしが連れてきたと思われたら、ミスタ・ケティに契約を解除されてしまう。ある晩、警備員のデスクについてた若い女がケティをからかったことがあったのよ。その女は翌日解雇され、二度と仕事を見つけることができなかった」

「ケティはあなたのことなんて眼中になかったわ」わたしはうんざりした口調で言った。「スターリンのミニチュア版みたいな男で、彼の前に出た農奴たちが震えださなかったら我慢がならないタイプ。ケティがディックから――リチャード・ヤーボローから――ひきだそうとするのは、わたしに関する情報よ。あなたは心配しなくても大丈夫」

「そういうことだったの？」メラニーの声が半オクターブ高くなった。「別れた夫への仕返し？　警察を呼んだほうがいいかしら」

突然、疲労感にのみこまれそうな気がした。これまでの嘘も、ごまかしも、利口な作戦のつもりだったのに、情けないとしか思えなくなった。二台のエレベーターのドアにはさまれた壁面にもたれた。

「で、警察になんて言うの？　わたしが働き口を探してたって？」

「そもそも、どうしてここに来たのよ？」メラニーが詰問した。「働き口を探すためではない。それだけはたしかね」

「おたくのクルーにもぐりこんだのは、ロレンス・フォーサンについて知る必要があったからよ。フォーサンには近親者がいない。シリアへ行ったときに一緒だった考古学者たちとはもうつきあってないから、彼の現在の暮らしについては誰も何も知らない。空き時間にはコミュニティ・センターに顔を出していた。そこの常連のうち三人があなたのチームに雇われてるようだから、フォーサンがここしばらく何をしてたのかを、三人の誰かから聞きたいと思ってるの。〈フォース5〉で働く以外に。そして、殺される以外に」

メラニーは唇を嚙んだ。「あなたの名前、ヴィクトリア・フォーサンだったわね。でも、あなたはいま、ロレンスには近親者がいないと言った」

エレベーターを呼ぶためのキーパッドがすぐ横にあった。わたしはメラニーに視線を据えたまま、〝38〟を押した。エレベーターE——キーパッドが応答した。

「そうね、迂闊だったわ。わたし、V・I・ウォーショースキーっていうの」

「ミスタ・ヤーボローはほんとに別れた夫なの？」

「ほんとよ。きっぱり別れたわ。あっちは再婚して、ティーンエイジャーの子が二人いる。離婚のときの取決めに扶養料は含まれていなかった。さっき言ったことは冗談よ」まあね。扶養料はほしくなかった。支払うか、支払いを控えるかというディックの判断に、わたしの人生をふりまわされたくないと思ったのだ。あのとき、ディックは面食らっていた——たぶん、支払い予定をめぐる法廷闘争を何週間も何カ月も続けて、わたしを苦境に追いやるのを楽しみにしていたのだろう。

「つまらない冗談ね」メラニーの顔が困惑でゆがんだ。「リノって誰？　あなたの子供の一人？」

こちらから質問したくて〈フォース5〉のバンに飛び乗ったのに、わたしのほうが尋問されている。リノというのはペットによくある名前だ。子供よりペットのほうがぴったりだ。かわいそうなリノ、生まれたその日から抱えきれない重荷を背負わされていたなんて。そのリノがいまだに行方不明だというのに、わたしはここに来て、ロレンス・フォーサンのことを探ろうとしている。

エレベーターE――わたしのエレベーター――が向かい側にやってきた。ドアが閉まりはじめるまで待ってから、メラニーの横を全力で駆け抜けてエレベーターに飛び乗った。

メラニーがわたしを見つけるのは、なんの苦労もないだろう。警備員のカーティスがパソコンでエレベーターEを追跡できるはず。となると、コミュニティ・センターの表でバンに乗りこんだ男たちのなかの誰かを見つけだす時間は数分しかない。

三十八階でエレベーターを降りたわたしは、一瞬立ちすくみ、ずらっと並んだエレベーターのドアを見つめた。となりのドアが開いた瞬間、そちらへころがりこもうと身構えたが、知らない男性が降りてきて角のオフィスへ向かった。

それをきっかけに、ふたたび行動に移ることができた。キーパッドに五つのフロアの数字を打ちこんでから、廊下を駆けていき、隠れられる場所はないかと探した。〈フォース5〉のクルーの一人が清掃用品を積んだカートを女子トイレの外に置き、ドアストッパーがわりにしていた。

トイレ掃除をしていたその女性はわたしのことをビルで働く社員だと思ったらしく、スペイン語で詫びを言った。細長い鏡に映っているのは、泥だらけの地面を這いまわるのに時間をかけすぎた睡眠不足の女だというのに。

顔を洗い、ウィンドブレーカーをトイレの個室の内側についているフックにかけた。パンツの汚れを指で払い落とそうとしているわたしを見て、女性は廊下のカートまで行き、スポンジを持って戻ってきた。水で軽く濡らし、いちばん頑固そうな汚れと腐葉土をとりのぞいてくれた。

「よくなった」女性は言った。

わたしは口紅を塗って髪にブラシをかけるまねをした。女性は首を横にふったが、わたしの腕をとると、カートの少し先にあるロッカールームへひっぱっていった。

廊下の先のオフィスから、誰かに質問しているカーティスとメラニーのわめき声が聞こえてきた。わが救い主はふたたび首を横にふったが、自分のロッカーのドアをあけ、なかに入るよう身ぶりで示した。彼女がドアを閉めて廊下に出たとき、すぐそばでメラニーの声がした。早口のスペイン語で女性に質問している。「汚れた服をきた怪しい女を見なかった？（アス・ビスト・ウナ・ムヘール・ソスペチョーサ・コン・ローパ・スーシア）」わたしにわかるかぎりでは、女性は〝掃除をするのに忙しくて、人が着ているものを観察する暇はない〟と答えたようだった。

二人の声が遠ざかった。わたしはロッカーのなかで背を丸めた。ふくらはぎが痙攣するし、首は痛いし、ドアに隙間が三カ所あるのに、空気があまり入ってこない。これ以上一秒たりとも耐えられないと思ったそのとき、女性が戻ってきてドアをあけてくれた。

廊下に出るよう身ぶりで示し、わたしの感謝の言葉を聞こうともせずに作業に戻った。

「シリアの男たち？」（ロス・オンブレス・デッラ・シリア）スペイン語とイタリア語が近いことを願いつつ、わたしは尋ねた。

「デ・シリア？」女性は洗面台のひとつをさらに勢いよくこすりながら、わたしの誤りを正した。「知らない（ノー・ロ・セ）。あんた、移民局の人？（エレス・ウン・ナヘンテ・デ・イミグラシオン）」

そうか、わたしが移民局の人間ではないかと心配しているのだ。「わたしはおばよ」まず英語で、次にイタリア語でゆっくり言った。「わたしの甥がロレンス・フォーサン殺しの容疑をかけられ、警察に逮捕されそうなの。シリアの男たちはフォーサンの友達だった。わたしはその男たちと話をして、甥を助けるのに役立ちそうなことを何か知らないか、尋ねてみようと思ってるの」

女性はわたしの言うことが理解できなくて、首を横にふった。イタリア語とスペイン語はなんとなく似ているが、語彙（ごい）が違う。わたしは電話をとりだして、女性にフェリックスの写真を見せた。「わたしの姉の孫よ」と言った。真実にかなり近い。ロティは長年にわたって、わが人生における母親であり、姉であり、慈愛と批判を与えてくれる人であった。

「ああ！　わかった（エンティエンド）。甥ね（ス・ソブリーノ）！」

女性は鏡を拭きはじめたが、作業をしながら誰かに電話をかけた。スペイン語のやりとりが速すぎて、わたしにはついていけなかったが、女性は最後に「ピソ・セセンタ・イ・

ウノ」と言った。わたしが理解できないときのために、指で鏡に〝61〟と書き、すぐさま拭い去った。

わたしが立ち去ろうとすると、女性はわたしの肩をつかんだ。「ノー・フォーン。アイ・グアルディアス。トマロン・ウナ・ウエリャ・ダクティラール」ちんぷんかんぷんで、わたしは首を横にふった。女性はついにカッとなり、わたしの尻ポケットから携帯電話を抜きとると、投げ捨てるふりをしてから、わたしの手をとって掃除用の液に浸し、指先をペーパータオルに押しつけた。〝電話だめ。警備員がいる。彼らが指紋をとる〟。最上階の六十一階へ行くには指紋が必要なのだ。

26 家事

わたしはずっと昔に指紋をとられたことがある。ロースクールを出て公選弁護士会に入ったときだった。だから、ケティの下で働く警備チームにわたしの身元を知られるのは避けたかった。今夜はどうしても避けたい。シリア人の清掃員たちとこっそり話がしたいから。作業がすんでから清掃員をつかまえるという一か八かの賭けには出たくない。彼らがバンでパロスに帰るとはかぎらないし、たとえバンで帰ったとしても、わたしはパロスに足止めされることになる。何マイルも離れた場所に車を置いてきたからだ。

別の戦略を立てなくては。廊下を進み、さっきの女性がメラニーとカーティスからわたしを隠してくれたロッカールームまで行った。使われていないロッカーのハンガーにウィンドブレーカーをかけ、片方のポケットに携帯電話を、反対のポケットに財布を入れた。鍵のかかっていないロッカーに電話と財布を置いていくのは不安だったが、六十一階で身体検査をされたら、電話ばかりか、身分証がすべて入った財布まで警備員に見つかってしまう。

施錠されていないオフィスから紙を一枚とってきて、丁寧な字で、〃わたしはフェリックス・ハーシェルのおばです。フェリックスはロレンス・フォーサンを殺した容疑で逮捕されています。お願いですから、ロレンスのことを話してください〃と書いた。わたしの名前、電話番号、メールアドレスを添えて、ジーンズのポケットに押しこんだ。

清掃用品を積んだスペアのカートが向こうの壁ぎわに置いてあった。棚には薄緑色の清潔なスモックが積み重ねてある。背中に〈フォース5〉のロゴ――竜巻がパソコン画面から汚れを吸いとっているデザイン――がついている。その一枚をはおって、棚にのっていた緑色のダスターの束をカートに加えてから、それをころがしてエレベーターまで行き、キーパッドに〃61〃と打ちこんだ。四十八階まで行ってエレベーターを乗り換えるよう、キーパッドから指示があった。

四十八階で次のエレベーターを待つあいだに、緑色のダスターを一枚とってバブーシュカのように頭にかぶり、あとのダスターには〃しみ抜き剤〃というラベルがついた缶の中身をスプレーした。エレベーターが到着した。しみ抜き剤にはかびくさい刺激臭があり、狭いスペースで吐きそうになった。あっというまに六十一階に着いたのがありがたかった。

エレベーターを降りたわたしは、エレベーター・ホールの両端がずっしりした深紅の木製ドアで密閉されていることを知った。東側のドアに〈ケティ・エンタープライズ〉というばかでかい真鍮の文字がついていた。すると、ケティがディックに会いたくなれば、エレベーターで十一階下まで行けばすむわけだ。

両側のドアと六台のエレベーターすべての上に防犯カメラが設置されていた。ドアと同じ深紅の木製カウンターの奥から警備員が出てきた。

「ここで何をしている?」

「掃除の人たちに備品を持ってきたの」わたしはイタリア語で言った。「グアルダ――見て!」カートを警備員に押しつけ、強力酸性洗浄剤というラベルのついたバケツをかざしてみせた。

「連絡が来てないぞ」警備員は言った。

わたしは無表情を保った――わたし、英語できません。

「いま（アデッソ）」と強く言い、自分の受け持ちは四十二階で、早く仕事に戻らないとクビになってしまう、とつけくわえた。腕時計を軽く叩いて苛立ちを演じてみせた。

警備員はドアの向こうの誰かに電話をして、事情を説明した。通してやれと指示されたようだ――iPadを差しだした。指紋を認識するための四角形が画面に出ている。わたしはダスターで指を拭くふりをして、しみ抜き剤を指先にこすりつけた。iPadに指を押しつけると、指紋が読みとれないのでやり直すようにとのメッセージが出た。三回やり直したが、読みとってもらえなかった。警備員は困惑の様子だったが、わたしを追い返すべきか、奥へ通すべきか決めかねていた。

窓のないエレベーター・ホールに充満するしみ抜き剤の臭いに、わたしはついに我慢しきれなくなった。カートのバケツをとり、もどした胆汁をかろうじて受け止めることができた。

「くそ、なんてことを――備品を届けたら、とっとと帰れ」

警備員は片方のドアのロックをはずすボタンを押した。ドアが開くと、その奥はエアロックのようなスペースになっていて、反対側にガラスのドアがあった。しばらくすると別の警備員がやってきて、ガラスのドアをあけてくれた。外側の警備員に向かって、わたしの携帯電話を預かったかどうかを尋ねた。外側の警備員が舌打ちをした――ゲロ吐かれたんで、身体検査する気なんかなれなかった。二人は妥協案として、スモックの前をあけてぐるっとまわるようわたしに言った。ポケットにも、パンツのウェスト部分にも、膨らみはなし。行っていいぞ。

内側の警備員はガンベルトに手をかけたまま、わたしを連れて控えの間を通り抜け、会議室に入った。そこではシリア人の一人が、外側のドアと同じ深紅の木を使った五十人ぐらい着席できそうな大テーブルを磨いていた。テーブルの中央に等間隔でスピーカーホンが設置され、両端には特大のビデオモニターが置いてある。壁に並んだガラス張りの壁龕(へきがん)には美術品が飾ってある。いくつもの像が浮彫りになった黄金の鉢や、口と蹄のまわりに赤い石がはめこまれた牡羊の石像が目に入った。警備員がＳＩＧザウアーのグリップに手をかけて、わたしと壁龕のあいだに割りこんだ。

わたしがテーブルを磨いている男のほうを向くと、その男は戸惑いの表情でわたしに向かって目を細めた。「必要でない」カートを指さして言った。

警備員にじっと見られていたが、一か八かやるしかなかった——スプレー缶のひとつをカートから払い落として、それを隠れ蓑(みの)にしてスモックのポケットから手書きメモをとりだし、シリア人のポケットにすべりこませた。《愛に生き、歌に生き》の歌詞を口にしながら、大仰なしぐさをしてみせた。

トスカが自分の不幸な運命を嘆くあいだに、警備員がわたしの前腕をつかんでドアのほうへひきずっていった。わたしはいまの自分が仕事を必要としている移民であって、手荒に扱われるのが嫌いなストリート・ファイターではないことを、何度も自分に言い聞かせた。

エレベーター・ホールの警備員が、わたしが奥で何をしたのかと同僚に尋ねた。

「こういうラクダ乗り連中の言うことなんか、わかるわけないだろ。人間の言葉がしゃべれる連中をなんで雇ってくれんのか、おれにはさっぱりわからん」

わたしは意志の力で無表情を保った。〈フォース5〉が支払う雀の涙ほどの賃金でこのビルのトイレ掃除をする者が、人間の言葉がしゃべれる彼らの友人のなかにいるのかと問いただしたい気持ちを、意志の力で抑えこんだ。

エレベーターが到着し、乗り換えフロアの四十八階まで下ろしてくれた。わたしの今夜の用事はまだ終わっていない。〈クローフォード・ミード〉のメイン・エントランスがあるフロアへエレベーターでふたたび上昇した。受付エリアに通じる大きなガラスのドアが施錠されていたのは想定外だった。しかも、電子システムで施錠されている。なかに入るにはパスカードが必要だ。

かぶっていたダスターをはずしてエレベーターのドアを拭きはじめた。二台目のドアを拭きおえようとしていたとき、ドアの上のライトがピッと鳴った。若い女性が一人、メキシカン・レストランのテイクアウトの袋と、厚紙のドリンクトレイと、ブリーフケースのバランスをとりながら降りてきた。パスカードでガラスのドアをあけるあいだ、テイクアウトの袋を床に置いた。わたしは駆け寄って袋をとり、彼女のためにドアを支えた。

彼女はわたしの顔ではなく、スモックに目を向けた。ありがとうとつぶやいたが、わたしが彼女に続いてなかに入っても怪しみはしなかった。清掃員（クリーナー）はクリーン。本物の清掃員らしく見せるためにドアを拭いて指紋を消し、彼女が姿を消すまで待ってから、廊下を奥へ進んで受付エリアを通りすぎ、ディック・ヤーボローのオフィスまで行った。

　グリニスのオフィスは廊下側だった。デスクにのっているのはパソコンだけ。紙、ホッチキス、ペンなど、事務仕事に必要な品々は目につかないところにしまいこんである。デスクの背後の棚には参考図書が並び、釣り道具を手にした男性が十代の少女二人と笑顔で写っている写真があった。グリニスが既婚者であることをわたしは忘れていた。ウェスタの巫女（みこ）のごとくディックに仕えている人なので、自分自身の家族と過ごすグリニスの姿はどうにも想像できない。

　マウスをクリックすると、画面が息を吹き返した。ログインするにはパスワードが必要だ。まさか、パスワードが〝ディック・ヤーボローのためならなんでもします〟だとは思えないが、試してみたい誘惑に駆られた。

　ディックには専用の会議室はなかった――事務所のパートナーは共有の会議室を使うのが決まりだ――しかし、彼のオフィスの一隅に小さな丸テーブルが置いてあり、いつでもミーティングができるようになっていた。本物の清掃員たちはまだ来ていない。コーヒーカップとくしゃくしゃに丸めた紙片がテーブルにのったままだ。紙片を広げてみた。何を捜していたかというと——自分でもよくわからない。

紙片から推測できたのは、ミーティングがFATCA関係のものだということだけだった。FATCA、すなわち〝外国口座税務コンプライアンス法〟。わたしは前々から、これは〝Fatcats（デブ猫）〟、つまり超富裕層を意味する略称だと思っていた。だって、この法律に影響を受ける者が超富裕層のほかにいるだろうか？　しかも、ディックの事務所の依頼人には超富裕層がひしめいている。

ロレンス・フォーサンがディックのオフィスから何か盗んだのではないか——前にそう推測したことを思いだした。フォーサンがキッチンの床下に隠していた大金に見合うだけの値打ち物は、ここには何も見当たらない。少なくとも、こっそり持ちだせそうな小さな品はない。でも、フォーサンがケティの会社のフロアを担当するシリア人清掃チームの一人だったとしたら？　ケティの会社なら高価な品がどっさりありそうだ。

もしくは、ディックの事務所の依頼人は超富裕層が多いから、フォーサンがディックのパソコンを使って彼らの口座にアクセスした可能性もある。ディックにはログイン情報をそのままにしておくというずぼらな一面があるし、清掃員は一人で長い時間をかけてオフィスの掃除をすることが多い。

わたしは清掃員の役を演じることにして、紙をふたたびくしゃくしゃに丸め、ディックのくずかごを捜した。彼のデスクの脇にあった。訪問者の目につきやすい場所だ。実用的というより装飾重視、材質は銀色の金属を打ち延ばしたもので、ワニの爪先みたいな脚がついている。〝デブ猫〟関係の書類をくずかごに放りこむ前に、ワニのなかに捨てられていたゴミをひっぱりだした。

ディックは今日、スニッカーズのバーを一本と、カップ入りピーナツバターを二個食べていた。はがされた包み紙を見て、自分がいかに空腹だったかに気づいた。ピーナツバター——疲れを乗り越えて進むためにぜひとも必要なもの。

頭をふった。シリコン・バレー式ダイエットを思いだすのよ。いまのあなたはフェイスブックの幹部連中に劣らずタフなはず——自分を叱咤した。もっとも、連中の判断がつねに最上とはかぎらないが。

包み紙を〝デブ猫〟の書類の上に置き、ディックが学士号をとったプリンストン大学からの寄付の依頼書と、彼と現在のミセス・ヤーボローが最近バカンスに出かけたポルトガルのリゾート地からの手紙を脇へどけた。

残ったゴミをあさると、ディックの今日の予定をタイプで打ったリストが出てきた。電話会議、ランチ、コーヒー、最後に、〈ティ＝バルト〉対〈トレチェット〉の件についてアルノー・ミナブルと打ち合わせ。

〈ティ＝バルト〉も〈トレチェット〉も見覚えのある名前だが、どこで見たのかは記憶にない。カートの車輪が廊下に響く音と、女性二人のスペイン語のやりとりが聞こえてきた。本物の清掃員がやってきたようだ。リストをスモックのポケットに押しこみ、急いで部屋を出た。カートを押してきた女性たちがわたしを見て目を丸くし、声をかけてきた。

わたしは立ち止まって、申しわけなさそうに微笑してから、エレベーターのほうへ急いだ。

下へ行くためにエレベーターDを待ちながら、壁の世界地図に目をやった。〈クローフォード・ミード〉のすべての支部がライトで示されている。〈クローフォード〉のすぐそばに、新たな法律事務所の名前が出ていた。〈ランケル・ソロード&ミナブル〉。

27 家具の一部

アルノー・ミナブル、ディックの新たなパートナーの一人。〈トレチェット〉関連の訴訟についてディックと打ち合わせ。〈クローフォード・ミード〉の壁に出ているミナブルの名前がきっかけとなって記憶がよみがえった。〈トレチェット〉は〈レストEZ〉のオーナーだ。世界じゅうに銀行その他いろいろなものを所有しているが、役員や株主の名前は公表していない。エレベーターが到着してドアが開き、わたしを乗せずにふたたび閉まるまでのあいだ、わたしは呆然と立ちつくしていた。

ディックの姪のリノは〈レストEZ〉で働いていた。ディックは〈レストEZ〉の名目上のオーナーの法律業務を担当している。リノは、就職するときディックに〝少し世話になった〟とハーモニーに言っている――具体的に言うと、グリニスから会社をいくつか紹介され、面接のさいに法律事務所の名前を出してもいいことになったのだ。とはいえ、リノが姿を消してほどなく、〈レストEZ〉の親会社の顧問弁護士が姿を見せるなんて、偶然にしてはできすぎている。

エレベーターのドアが目の前でチンと鳴った。わたしはあわてて向きを変え、となりのエレベーターを磨きはじめた――間一髪だった。ディック、グリニス、名前のわからない男性――たぶん、アルノー・ミナブル――が出てきた。わたしはダスターを床に落とし、かがみこんで顔を隠した。でも、必要なかった――わたしは清掃員。三人ともこちらには目もくれない。

全員が浮かれていた――〈ティ＝バルト〉の訴訟のせいで、もしくは、わたしのせいで気分を害していたとしても、〈ポタワトミ・クラブ〉の贅沢な料理と酒ですっかりご機嫌になったようだ。ジャーヴェス・ケティは一人で帰ったらしく、それも雰囲気が明るくなった一因なのだろう。

わたしには、ディックのくずかごに捨ててあった予定表からわかった以上の情報が必要だった。ディックを揺すぶって、彼の姪と〈トレチェット〉がどう結びついていたかを白状させてやりたかった――でも、今回だけは珍しく、ディックのせいで湧きあがった強烈な衝動を抑えこんだ。対決を実現させる前にもっと多くの情報が必要だ。

グリニスがミナブルに、彼が今日使った部屋は木曜日まで使用可能だと伝えていた。ミナブルは水曜日にアーヴル＝デ＝ザンジュに戻る予定だと言った。グリニスが彼女のパスカードをドアの錠の上でスワイプさせ、一同は〈クローフォード・ミード〉のオフィスに姿を消した。

わたしは別のエレベーターを呼んで女子更衣室に戻った。スモックをここに置いていくつもりだったが、これは申し分のない変装道具だ。誰かが散らかした場所を掃除する者は、その誰かの家具の一部に過ぎず、人間ではない。いつかまた、わたしがここで透明人間になろうとする夜が訪れるかもしれない。ウィンドブレーカーを手にとると、幸いなことに、財布も電話も無事に残っていた。スモックをぎゅっと丸めてフードのなかに押しこんだ。

女子更衣室と男子更衣室のあいだのくぼんだ場所に複数の自動販売機が並んでいた。わたしは甘いもの好きではないが、いまはディックのピーナッツバターがたまらなく魅力的だった。パック入りを二個平らげて、自動販売機の横の床にあぐらをかいた。アラビア語の翻訳アプリを電話にダウンロードしてから、シフトが終わってレギュラーの清掃員たちが私服に着替えるために戻りはじめる時刻までうとうとした。

ケティの会社の会議室で出会った清掃員の男がやってきたので、立ちあがり、彼のところへ行った。男は不安そうにあたりを見た。仕事仲間の二人からアラビア語で冷やかされて赤くなったが、仲間の一人が言った。「エロレンゼのことで？」

わたしはうなずいた。

「ケティの会社の警備員たちが、エロレンゼのことでひどく怒っているの」

わたしはアラビア語のアプリを開き、〝フォーサンがケティのものを盗んでいたかどうか〟をアラビア語に翻訳するようアプリに頼んだ。

三人の男性は電話を見た。三人で相談し、わたしの電話を受けとって音声入力を始めた。この翻訳アプリは現在進行形が大好きらしい。こんなふうに翻訳されていた。〝男たちは知っていない。エロレンゼが泥棒だったことを。警備員はエロレンゼが盗んでいると思っている。警備員はひどく怒って、どなっていて、そのあと、われわれはエロレンゼを二度と見ていない。だから、エロレンゼが仕事を失っているのだと、われわれは思っている〟

「彼が盗んだのはケティのお金？　時間？　それとも、像？」わたしは尋ねた。

三人全員が微笑して、てのひらをかざした——〝がっかりさせて申しわけないと思っているが、知っていることはすでに全部話している〟

「タリク・カタバについてはどう？　詩人の」わたしは訊いた。「あなたたちやエロレンゼと一緒にここで働いていなかった？」

三人は微笑したが、目が険しくなり、そそくさと男子更衣室に姿を消した。これ以上話すつもりはないようだ。

一階に下りると、おんぼろバンが歩道の縁で待機しているのが見えた。わたしはタクシーを止め、マスタングをとりにピルゼンまで行ってもらった。車は無事に残っていた。フロントウィンドーに七十五ドルの駐車料金チケットが貼ってあったが、これが必要経費であることを税理士が認めてくれるよう願った。

裏道ばかりを選んでゆっくりした運転で帰る途中、マーサ・シモーンに携帯メールを送った。遅い時間だったが、マーサはまだ仕事をしていた。すぐに電話をくれた。郡がフェリックスを逮捕するのをどうにか食い止めたそうだ。フェリックスはクック郡から出ないようきびしく命じられたうえで帰宅を許された。

「フォーサンの背景調査で何か収穫はあった?」マーサが訊いた。「わたしから州検事に言っておいたわ――フォーサンと親しくしていた仕事仲間をこちらの調査員が追っているところだから、フォーサンに会ったこともないフェリックスをおたくが逮捕したりしたら、恥をかくことになるわよ、って」

「長時間かけて困難な追跡を続けたけど、収穫があったかどうかはよくわからない。フォーサンと一緒に〈ケティ・エンタープライズ〉の清掃をやってた男たちの話だと、盗みを働いたため、警備員の一人に叩きだされたそうよ。どんな盗みを働いたのか、男たちは知らないみたい。いえ、たぶん、口が裂けても言わないでしょうね」

彼らと出会ったときのことをマーサに話すと、シモーンはこう言った。「彼らが不法滞在者だった場合、証人として呼ぶわけにはいかないわ。保安官を動かす梃子としてその情報を使うことはできるけど、法廷で証言させるのは無理ね」

「知っておいてほしいことが、もうひとつあるの」わたしは言った。「この話がフェリックスの役に立つのか、不利になるのか、わたしにもわからないけど、先週、フォーサンのアパートメントに入ってみたのよ」

「誰が入れてくれたの?」

「ドアがたまたま開いてたから」開いていたのはわたしがロックをはずしたからだということは伏せておいた。「どうやって入ろうと、ま、いいでしょ?」

床下に隠されていた現金のことをマーサに話した。

「不法侵入したのなら、いいでしょとは言えないわよ」マーサは言った。「その情報を州検事に渡すのはとうてい無理だわ」

「匿名の密告者ってことにしたら?」わたしは提案した。「それよりも問題なのは、現金のことを州検事に話すのがフェリックスにとって有利になるのか、不利になるのかってこと」

その点について話しあったが、現金のことを伝えてもフェリックスがさらに疑われるだけだということで、二人の意見が一致した——フェリックスから聞いたのでなかったら、どうして現金のことを知っているのか？　しかも、わたしが不法侵入したとなれば、フェリックスに頼まれてやったのだと思われてしまう。

マーサはＩＣＥだと名乗った男たちがわたしを銃撃したという事実に興味を持った。

「捜査官のふりをした強盗だった可能性もあるわ」わたしは言った。

「ほんとにＩＣＥだった可能性もあるわよ——あの組織、どんどん冷酷になってるから。州検事局の知りあいに話をして、フォーサンのアパートメントを捜索したのかどうか、何か見つかったのかどうか、確認しておくわ」

わたしは今夜の発見についてもマーサに話した。

「やめてよ、ヴィクったら。あなたの顧問弁護士がわたしじゃなくてフリーマンで、ほんとによかった！　まずフォーサン宅への不法侵入、そして、次はこれ。今夜あなたが探りだしたことは、証拠として認められないものばかりよ」

「認められるかどうかなんて興味ないわ。わたしがほしいのは役に立つ情報だけ」わたしはぴしっと言った。「でも、ほとんど見つからない。わたしは目下、身近な人々にふりまわされてるの。ロティの甥、別れた夫、わたしの姪。フェリックスの身に何が起きてるかは、あなたもご存じのとおりよ。でも、姪のほうは姿を消してしまって、いったい何があったのか、わずかな手がかりすらつかめない」

わたしは話を中断してじっくり考えた。ディックは姪に関して何か知っているに違いない。リノがサン・マチュー島滞在中に何かひどい目にあったのなら、〈レストEZ〉の幹部連中が社の顧問弁護士に話しているはずだ。たとえ、オースティン支店にいるリノの上司には伏せているとしても。

しかし、このシナリオだと、ディックとロレンス・フォーサンを結びつける要素が何もない。ただし、フォーサンが〈クローフォード・ミード〉のオフィス清掃を担当していたのなら、話は別だ。誰もが同じビルにいたことになるが、わたしが今夜目にしたように、ディックにとって清掃クルーは透明人間のようなものだ。フォーサンがディックのものを盗んだり、彼を脅迫したりしたなら、ディックか、少なくともグリニスが、フロアを担当する〈フォース5〉の清掃員を一人残らず調べていただろう。

「聞いてるの、ヴィク?」マーサ・シモーンの鋭い声に、わたしはガソリンスタンドをぼんやり眺めていたことに気づいた。

「ごめん、マーサ。長い一日だったから。フェリックスを家に帰してくれて感謝してる」

電話を切る前に、ロティへの報告はすんでいるのかと尋ねた。マーサはそっけない口調で、ロティから十五分おきぐらいに電話があると答えた。ロティの弟のヒューゴにもマーサが話をしたそうだ。

「二人ともすごく心配してる。当然よね。でも、わたし、ドクターと弟さんの両方に言っておいたわ——二人がフェリックスを説得して、わたしに本当のことを打ち明けさせないかぎり、警察から不意打ちを食らう危険が大きいって」

家に帰り着いたときのわたしは、完全に意気消沈していた。ミスタ・コントレーラスが起きて待っていた。自分のところの玄関ドアを細めにあけ、わたしの姿を見るなり、栗色のバスローブにおそろいのパジャマという派手な格好で出てきた。背後から二匹の犬も飛びだしてきた。

「ハーモニーは寝たぞ。泳ぎに行ける、いや、走るだけでもいい、と期待している。あんたはどうだね？　どこへ行ってたんだ？　さんざんな一日だったが、健気に持ちこたえておった。あんたまで逮捕されたのか、撃たれたのか、と心配しておったんだぞ」

わたしは老人に片腕をまわした。「長い一日だったけど、夕方ディックにばったり会ったわ。彼、リノのことを何か知ってるような気がする。詳しい話は明日の朝ね」

ミスタ・コントレーラスは文句を言いはじめた——ハーモニーに何か影響のあることなら、リノを見つけるチャンスがあるなら、いますぐ二人で行動に出るべきだ。

「あなたがわたしをシーツでくるんで、車までころがしていこうとしないかぎり、わたし、この建物から梃子でも出ていきませんからね。わたしがいまほしいのはエレベーターだけ。でも、この建物にエレベーターはない」わたしは老人の頰にキスして、階段のほうへ向かった。

ミッチはわが隣人について部屋に戻ったが、ペピーはわたしと一緒に階段をのぼってきた。食料戸棚を点検するわたしを期待の目で見守った。

「あなたが買物に行ってくれてれば、まともな夕食が出せたんだけど」わたしは言った。「この状況では、チーズサンドイッチか卵料理しかなさそうね。サンドイッチなら火を使わずに作れる」

上質のパンを冷凍するのを忘れていた。パンは冷酷な緑色に変わっていた。ライクリスプ・ブレッドにチーズをのせた。美味。ジョニー・ウォーカーの黒ラベルで流しこんだ。さらに美味。

服を脱ぎ、腕と脚に軟膏をすりこんでベッドに入った。ペピーが横に飛び乗ったが、わたしは照明を消さなかった。ノートパソコンを開いて〈レクシス・ネクシス〉を呼びだし、〈ティ＝バルト〉対〈トレチェット〉に関するデータを求めた。

〈ティ＝バルト〉というのは〈北米ティタニウム＝コバルト社〉のことで、ミネソタ州ダルースに本社を置く資本金二百億ドルの鉱山・機械設備会社だった。ジャージー島のセント・ヘリアにある〈トレチェット保険ホールディングス〉を介して履行保証保険を購入し、それに対する補償を求めて〈トレチェット〉を訴えていた。〈ティ＝バルト〉が請け負った建設プロジェクトが完了しなかったか、もしくは、約束の期日までに完了しなかったのだろう。〈トレチェット〉の傘下にある〈保険ホールディングス〉のほうでは、〈ティ＝バルト〉が契約条件を満たしていないと主張している。

これは数億ドルをめぐる典型的な企業間の争いだ。法廷で決着がつくまでに何年もかかるだろう。〈トレチェット〉の代理人を務めているのが〈ランケル・ソロード＆ミナブル〉だ。どうやらディックも首を突っこんでいるらしい。お金になる事件だもの。

目がしくしくしてきた。検索結果を保存したが、パソコンをシャットダウンする前に、ジャーヴェス・ケティを検索してみた。なぜこの男がディックとアルノー・ミナブルの打ち合わせに同席したのか？　グリニスがディックのために用意した予定表には、ケティの名前はなかった。〈トレチェット〉の財務に何か関わっているのだろうか？　ネット情報を拾っていくと、ケティは不動産からTVのリアリティ番組まで、ありとあらゆるものの財務に関わっているように見えるが、彼の会社は株式を公開していないので、具体的な資産についてはわからない。

〈ケティ・エンタープライズ〉はシカゴに本社を置いている。わたしが訪ねたばかりのあの分厚い木製ドアの奥に。特許権侵害、環境問題、不動産履行保証保険、その他さまざまな件をめぐって無数の訴訟を起こされている。〈クローフォード・ミード〉はここと提携している多数の法律事務所のひとつに過ぎない。その他の事務所も有名どころがそろっている。一部はニューヨークとシカゴ、あとはオーストラリア、上海、ムンバイにある。わたしが検索した訴訟を見るかぎりでは、弁護団のなかにアルノー・ミナブルの名前は見受けられない。〈トレチェット〉の名前もどこにもない。

横になった。十分だけ目を閉じて、それからジャーヴェス・ケティの個人情報を掘りおこすことにしよう。次に気づいたときは、ペピーがわたしの顔をなめていた。七時半、ペピーは外に出たがっていた。

28　犬を連れて死闘へ

昨日の雨は上がっていたが、寒冷前線が押し寄せていた。空は陰鬱な灰色、気温は五度に届かないが、わたしにはどうしても脚と肺のストレッチが必要だった。この数日、車やバンに乗っている時間が長すぎた。暖かなランニングウェアを着てから、ペピーを連れて、ミスタ・コントレーラスのところへミッチを迎えに行った。

ハーモニーは台所にいて、深皿に入ったオートミールをかきまわしていた。そばでわが隣人が舌打ちをし、食べるようせっついている。わたしがミッチとペピーにリードをつけると、ハーモニーも一緒に行くと言いだした。

「行っといで」隣人はうなずいた。「犬とヴィクについてって、新鮮な空気を吸ってくるといい。戻ってきたら食欲もりもりだぞ」

わたしは歯ぎしりをした――一人になりたかったのに。ゆうべ判明したことがどういう意味かを考える前にまず、頭をすっきりさせる時間がほしかった。

歩きだしたとたん、ハーモニーを置いてくればよかったと後悔した。さっさと歩きたかった。怪我が治るのを待つあいだにこわばってしまった筋肉をほぐしたかった。しかし、ハーモニーが望んでいるのはエクササイズではなかった。リノの部屋に誰かが侵入したこと、リノを襲ったと思われる運命、自分がこれからとるべき道について、くよくよ考えこもうとしていた。その気持ちはよくわかる。とはいえ、「でも、薬物常用者がクスリを売ってお金にしようとしてたんでなきゃ、誰が忍びこんだっていうの？」とハーモニーが四度目に言った瞬間、わたしはきつく締めすぎたギターの弦になったような気がした。今度ハーモニーが弦を鳴らそうとしたら、ブチッと切れてしまうだろう。

「ケティという男のことをリノから聞いた覚えはない？」わたしはハーモニーの言葉をさえぎった。「ジャーヴェス・ケティって男なんだけど」

「たぶん、ないと思う。何者なの？」

「不動産業界の大物で、ディックおじさんがそこの法律業務を担当してるの。ミナブルっていう弁護士はどう？」

「リノがどうしてその人を知ってるの？」

「知ってるかどうか、わたしにはわからない。あなたのおじさんから情報をひきだす手段を見つけようとしてるだけよ。〝トレチェット〟って名前の人はどうかしら？〈レスト

EZ〉のオーナーみたい」

「そもそも、リノがその人たちと何をするっていうの？　おばさん、リノのことを、大金持ちの男たちを誘惑する高級娼婦みたいに思ってるの？　おばさんもほかの人たちと同じで——」

「あなたとリノが苛酷な人生を送ってきたことは、わたしも知ってるわよ。権力を持つ男たちのおもちゃにされてきた。でも、わたしの質問はそれとは無関係。リノが何を知っているのか、姿を消す前の何週間か何を恐れてたのかを、わたしは突き止めようとしているの。リノから男たちの名前を聞いてない？　サン・マチュー島に滞在中に、その誰かに凌辱されたって言ってなかった？」

ハーモニーはひび割れた唇を噛み、顔を背けて、首にかけた金のチェーンをいじった。緊張したときに出る癖のようだ。「何も聞いてないわ。前にそう言ったでしょ。おばさんのいまの言い方だと、男たちがリノとセックスしようとして押し入ったように聞こえる」

「違うわ、ハーモニー。あなたが勝手にそう思ってるだけよ」

この姪のような人生を送ってきた相手と話をするときのコツを、もっと心得ていればよかったのにと思った。ハーモニーがこういう言い方をするのは、カリブ海のバカンスのときに男たちの一人がリノを凌辱しようとした話を、姉から聞いているからなのか？　それとも、強迫観念にとらわれるたびに、ハーモニーの思いはそこへ行き着くのか？

「とにかく、押し入ったのはお金目当ての薬物常用者じゃなかったって、なんで言いきれるの？　なんでリノを責めなきゃいけないの？　それじゃまるで、被害者のほうが悪いみたい」

「常用者だった可能性はあるわ」わたしは同意した。「ところで、あなたに見せたい防犯ビデオの映像があるって、エイブリュー部長刑事が言ってたけど。昨日、寄ってくれた？」

ハーモニーは物憂げに肩をこわばらせた。「たぶんね。でも、あたしベッドで寝てたから、サルおじさんが起こさないでくれって、その人に言ったのかもしれない」

「だったら、あなたが次にすべきことはそれね」わたしは励ますように言った。「帰ったらエイブリュー部長刑事に電話して、アポイントをとりなさい。侵入者の誰かに見覚えがないか、警察が知りたがってるから」

「警察へは行きたくない。あたしがそう言ったの、覚えてないの？」

「ハーモニー、助けてほしかったら、わたしの提案を片っ端から拒否するわけにはいかないのよ。侵入者より警察のほうが怖いのなら、運が悪かったとあきらめるしかないわね。わたしからエイブリュー部長刑事に伝えておくわ——家宅侵入事件でこれ以上警察の手を煩わせることをあなたが望んでいないって」

ハーモニーはムッとして黙りこみ、歩調をさらに落とした。ようやく公園に着いたとき、わたしは煉獄から解放されたように感じた。

道路から離れるとすぐに二匹のリードをはずした。湖畔の小道は、いつもならツール・ド・フランスのスタート地点のように混みあっている。共有スペースという認識が薄いため、犬とわたしは水辺まで行くあいだに何十回もニアミスをくりかえし、何千回も悪態を浴びせられる。しかし、今日は寒さのせいで、きわめて屈強なサイクリストとランナー以外は誰も来ておらず、犬もわたしも自由に走れそうだった。

「一緒に走らない？」わたしはハーモニーに言った。「わたし、二匹を追いかけるから。あの子たちがゴミを食べたり、腐りかけた魚の上でころげまわったりしないように」

ハーモニーの返事を待たずに、泥だらけの地面を走って横切った。小さな丘が湖の景色をさえぎっているが、水辺に出るにはそこが最短コースで、犬たちもそこを走っていた。丘のてっぺんで足を止めると、ビーチに二匹の姿が見えたので、ハーモニーがついてくるかどうかたしかめようと思ってふりむいた。

そちらを見た瞬間、下草のなかからスキーマスクの男が飛びだしてきてハーモニーをつかんだ。

わたしはショックで一瞬凍りつき、あわてて「だめ！」とどなった。肩越しに二匹に向かって叫んでから、丘を駆けおりて男に体当たりした。背中に飛びついて、男の頭を乱暴にひきよせた。

男はハーモニーを放した。ハーモニーは小道に崩れ落ちた。

「逃げて！　九一一に電話！」わたしはハーモニーにどなった。

彼女の姿を見ることはできなかった。見守ることはできなかった。襲いかかってきた男との格闘に全エネルギーを奪われていた。相手は巨漢だ。こっちは牡牛にまたがり、ふり落とされまいと必死になっているようなものだ。男がわたしの指をつかもうとしたが、わたしは相手の首に思いきり指を突っこんだ。向こうは頭を下げてわたしの左手を嚙んだ。わたしは悲鳴を上げて一瞬指をゆるめたが、それが命とりになった。身をかがめた男に投げ飛ばされた。地面にどさっと倒れたが、間一髪のところで男の左脚をひっぱり、草むらになぎ倒してやった。

男は怒りに吠え猛った。黒に身を包んでスキーマスクをかぶった第二の男が突進してきた。わたしは助けを求めて叫んだが、サイクリストが一人、止まりもせずにビュッと通りすぎていった。わたしは息を切らしながら、ハーモニーに逃げるように言った。ハーモニーは動く様子もない。第二の男がハーモニーのほうへ手を伸ばし、手袋をはめた手を彼女の首にかけた。

「ロックアップ」男はどなった。「ロックアップ、さあ！」

最初のゴリラがわたしの頭を殴ろうとしていた。気絶させる気だ。そうすれば二人でハーモニーを連れ去ることができる。〝だめ、そうはさせない。だめ、そうはさせない〟、わたしは何度もつぶやきながら、男の頑丈なこぶしを逃れ、攻撃をかわし、蹴りつけ、ふたたび攻撃をかわした。だが、いつまでも続けられるものではない。液体が脚を伝うのを感じた。雨か、おしっこか。次の瞬間、男が痛みに絶叫した。水に濡れた犬が男のふくらはぎに牙を突き立てていた。ペピーだ。

男はナイフをとりだすと、腕を背後にかざしてペピーの喉を切り裂こうとした。わたしは殺人的な怒りに駆られて、男のみぞおちに蹴りを入れた。男はひっくりかえり、わたしもその道連れにされた。男のナイフをどうにか奪い、ころがって逃れてから、ナイフを道路のほうへ放り投げた。

ペピーが吠えながら跳ねまわり、男の顔に近づいたり離れたりしている。攻撃用に訓練された犬ではないので、もう一度嚙みつくのをためらっている。

ハーモニーは近くの地面にうずくまっていた。ミッチが第二の男を追って小道を走り去った。ペピーはハーモニーのそばに行き、何度も何度も顔をなめた。

サイクリストがさらに二人、イヤホンを耳に差しこみ、視線をそばの大騒ぎではなく前方の小道に据えたまま、通りすぎていった。わたしはよろよろと立ちあがると、電話を見つけて九一一にかけた。襲撃者が起きあがった。スキーマスクの穴の奥で充血した目がぎらついている。

「殺してやる」

「今日は無理」わたしはあえぎながら言った。「警官が来るわ」

しばらくすると、ブルーの閃光が小道を照らし、大男はよろめきながら下草のほうへ向かった。パトカーから警官が二人飛びだしたが、息も絶え絶えのわたしの説明を二人が理解して下草に分け入ったときには、男はすでに消えていた。

もうじき定年と思われる初老の警官が、冷気のせいで目に涙をにじませながら、襲撃に関してわたしたちに質問を始めた。わたしは集中しようと努めたが、なかなかできなかった。ミッチのことが心配でならない。姿を消してからずいぶんになる。

同時に、わたしはハーモニーを一人にしてしまった罪悪感と戦っていた。彼女を見捨ててしまった。頼りにならない親戚がまた一人。ハーモニーはふたたびショック状態に陥っていた。肌が冷たく、目が虚ろだ。わたしのウィンドブレーカーでハーモニーを包んだ。それを見た警官が、暖をとらせようとしてハーモニーをパトカーに連れていった。

ペピーはハーモニーから離れようとしなかった。パトカーのうしろの座席は防護柵が前についているせいでかなり窮屈だが、ペピーはもぞもぞと入りこみ、ハーモニーの膝に上体をのせた。わたしはパトカーのドアのそばに立ち、ミッチの姿はないかとあたりを見まわしながら名前を呼んだ。

「白人の男だったことに間違いありませんね？」年下の警官がくりかえした。

「ええ。わたし、もう一匹の犬のことが心配なの。二人目の賊を追いかけて小道を駆けだし、車道の下を抜けるトンネルのほうへ向かったのよ。どうしても見つけなきゃ」

「まあまあ、ちょっと待って。人種に間違いはありませんね？」

「黒ラブよ。あっ、男のことね。ええ、ええ、白人に間違いないわ。目の周囲の肌が充分に見えてたから」

わたしは第二の襲撃者がとったコースの途中まで行き、ミッチの名前を呼んだ。

「よし、こうしよう」年配の警官が提案した。「パトカーを走らせて、あたりの様子を見ながら、あんたの知ってることを話してもらう」

わたしはペピーの横にもぐりこみ、周囲に目を走らせた。パトカーはのろのろと進んでいった。年下の警官がミッチの外見を無線で連絡していた——体重百ポンドの黒のラブラドール、耳は金色、喉のあたりの毛も金色。

「男の目はたぶん、グレイかブルー」わたしは言った。「こっちを見たときは怒りで真っ赤に充血していた。口数は多くなかったけど、わたしたちを閉じこめて（ロックアップ）やるって脅しをかけ、警察が来る直前には、殺してやると言っていた。訛りがあったわ。たぶん、東欧かロシア」

連絡が入った――南へ半マイルほど行ったところでサイクリストが殴打され、自転車が奪われた。犯人はたぶん、わたしを襲ったのと同じ男だろう。巨漢で黒いスキーマスクをかぶっていたという。警官たちは犬よりもまず、負傷したサイクリストを優先しようと決めた。小道でパトカーをUターンさせる彼らに、わたしはドアのロックをはずすよう懇願し、あとで署まで行く、いまはとにかくミッチを見つけなくては、と言った。

二人は謝ったものの、パトカーを止めようとはしなかった。わたしは自分の身が粉々に砕け散ったように感じた。ハーモニーには医者が必要だ。保護が必要だ。でも、ミッチが怪我を負っているとしたら、考えただけで耐えられない。もしくは――いえ、考えたくない。怪我だと思うことにしよう。ミッチがわたしたちの命を救ってくれた。今度はわたしがミッチを救う番だ。警官がサイクリストを見つけてドアのロックをはずした瞬間、わたしは車から飛び降りた。

「走って北へひきかえし、小道をたどってアディソン・アヴェニューまで行ってみる。わたしと合流できなかったら、姪をわたしの自宅住所まで送ってちょうだい」

二人はこちらに向かって大声で叫んだが、自転車を奪われたサイクリストから事情を聞かなくてはならないため、好きにさせてくれた。わたしは小道をよろよろと歩いた。走るのは無理だった。へとへとだ。へとへとだし、ぶちのめされている。体重をかけるたびに右膝に痛みが走った。男に噛まれた手が腫れてきた。サナトリウムで一年間療養する必要がある。もしくは、少なくともベッドで午後を過ごす必要がある。でも、いまいちばん必要なのはわたしの犬だ。

ミッチはアディソン・アヴェニューの西に位置する地下道近くの道路脇に倒れていた。抱き起こし、左の足腰にべっとりついた血にそっと触れた。ミッチが焦げ茶色の目を開いて、ぼうっとした表情でわたしの手をなめた。

「大丈夫よ、坊や、死にはしない。ええ、今日はぜったい死んだりしない」

通りかかったサイクリストを呼び止め、タクシーを見つけてほしいと頼んだ。「うちの子を獣医に連れてかなきゃいけないの」

サイクリストは自転車を降り、わたしたちのそばに膝を突いた。「おたくも犬も医者が必要なようだ。犬のほうが重傷だと断言できるかい？」

「わたしは歩けるけど、犬は歩けない」泣いたりするものかと思った。見知らぬ人の前だもの。犬を助ける、ハーモニーとふたたび連絡をとる、フェリックスの世話を焼く、リノを見つける――このすべてを同時にやらなくてはならない。「たぶん、ナイフか剃刀でやられたんだと思う。傷が骨まで達してるみたい。大量出血してるから、お願い、タクシーを見つけてきて」

サイクリストは電話をとりだし、誰かとメールのやりとりをしてから、すぐに車が来ると言った。しばらくすると、交差点のところでグレイのハイブリッド車が止まった。

「わたしの夫だ」サイクリストはそう言うと、ミッチを抱きあげてうしろのシートに乗せようとするわたしに手を貸してくれた。「ケヴ、いちばん近いクリニックはウェセックスだ。アシュランド・アヴェニューとモントローズ・アヴェニューの角」

わたしがケヴの車の助手席に乗りこもうとしたとき、湖畔の小道をさっきのパトカーがやってきた。運転席の警官が窓から頭を突きだし、どこへ行くつもりだとわたしに向かって叫んだ。

「アシュランド・アヴェニューの動物病院」わたしはドアを乱暴に閉めた。「行って」と頼んだ。

ケヴは動こうとしなかった。「警察と揉めてるのか？　ぼくは逮捕されたくない」

わたしはヒステリックな笑いで窒息しそうになった。「あなたが犬をクリニックに連れてってくれるなら、わたしはここに残って警官の相手をするわ。お願い、この子が死なないうちに。わたしも大至急クリニックに駆けつけるから。あなたに請求書を押しつけるようなまねはしません。こちらの名前と電話番号をメールで知らせるけど、いまは時間がないの」

ありがたいことに、ケヴがミッチをクリニックへ運ぶことを承知してくれたので、わたしはあとに残って警官と話をすることにした。彼の伴侶のサイクリストもあとに残ったので、彼にこちらの連絡先を教えてから、ふたたびパトカーに乗りこんだ。ハーモニーはペピーの頭を膝にのせたまま、身じろぎもせずにすわり、ショック状態という壁の奥に身を隠して沈黙していた。

29　安全対策

わたしたちを乗せたパトカーがアーヴィング・パーク・アヴェニューを横断してロティの診療所へ向かうあいだに、わたしはシェイクスピア管区のフィンチレーかエイブリューに連絡をとってほしいと頼んだ。「二日前に、姪の住まいに賊が侵入したの。シェイクスピア管区のフィンチレー警部補かエイブリュー部長刑事に訊いてもらえば、詳しいことがわかるわ」

「これと関係があると思ってるわけですね？」年下の警官が身をひねってわたしのほうを向いた。タブレットにメモを打ちこんでいた。

「標的にされたって感じだった」わたしはゆっくり答えた。「あの連中、わたしたちを、あるいはハーモニーを監禁する（ロックアップ）と言っていた――賊の一人が〝ロックアップ。ロックアップ、さあ！〟って言ったの。わたしはそれを聞いて、連中がハーモニーの姉をどこかに監禁してて、ハーモニーのことまで拉致する気なんだと思ったの」

でも、なんだか筋が通らない。ハーモニーとリノが知ってはならない秘密を知ってしまったために、誰かがあの男たちを送りこんでハーモニーを監禁しようとしたの？　わたしの姪たちは、失敗に終わったセックスもしくはドラッグの不正取引の道具だったの？

「もしハーモニーが標的だったのなら」わたしは警官たちにさらに言った。「昨日の朝、ハーモニーが退院したときに連中が行き先を突き止めたことになる。考えただけでぞっとするわ。ハーモニーを見つけるために、男たちがあの界隈の病院すべてに電話をかけ、次に、年老いた機械工がハーモニーを連れて帰るときに尾行したってことだもの。けさもわたしたちを追ってきたんだわ。尾行されてるなんて思いもしなかった」だから、わたしはよけい責任を感じているのだが、その虚しい思いには触れないことにした。

「連中は犬とわたしが先に行き、ハーモニーがサイクリング・ロードに一人で残されるまで待ってから、あの子に襲いかかった」わたしは身震いして、ハーモニーの反応のない肩に腕をまわした。

「お願いだから、わたしの隣人の様子を確認するよう、署のほうへ頼んでちょうだい」わたしは警官たちに懇願した。「もう九十代だし、いまは一人きりだから」

「厄介な頼みだな」年下の警官がぶつぶつ言った。「ボスに電話して、向こうがどう言うか、たしかめてみます」

年下の警官がボスの部長刑事に状況を説明しようとするあいだに、パトカーがロティの診療所に到着した。警官は電話を途中で切って、相棒の警官がハーモニーを診療所に連れて入るのに手を貸さなくてはならなかった。なにしろ、ハーモニーは立っているのがやっとの状態だったのだ。

わたしは心配そうな表情のペピーを外の塀のパイプにつなぎ、肩に力を込めて、ハーモニーが書類に記入するのを手伝うために診療所に入った。診療所のなかはいつものように、泣きわめく乳児と口喧嘩をする幼児、家族の身を案じる怯えた女性、ICEの手入れを心配する怯えた男女でいっぱいだった。

診療所の管理運営に当たっているミセス・コルトレーンが、ハーモニーとわたしの痛めつけられた身体を見て、主任看護師のジュウェル・キムを呼んでくれた。順番待ちをしている母親たちから不満の声が上がるなかで、ハーモニーは列の先頭へ連れていかれた。ジュウェルがわたしも一緒に奥の診察室へひっぱっていこうとしたが、わたしはミッチの様子を見に行かなくてはと言った。

「ナイフで刺されて大量出血してるから、大丈夫かどうか確認したいの――」それから家に帰って、ミスタ・コントレーラスの様子をたしかめる。いや、帰るのを先にしようか。順序としてはそのほうがいい。すべきことが次々と浮かんでくるため、計画を立てようとしても頭がうまく働いてくれない。

警官たちからいくつかの書類に記入を求められたが、いまはその気になれなかった。あとで署に寄って記入すると約束した。（いつ？　なるべく早く。つまり、次のクリスマスがすんでから）

「襲撃犯を逮捕したら、証言してもらえますか？」

「ええ、顔に見覚えがあればね。でも、二人ともスキーマスクをかぶってたわ」

「声でわかるかもしれん」年上の警官が言った。「手の噛み傷からDNAを採取することもできる。まだ消毒していないのなら」

腫れあがったわたしの手に、ミセス・コルトレーンが恐怖の目を向けた。「ミズ・ウォーショースキー、あなたが出ていく前に、犬の様子を見に行く前に、その傷の手当てをさせてもらいます。おまわりさんたち、DNAのサンプルが必要なら、二分だけ差しあげましょう。そのあとで手の消毒をします。破傷風の注射も――いいえ、注射は打ったばかりだったわね」

ミセス・コルトレーンに逆らえる者はどこにもいない。手に負えない患者たちでいっぱいの診療所を二十三年間も管理運営してきた人だもの。どんな警官を前にしても、怖気づくことはない。急いで奥へ行き、綿棒、滅菌済みボトル、手術用石鹸を持って戻ってきた。

わたしは警官が綿棒で傷口をこするのを許可し、そのあと待合室のトイレにダッシュして手をごしごし洗った。トイレから戻ると、看護助手の一人が抗生物質入りの軟膏と包帯を手にして待っていた。手に包帯を巻いてもらうが早いか、わたしはドアへ向かった。

「なるべく早く戻ってくるって、ドクター・ハーシェルに伝えてね」わたしはミセス・コルトレーンに言った。「ドクターに話があるの」

「抗生剤を服用するように、との先生からの伝言です」ミセス・コルトレーンはシプロのボトルを差しだした。

警官たちがこの状況に割りこもうと虚しい努力をしていた。「ええと……犬のことが心配なのはわかるが、おたくの電話番号もまだ教えてもらってない」

「詳しいことはミセス・コルトレーンから聞いてちょうだい」わたしは診察の順番が近づいている女性と、ひどく腫れた脚を突きだしている男性のあいだを通り抜けて外に出た。

ハーモニーの肩にかけたウィンドブレーカーを返してもらうのを忘れていたが、とりに戻ってこれ以上時間を無駄にするのはいやだった。ペピーを連れて東へ向かうと、風がスウェットシャツを切り裂き、湿った下着を凍らせた。ペピーもわたしも走る元気はなかった。

〝よく考えてから行動しろ〟――学校で叱られたり、校長室に呼ばれたり、ブーム＝ブームととっくみあったりして帰宅するたびに、父に言われたものだ。〝これは一生役に立つアドバイスだぞ、胡椒壺くん。おまえはいつだって、プールに水があるかどうか、蛇がいないかどうかをたしかめもせずに、高飛び込みをする。蛇に咬まれれば一生後悔することになるが、まずたしかめておけば……！〟

ケヴがミッチを運んでくれた動物病院は帰宅ルートの途中にあることがわかったので、まずそちらに寄った。本日最初のいい知らせ――ミッチが無事に到着し、病院では治療費の前払いを受けていないにもかかわらず、手術室に運んでくれた。ケヴとサイクリストのパートナーにお礼の手紙を書きたいが、ケヴの名字も電話番号もわからない。

技師の一人が出てきて、ミッチはもう大丈夫だと言ってくれた。「体力があるし、心臓が丈夫だし、骨折箇所は皆無です。何者かが深く切りつけています。いまから神経と腱の修復に入りますので、長時間の手術になると思いますが、うまくいくでしょう。それにしても、なぜこんなことに？」

わたしは首を横にふった。「見てないんです。公園で人に襲いかかった男を追いかけていき、飛びかかったんだと思います。きっと、賊がミッチから逃れようとして、ナイフで切りつけたんだわ。ミッチはヒーローです。でも、この子も――」わたしはペピーをなでた。「同じくヒーローよ。家に連れて帰らなくては」

病院の人にわたしの電話番号を教え、アップルペイで支払いをした。技師がペピーに水とドッグビスケットをくれた。

動物病院を出るとすぐ、ミスタ・コントレーラスに電話した。老人は元気にしていた。本日午前中の安堵その二。住まいに押し入って老人を殺そうとした者も、監禁しようとした者もいなかったが、ハーモニーとミッチのことを聞いて、ミスタ・コントレーラスは仰天した。

「そんなことになるのを、なんで黙って見てたんだ、嬢ちゃん、よくもそんなことができたもんだな」話の合間に叫んだ。

「だって、わたし、ワンダーウーマンじゃないもの。そうだったらいいけど、現実には違うのよ。大男二人が襲いかかってきたの。わたしが一人をやっつけて——まあ、ほんの少しね——ミッチがもう一人を追いかけていったの。いまは手術室よ」

ラシーヌ・アヴェニューのわが家に着くと、ミスタ・コントレーラスが歩道に出て待っていた。まだ五十フィートも距離があるうちから説教を始めたが、格闘で服を汚し、左目の上にあざを作ったわたしの顔を見たとたん、途中で黙りこんだ。

「おお、嬢ちゃん、怪我したことを言ってくれりゃよかったのに。それに、王女さま——」老人はペピーのほうへ身をかがめた。「おまえがハーモニーの命を救ってくれたんだな。今夜はステーキをまるまる一枚ご馳走するぞ」

わたしは弱々しく微笑した。「わたしのほうは、今日はやることがいっぱいで、休んでる暇がないのよ。車のキーと財布をとってきて、あなたをミッチの病院まで送るわね。それから、診療所に戻ってロティに会い、ハーモニーをどうするか相談しなきゃいけないの」

ペピーを甘やかすのはミスタ・コントレーラスに任せて、わたしは三階に上がった。服を脱ぎ、時間をかけて石鹸で汚れを落とした——ジャッカルのDNAをこれ以上持ち歩くことには耐えられない——しかし、五分後にはシャワーを止め、ベッドに背を向けて、清潔なジーンズと柔らかなセーターに着替え、一階に住む老人のところに戻った。

動物病院で老人を降ろしてから、ロティの診療所にまわった。待合室はあいかわらずの混雑だったが、どこか不穏な雰囲気が漂っていた。ミセス・コルトレーンが不安そうな顔をしている。こんなことは初めてだ。

「ロティの——様子が変なの」奥に入ったわたしにジュウェル・キムが言った。「患者さんがたまってるのがわかるでしょ。それなのに、ロティったら、わたしのほうがうまく処置できるって言うだけなの。ロティと話してちょうだい、ヴィク」

ロティはオフィスにいて、身じろぎもせずにすわっていた。両手をおなかのところで組み、顔はまるで苦悩のしわを刻んだ仮面のようだ。

わたしはロティを抱きしめ、彼女の髪をなで、涙をこらえた。髪がほぼグレイになっているが、涙が出そうになったのは、髪ではなく静寂のせいだった。ロティは小柄だが猛々しいタイプで、絶えず動きつづけていて、身長が六フィートもあるかに見える。でも、今日は希望を捨ててしまったような顔をしている。

ロティがようやくわたしの手をとった。「辛すぎてこれ以上耐えられないと思う日があるのよ。フェリックスは——未来につながるわたしの希望。だから、あの子を助けてほしくてあなたにすがったの。あの子は——わたしの父に——ヒューゴとわたしの父に生き写しで——わたしたちに託されたペンギンの小さな赤ちゃんのようだった。もしフェリックスを失うことになったら……でも、わたしったらフェリックスの心配ばかりして、ディック・ヤーボローの姪たちのことであなたがどれほど苦労しているかを忘れていた。わたしや、フェリックスや、姪のために、あなたが力を尽くして死んでしまうことなんて望んでないのよ。でも、いまはあなたにすがるしかないの」

「がんばってみるね」わたしは心にもない自信を声に込めようとした。「あなたが診察に戻ってくれたら、わたしも安心してがんばることができる。ショック状態に陥ってるハーモニーを助けられるのはあなたよ。わたしにはできない」

「ええ、ハーモニーね」ロティは指先を頬に押し当てた。エネルギーを体内へ送りこもうとするかのように。「あの子、ここしばらく災難続きだったわね。できれば入院させたいけど、親しい人間からひきはなしたりすると、将来に暗い影を落としそうで心配なの。それに、医療保険という厄介な問題がつきまとうし。ハーモニーが保険に入ってるかどうか、まさか知らないでしょうね？」

「ポートランドの勤め先に電話してもいいけど」

「電話番号をミセス・コルトレーンに伝えておいて。あとは全部、彼女のほうでやってくれるから」ロティは言った。「さてと、ハーモニーにはアティバンを少し投与しておいた。いまは診察室のひとつで眠っている。あなたと一緒に家に帰してもハーモニーの身は安全かしら」

「わたしが付き添うのは無理だわ。それに、何者かが押し入ったら、ミスタ・コントレーラスではハーモニーを守りきれない。ミッチがナイフに刺されて療養中となればとくに」

「ハーモニーの首に傷があったんだけど」ロティが言った。「ナイフで切りつけられたのかどうか知らない？」

「襲撃のあいだ、わたしからはハーモニーの姿がほとんど見えなかったの」朝のことを思い返し、そのときの光景を心に描こうとした。「あの子、金のチェーンを首にかけてるの。

賊がそれを乱暴にひっぱったんじゃないかしら」

ロティはうなずいた。「傷のサイズと形からすると、ありうるわね」

デスクの電話のボタンを押してミセス・コルトレーンに尋ねた――ジュウェルがハーモニーの処置にとりかかったとき、ジュエリーのたぐいを身につけていなかった？

「チェーンはなかったそうよ」ロティは言った。「たまたま強盗に襲われて装身具を奪われたとは考えられない？」

「可能性はあるけど、あの二人、ハーモニーを連れ去るのが目的だったように見える。金のチェーンが消えたのはたまたまじゃないかな。わたし、溺れそうだわ、ロティ。もがき苦しんで溺れてしまいそう」わたしは不意に叫んだ。「わたしの姪たちやあなたの甥をめぐっていろんなことが起きてるのに、何ひとつ解き明かせず、その理由もわからない。こんな無力感に襲われたのは初めてよ。リノを捜しはじめて一週間になるのに、有力な手がかりはひとつも見つからない。漠然とした情報やヒントはあるけど、具体的なものは何もない。フェリックスについても同じ。それに、本業のほうの依頼人たちもいて――」これらの重圧に押しつぶされそうで言葉が続かなくなり、途中で黙りこんだ。

ロティは指をねじりあわせた。「ヴィクトリア、フェリックスのことだけど――」

「逮捕されたの？」わたしはすわりなおした。

「ううん。でも、けさ、あの子からメールがあって、工学部長のオフィスに呼ばれたと言ってきたの。保安官と、次にはＩＣＥがフェリックスのことで質問しに行ったものだから、学校側はあの子が何をしているかを探ろうとしている。あの子が学部長にも教授陣にも何ひとつ話そうとしないため、学校側もあまり力になってくれないの。退学勧告もありうるって、学部長から遠まわしに言われたそうよ。本当にそう言われたのか、それとも、フェリックスが怒りと苛立ちに駆られるあまり、周囲はすべて敵だと思いこんでしまったのか、わたしにはわからないけど、それでも……」ロティは途中で黙りこんだ。

「それでも心配なのね」わたしはうなずき、声に温かさをこめようとした。「わたしの〝すべきことリスト〟にフェリックスも入ってるのよ、ロティ。あなたを失望させるようなことはしない」

「絶望的な状況だわ。あなたを頼りすぎてることは自分でもわかってるけど、やっぱり頼らずにはいられない」ロティの黒い目に涙がきらめいた。

ロティは、隅のテーブルに置いてある主食がわりのウィーンふうコーヒーが入った魔法瓶のところへ行き、二個のカップにコーヒーを注いだ。

「たまたま強盗に襲われのではないというなら、いったいどういうこと？」ロティは冷静さをとりもどそうとした。

わたしは自分の推測を話した──襲撃してきた連中は病院に片っ端から電話をかけて、ハーモニーがベス・イスラエルに運ばれたことを突き止めたのかもしれない。「そう考えれば納得がいくわ──連中は病院を出たハーモニーとミスタ・コントレーラスを尾行し、けさ、わたしたちを追って公園にやってきた」

「つまり、ハーモニーの身はいまも危険ってことね」ロティは言った。「入院させた場合、わたしには彼女の身の安全は保障できない。病院に忍びこむのは簡単だもの。出入口が多すぎるし、病院に来る理由がある人も多すぎる。呼び止めて問いただす人なんて誰もいない」

「ボディガードを雇えないかどうか、問い合わせてみる。ハーモニーが眠っているのなら、もうしばらくここに置いてやって。今日の夜までに、あの子の身の安全を確保しなきゃ」

わたしは立ちあがった。「さて、もう一度突撃してくるね」

30　すべてあなたのものだったかもしれないのに

細分化された現代の階級社会においては、超富裕層に人気の建築様式というものがあるようだ。何千平方フィートもの広さのよく磨かれた希少な木材の床を、淡い色のレンガか石材で囲み、小塔と柱と数十の破風(はふ)で飾り立てるという様式。ディックとテリーが住むオーク・ブルックの豪邸にはこうした要素がすべてそろっていて、おまけに室内プールと屋外プールまでついている。テニスコートやゴルフコースは必要ない。ゲートで守られた高級住宅地には、こういうものが最初から完備されている。

テンプルトン・エイカーズにあるディックとテリーの豪邸にたどり着くのに、一時間以上かかった。アイゼンハワー高速の渋滞は原因の一部に過ぎない。大部分は敷地に入る方法を捜すのに要した時間だ。テンプルトン・エイカーズの入口にある警備員詰所で揉めるのは避けたかったので、住宅地の裏へまわった。裏手はゴルフコースになっている。

横の入口近くにある道路の曲がり角に車を止めて、二台のカートがやってきて電動式ゲートをあけるのを待ち、あとについてなかに入った。気にする者はいない様子だった。

ゴルフコースをとりまく内側の道路をたどった。こんもりとした茂みが道路を縁どり、邸宅群を視界からさえぎっている。ヤーボロー家の敷地へ向かうにはどこで曲がればいいかを、自分で推測しなくてはならなかった。〝テンプルトン・エイカーズ来客用〟の駐車場に出たので、車を置き、最後の四分の一マイルは歩くことにした。

曲線を描く車道が内側の道路からヤーボロー家の豪邸まで延びていた。葉を落とした木々の向こうに、破風や柱廊玄関などを備えた家が見えた。もっとも、季節が夏なら、何も見えなかっただろう。

テンプルトン・エイカーズでは、夢の宮殿を購入する客に対して、一エーカー半から四エーカーまでのいずれかの敷地を選ぶよう勧めている。事前のリサーチでわかったのだが、ディックとテリーが選んだのは二エーカーだった。

二エーカーといえども広大だ。庭園は木立と茂みをランダムに配した設計で、家に近い場所に装飾用の花壇が並んでいた。ディックとテリーが自分たちで庭仕事をする姿は、わたしには想像できなかった。植樹と草とりと剪定を必要とする広大な庭なのだから。床面積六千平方フィートの豪邸の掃除も、たぶん自分たちではやっていないはず。仕事を持たない有閑マダムたちは時間をどんなふうに使っているのだろう？　買物、慈善委員会、教員補助員、ジムのトレーナーの指導で熱心にワークアウト。いや、もしかしたら乗馬とキツネ狩りとか。

呼鈴を押すと、ジーンズとTシャツ姿のほっそりした女性が出てきて、なんの用かと訛りのひどい英語で尋ねた。

「テリー・ヤーボローはご在宅？　急ぎの用件でテリーに会いたいんだけど」

女性は疑いの目でわたしを見た。「用件(ビジネス)？　この家にビジネス持ちこむのだめです。セールスマンお断わりです」

わたしはぶちのめされて疲れはてた人間ではなく、温厚で信頼できる人間らしく見せようとした。「そういうビジネスじゃないのよ。家族に関する緊急の問題なの。テリーに渡してもらうメモを書くわね」

バッグからペンと名刺をとりだそうとしたとき、テリーが姿を見せた。「どなたなの、クラウディア――えっ！　あなた！」

わたしはにこやかな笑みを浮かべた。「ええ、わたしよ、テリー。お久しぶりね――積もる話をしましょうよ」

テリーは黒のレギンスの上に赤紫のタンクトップを着ていた。タンクトップ越しに胸骨と肋骨が浮いて見える。シリコン・バレー式飢餓ダイエットに励んでいるのかもしれない。

赤い革のサンダルは指にかけるストラップのところに宝石をはめこんだ丸い飾りがついていて、ヒールには真珠がちりばめてある。ここは自宅で、いまは日中だというのに、化粧をしている。耳にはダイヤの雫がきらめいている。ひきしまった体形を維持するためにスパのトリートメントとワークアウトを何時間やっているのか、わたしには見当もつかない。それに比べれば、湖畔で強盗と格闘するほうがまだしも健全な気がする。

「なんの用？」テリーはひどいしかめっ面になっていた。グリニスに頼んでテリーに電話してもらわなきゃ。こんなしかめっ面をしたら眉間に深いしわが刻まれ、定期的なボトックス注射が必要になることを警告してもらうために。

「リノのことで話があるの」

「リノ？」テリーは初めて聞く名前だと言わんばかりの口調だった。

「あなたの姪よ」思いきり優しい声で、わたしは言った。「わたしの姪。ディックの姪。一週間以上前から行方不明なの——ディックから聞いてない？　深刻な事態なのよ。でもね、先日わかったの——ディックはリノが働いてた会社のオーナーの法律業務を担当してるってことが。あなたに相談すれば、きっと——」

テリーは不意に、クラウディアが目を丸くして会話に聴き入っていることに気づいた。

「入って。話は奥で」と、わたしに言った。

わたしたちは寄木細工の廊下を無言で歩いていった。中国の敷物があちこちに置いてあり、茶色い池に浮かんだ睡蓮の葉のように見える。壁には壁龕がいくつも作られ、ディックとテリーが蒐集している小さな美術品が飾ってある。通りすぎた部屋々々にはもっと大きな作品がそびえていた。

テリーがわたしを連れて入ったのは、何に使われているのか推測しかねる部屋だった。革張りの椅子は紳士専用クラブを思わせるし、特大パソコンが置かれたデスクはオフィスという感じだが、片隅にルームランナーも置いてあった。

「家のどこかに設備のそろったジムがあるだろうと思ってたわ」わたしはルームランナーを指さした。「それとも、ついうっかりパンを食べてしまったときのために、すべての部屋にああいうのが置いてあるの？」

「それはルームランナーつきのデスクよ」テリーが声を尖らせた。「どういうつもり？　いきなり押しかけてきて嫌みを並べたりして――」

「リノを見つけたいの。それから、けさシカゴの湖畔でリノの妹を襲ったのは誰かを突き止めたい。リノがシカゴに着いたとき、まずディックを訪ねて就職の世話を頼んだことはわかってるのよ。それから、グリニスが〈レストＥＺ〉を紹介したこともわかってる。そして、〈レストＥＺ〉のオーナーがディックの事務所のクライアントであることもわかった。トレチェットという名の法人、もしくは個人。〈レストEZ〉の経営陣はどうやら、社内でもっとも魅力的な女性社員たちを選んで、リッチな企業オーナーたちにカリブ海の休暇を楽しんでもらえるよう、手伝いをさせてたみたいね」

テリーがわたしを見つめる様子ときたら、まるでわたしとテニスの試合をしていて、ボールの行方を見定める必要があるかのようだった。わたしは一拍置いたが、向こうは何も言おうとしなかった。

「困ったことに、リノはリゾート地へ出かけたときに何かを知り、それでひどく心を悩ませていた」わたしはさらに続けた。「ディックに相談しに行った。そのあとで姿を消してしまった」

「この会話、録音させてもらうわ」テリーがレギンスの尻ポケットから電話をひっぱりだした。「ディックに聞かせなくては。あなたを名誉毀損（ライベル）で訴えるために」

「スランダーよ」わたしは言った。

「えっ？」

「ライベルは文書による名誉毀損。スランダーは口頭によるもの」わたしも自分の電話をとりだした。「わたしも録音させてもらうわね。そうすれば、裁判になったとき、どちらかが音声を編集していないかどうか、おたがいにわかるから」

「あなたはディックが姪を追い払ったと言って非難した。そこまで非難したからには、かならず代償を払ってもらいますからね」

湖畔で嚙まれた左手が疼いていた。ガーゼを押してみた。下の皮膚がブヨブヨした感触だった。ロティがくれたシプロのほかに、狂犬病の予防注射も必要？　そう思ったおかげで、錠剤の服用を始めなくてはと気がついた。

「そんな非難はしてないわ、テリー。あなたが勝手にそう言ってるだけよ。でも、ちょっと気になるわね——どうしてディックと姪のあいだに接触があったと思うの？　リノがディックに相談しに行ったことは認めるのね？」

クラウディアが銀のトレイを持って入ってきた。

「お茶もお菓子もけっこうよ、クラウディア」テリーは言った。

「姪御さん困ってる。お茶飲んだほうがいいです」クラウディアが答えた。

クラウディアは淡い色の麦わらみたいなものをウェッジウッドのカップに注いで、ひとつをわたしに差しだした。味も淡い色の麦わらみたいだった。テリーは口もつけずにカップを置き、ドアがきちんと閉まったことを確認した。

「あの子、わたしたちの個人的な会話をいつも立ち聞きするから」

「困ったものね。強制送還すればいいのに」

「グリーンカードを持ってるの。それに――とにかく、あなたが口出しすることじゃないわ」

「そうよね。わたしの用件は姪たちのことだし。リノは職場のことで悩んでいた。妹にも打ち明けられないほど深刻なことだった。ディックおじさんに相談に行った。最初に職場を紹介してくれたのがおじさんだから。いえ、紹介してくれたのは、やり手の秘書グリニスだったかもしれないけど……」

「あなたはディックのことも、家族のことも、何ひとつ知らない。あなたの頭にあるのは、二十五年前に会った愛らしい幼稚園児だった姪たちのことだけ。でも、いいこと、二人とも人を利用しようとする卑劣な子たちなのよ」

「どんなふうに利用しようとしたの？　どういう卑劣なことをしたの？」わたしは尋ねた。

「グリニスに訊いてちょうだい。わたしからお話しすることは残らず話したわ」テリーの唇がゆがんで、こわばった笑みを浮かべた。「あなた、自分で思ってるほど頭のいい人じゃなさそうね、ヴィク。頭がよければ、わたしじゃなくてあなたがこの家に住んでたはずですもの。家のローンを払うために、救急車を追いかけて交通事故を商売の種にすることもなかったでしょうね」

わたしはブルックスのランニングシューズをはいた自分の足に目をやった。左のかかとの部分が靴底からはがれかけている。「昔みたいに速く走るのはもう無理だわ。救急車を追いかけるのはあきらめて、事件のほうから飛びこんでくるのを待つようになったの。でね、今日の午前中も事件が起きたばかりなのよ。ハーモニーが公園でばかでかい筋肉男二人に襲われたの。大怪我をしたわ。治るまでにどれぐらいかかるかわからない」

わたしはガーゼに包まれた手を上げた。「わたしが男たちを撃退しようとしたとき、一人がここに噛みついたし」

「驚きはしないわ」テリーは無遠慮に言った。「ディックがいつも言ってるもの——あなたは闘犬のような人だって」

「闘犬がイタチと結婚した。最初から不幸になる運命だったのね」わたしはつぶやいた。軽率だった。ハーモニーの治療費をテリーからせしめるつもりだったのに。

「ここに来た理由はなんなの、ヴィク？ ディックを悪しざまに言うため？ 詐欺師二人への同情をわたしからひきだすため？」

「いい質問ね、テリー。迅速に答えるのも、単純に答えるのも無理だわ。わたしはあなたやディックと仲むつまじいとはとうてい言えないけど、彼を困らせるつもりはないのよ。ディックがすべて承知のうえで、自分の姪に危害を加えることも厭わないクライアントと顧問契約を結んでるなんて、思いたくないの。あなたに相談すれば、〈トレチェット〉の業務内容をもっと深く調べるようディックを説得してもらえるかもしれないと期待したの。〈トレチェット〉の経営状況は極秘にされている。オフショア取引の陰に何が隠されているのか、探ってみたほうがいいわよ」

わたしは話をしながらテリーの顔を観察していた。ビリヤードの玉を見ているような気がした。ぴかぴかで、堅くて、何をもってしても突き刺せそうにない。

「わたしと一緒にシカゴに来てハーモニーに直接会えば、あなたの気持ちも――」

「いまとまったく変わらないでしょうね。あなたが図々しくしゃしゃり出てきたと思うだけよ。三十秒以内に出ていかなかったら、この住宅地の警備担当者を呼んで追いだしてもらいますからね」テリーはわたしに向かって電話をふりまわしながら、ドアへ向かった。

わたしはテリーの横を通り抜けて廊下に出たが、こう言っておいた。「その動揺ぶりを見ると、リノがサン・マチュー島で何を見つけたのか知らないけど、その件でディックのところへ相談に行ったのは、やっぱり事実だったようね」

「リノはトラブルに巻きこまれてなんかいなかったわ」テリーはわたしに向かって歯をむきだした。「ディックを脅迫してたのよ。母親そっくり」

「脅迫してた？　ディックがなんらかの違法行為に関わってて、リノがそれを知ったわけ？」

テリーは息をのんだ。「よくもそんな！　あなたったら、ディックを困らせるつもりはないと言いながら、彼の前に現われるたびに困らせてばかりじゃない。ディック自身は何もかも順調なのに、あなたがケチをつけようとする」

「ディックのしていることに疑問をはさむ者は、わたし以外に誰もいないってことね」

「いますぐ出てって！　出ていかないなら、警備担当者を呼ぶわよ」テリーは電話を叩いてみせた。

「行きます、行きます」わたしは言ったが、廊下で足を止めて、ガラスの壁龕に飾られた美術品をいくつか見た。奥が鏡張りになっているので、美術品に手を触れなくても裏側まで見ることができる。

廊下を途中まで行くと、巨大な角と豊満な乳房が八個ついている牛の石像があった。昨日、ファン・フリート教授のデスクで見た、乳房が八個ある女性の小像が思いだされた。

「シュメール文明のものね？」わたしは言った。

「さわらないで。貴重な古代の品なんだから」

「ええ、知ってるわ。こういうシュメール文明の遺物が通常の美術品マーケットで扱われてるなんて知らなかった」

「じゃ、いま知ったわけね」

わたしは石像の前から動かなかった。「ロレンス・フォーサンが手に入れてくれたの？」

「わが家では美術品を〝手に入れてもらう〟ことなんてないわ。画廊やオークション会場へ出かけるのよ。ご自分でも買える値段だと思ったら、グリニスに電話なさい――わたしたちの興味を惹きそうな品が誰のところにあるかは、グリニスが把握しているから」

「で、あなたの興味を惹きそうな品を持っていた人物の一人がロレンス・フォーサンだったわけ？」

わたしは牛の石像に視線を据えたままだったが、壁龕の奥の鏡にテリーの姿が映っていた。フォーサンの名前を聞いても、彼女が疚しそうに飛びあがることはなかった。怒りの表情だった。でも、それはわたしに対するいつもの反応だ。

「とうてい買えるはずのない品なのに、どうしてあなたが興味を持つのか理解できないわ。でも、わが家とつきあいのある画廊と仲介業者のリストをあなたに送るよう、グリニスに言っておくわね。さあ、いい加減に帰ってちょうだい」

クラウディアが現われ、わたしのために玄関をあけてくれた。わたしは敷居のところでふりむいてつけくわえた。「わたしたちの姪に関して腑に落ちないことがひとつあるわ。ハーモニーに聞いたんだけど、リノがわたしに連絡してこなかったのは、わたしの名字を知らなかったからだそうなの——つまり、わたしが〝ヤーボロー〟から旧姓の〝ヴォーショースキー〟に戻ったことを、あの子たちは知らなかったわけね。わたしが探偵で、二人の力になれるかもしれないってことも、二人は知らなかった。あなたがリノには何も教えなかったのに、ハーモニーに教えたのはなぜ？　なんだか、ディックがリノを苦境に追いやったのをあなたが気に病んで、ハーモニーをこっそり助けようとしたみたいな感じだけど」

テリーは無言でわたしを凝視した。唇を噛んだため、歯に赤い汚れがついていた。

31　安全な家

ジープ・ラングラーが止まって十代の子たちを吐きだした――少女二人と少年三人――わめいたり、小突きあったりしている。テリーの子供と友人たちが学校から帰ってきたのだ。わたしを押しのけて家に入っていった。わたしのことを玄関ドアの一部だと思っているらしい。いまどきの子供たちの礼儀知らずに舌打ちをするのは、こちらが年をとった証拠だろう。そして、こちらの存在が子供たちの目に入らなくなるのも。

自分の車に戻ろうと道路を歩いていたとき、茂みの奥からクラウディアが姿を見せた。

「あなた、おばさん？　ミスタ・ヤーボローの妹さん？」

「ディック・ヤーボローの最初の妻だった女よ。何年も前に離婚したの。ディックにはベッキーという妹がいたけど、二十年ほど前に死んでしまった。娘が二人いて、それがリノとハーモニーなの。リノは行方不明。捜すのを手伝ってほしいって、わたし、ハーモニーに頼まれたの」

「あなた名前は？」

「Ｖ・Ｉ・ウォーショースキー。ヴィクトリア・ウォーショースキー」

「ああ！　これでわかった。姪が電話してくるとき、テリーがあなたの名前言う。探偵やってるヴィクおばさんに電話しなさいと言う。ミスタ・ヤーボローと家族を悩ませないでほしいと言う。そのあと、テリーがミスタ・ヤーボローに話をして、彼がものすごく怒る。なぜヴィクの名前を姪に教えたのかとテリーに訊く。それから——言葉が思いだせない——〝なぜ質問する？〟だったかもしれない。なぜヴィクに相談しろと姪に言う？　ヴィクがいまわたしの仕事嗅ぎまわっている」

クラウディアは値踏みするような目でわたしを見た。「で、あなたが、あなたがそのヴィク？　その探偵？　でも、姪は見つかってない？」

「ええ。わたしがそのヴィクで、まだ誰も見つかってないのよ。あなた、わたしの姪と話をしたの？——ディックとテリーとわたしの姪。それはいつのこと？」

クラウディアはうなずいた。「彼女、わたしと電話で話をして、ミスタ・ヤーボローの姪で、名前はハーモニーだと言う。音楽と同じ？　わたしが訊くと、そう、音楽と同じと彼女言う」

クラウディアは話を中断し、ポーランド語で小さく数をかぞえた。「一週間前。テリーと話したいと言うので、わたし、テリーと電話かわる。わたし、テリーに言う。ハーモニーがとても心配してる、お姉さんがどこにいるのか誰も知らない、と。ミスタ・ヤーボローが言う。心配しなくていい、問題ない、と。わたし、もう行く。息子たちにおやつ出さなくては」

クラウディアは茂みの向こうにまわり、屋敷の裏口のほうへ飛んでいった。

わたしは自分の車までとぼとぼと歩いた。テリーとディックがこの家政婦に〝心配しなくていい〟と言ったのは、リノのことなど気にかけていなかったから？　それとも、リノの身に何があったかを二人が知っていたから？

手の疼きがひどくなってきて、熱が出るかもしれないと思った。シプロの一回目の服用がまだだった。早くのまなきゃ。健康管理は自分でおこなうべし——尊師たちは私立探偵につねにそう助言する。依頼人のためを思うあまり、自分の健康をなおざりにしてはならない。

高速道路の入口近くに〈セブン－イレブン〉があったので、パック入りのホムス（ヒヨコマメのペースト）とペットボトルの水を買った。助手席にあぐらをかいて、ホムスと一緒に錠剤を口に入れ、水で流しこみ、メッセージをチェックした。ミスタ・コントレーラスから連絡が入っていた。ミッチの手術無事完了。動物病院にひと晩入院。ミスタ・コントレーラスはすでに帰宅して、ペピーのためにステーキを焼いているそうだ。

ロティからは、ハーモニーの意識が戻って反応するようになったと言ってきた。襲撃の一部を記憶しているという。ロティの診療所には入院設備がないので、とりあえず今夜だけでもハーモニーを家に連れ帰ってほしいとのこと。

わたしは頭の筋肉がこわばるのを感じた。ハーモニーへの責任を一人で負う気にはなれない。わずか一夜であろうと。バラの苗を輸送する木箱にハーモニーを詰めこんでポートランドへ発送できればいいのに、と叶わぬ妄想を抱いた。

すでに五時近くになっていた。診療所は八時までやっている——ロティは、働く人々が日中に職場を離れて診察を受けに行けばペナルティー必至であることを理解している医者の一人で、そういう医者はアメリカにひと握りしかいない。

診療所に電話をかけ、最初にもちろん、診療所の管理運営に当たっているミセス・コルトレーンと話をした。ポートランドにいるハーモニーのボスに連絡をとってくれたそうだ。「口調からすると、まっとうな人物のようよ」ミセス・コルトレーンは断言した。「しかも、かなり小規模な企業なのに、ちゃんと医療保険に加入してるし」

アメリカで病気になったとき、誰もがまず心配するのは〝医療費が払えるだろうか？〟ということだ。

ミセス・コルトレーンがロティに電話をかわってくれた。ロティはハーモニーの現在の容体に安堵している様子だった。「入院は必要なさそうよ。ただ、精神科で精密検査を受けておくといいかもしれない。お姉さんの身の安全を気にかけているのに加えて、三日のうちに二度も大きな暴力行為を受けたわけだから」

「仮病の可能性はない？」わたしは尋ねた。

「百パーセントないわ。どうしてそんなことを言いだすの、ヴィクトリア？」

わたしはテリーがこちらの心に植えつけた疑惑をロティに説明した。

「いいえ、それは違う。自分のなかにひきこもるという症状がたとえ仮病だとしても、そこがハーモニーにとって昔から安全なスペースだったからよ。そのなかへ永遠に消えずにすんでいるのは、ハーモニーの強い性格と里親が注いでくれた愛情のおかげでしょうね。でも、今日の午前中みたいな騒ぎがもう一度起きたら、ひきこもったままになりかねない。今夜ひと晩、あの子を見守ってくれる？」

「ハーモニーを襲った連中は、きっと、あの子がゆうべうちに泊まったことを知ってたんだわ。いまこの瞬間もあそこに張りこんで、ハーモニーを待ち受けてるかもしれない。あの子を連れて帰ったら、また襲ってくる危険があるわ。あるいは、建物に侵入してくるかも」

「じゃ、どうすればいいの？」ロティの声は緊張でうわずっていた。

「アルカディア・ハウス」わたしはついに提案した。

「でも、あそこは家庭内暴力から逃げだした女性たちを対象とする施設よ」ロティは反対した。

「わたしがハーモニーのために例外を認めてもらう。ハーモニーは子供時代に虐待を受け、十歳のときにあの子をひきとってくれた健全な家庭は崩壊し、姉は姿を消し、いまはPTSDに苦しんでいる。そういう過去のせいで、二度の襲撃のあと、あの子の心の健康は通常のケースよりはるかに大きな危機に瀕してるのよ」

ロティもわたしもアルカディア・ハウスの委員会に名を連ねている。どちらかが――とくにロティが――SOSを出せば、応じてくれるだろう。

「それに、ハーモニーが安全な場所にいるとわかっていれば、わたしは明日からフェリックスの問題にエネルギーを注ぎこむことができる」

それで議論に決着がついた。ロティはハーモニーに話をすることを承知してくれた。少なくともこれから数日のあいだシェルターに泊まるよう、勧めてくれるという。また、アルカディアの常駐管理人に電話をしておくとも言ってくれた。わたしが市内に戻ったらすぐ、ハーモニーを車に乗せて待ち合わせ場所へ連れていくことになった。かならずやりとげなくては。これ以上何も思いつけないし、次の襲撃を受けて立つだけのスタミナもない。

車でロティの診療所へ行く途中で、ミスタ・コントレーラスとペピーを拾った。ロティとわたしの手でハーモニーをシェルターに強引に押しこめるのではなく、頼もしい味方がついていることを、彼女に伝えたかったからだ。ストリーター兄弟にも連絡しておいた。わたしが監視やボディガードの仕事をしばしば依頼する兄弟で、ハーモニーをアルカディアに送り届け、尾行の有無の確認を手助けしてくれることになった。

意外にも――そして、ほっとしたことに――アルカディア・ハウスへ移るようハーモニーを説得する必要はたいしてなかった。わたしたちは診察室で顔を合わせた。看護師たちが診察台のひとつを即製のベッドにしてくれていた。ハーモニーは床にしゃがんでペピーに両腕をまわした。ロティは犬好きではない。診察室ではとくに。ハーモニーにはセラピーが必要だと判断して、短時間だけ例外を認めてくれたものの、唇をきつく結んでいた。

ミスタ・コントレーラスを説得するほうが大変だった。彼とペピーとパイプレンチだけでは悪党どもを打ち負かすのに充分でないことを、老人はどうしても認めようとしない。

「あたし、サルおじさんのこと大好きよ」床にしゃがんだハーモニーが優しく言った。「ヘンリーを思いだすの。シェルターには前にも入ったことがあるわ。薄汚いとこもあるけど、安全なとこはほんとに安全。いまのあたしには安全が必要なの」

わが隣人は頑固一徹の表情だったが、彼が議論を続けようとする前にわたしが言った。
「ハーモニー、使い捨て携帯にミスタ・コントレーラスの番号を短縮で入れて、あなたに渡しておくね。アルカディア・ハウスの居心地がよくなかったら、まず#を押して、次に1を押して。あなたを迎えに行く必要があるってことが、ミスタ・コントレーラスに伝わるから」

わたしは膝を突いてハーモニーに語りかけた。
「今日の午後、テリーに会いに行ってきたわ――ほら、ディックおじさんの奥さん。もう一度質問させてね。リノを見つける助けになりそうなことを、リノから何か聞いてない？　今日の午前中、わたしは身を賭してあなたを守ろうとした。わたしのことは全面的に信用してくれていいのよ。でも、わたしはあなたが本当のことを言ってるのかどうかを知る必要があるの」

長い沈黙。やがて、ハーモニーは目を閉じたまま、ペピーがたじろぐほど深くその首に指を食いこませ、蚊の鳴くような声で言った。「相手のことを知らなければ、相手が自分に腹を立ててるのかどうかわからない」

わたしは腫れた手で頭をこすった。激痛が走ったショックで、ハーモニーの言葉の意味が解明できた。「あなたが嘘をついて、誰かが腹を立てるとすると、それはあなたに腹を立てるんじゃなくて――嘘に腹を立てるってこと？」

かすかなうなずき。「クラリスによく言われたわ。〝真実に立ち向かいなさい。あとまわしにせず、いますぐに〟って。あたしもリノもそう心がけてた。だって、クラリスが守ってくれたから――でも、いまは――いまは、誰が――」ハーモニーは不意に黙りこんでしゃくりあげた。

「自分が何をしたか見てみろ！」ミスタ・コントレーラスが叫んだ。関節炎の膝のせいで、ハーモニーのそばにしゃがむことはできなかったが、彼女の頭をなでていた。「わしがついとるぞ、ハーモニー。それから、落ちこんだあんたをそっとしとくだけの心遣いもないようなヴィクではあるが、いちおうヴィクもついておる。だから、何も心配せんでいい。シカゴにおるかぎり、あんたは一人じゃない」

「大丈夫よ、サルおじさん」ハーモニーはあいかわらず蚊の鳴くような声だった。「リノはこんなことを言ってた――超リッチな男たちの頭にあるのはセックスとお金のことだけ。ベイブリッジにいた下劣な連中と同じ。今度こそ名前を突き止めてやる。でも、それまでは、自分にできることは何もない、って」

わたしはハーモニーに手を貸して立ちあがらせた。人を利用しようとする卑劣な子たちだとテリーが思った原因はこれだったのかもしれない。姉妹が身を守ろうとして黙りこんだり、知っていることを遠まわしにほのめかしたりするせいだったのかも。わたしの母はクラリスのようなタイプで、もっときびしかった――嘘は吐きだしなさい。すぐに気分がすっきりするわ。

ロティが尖った声で言った。患者がたくさん待っているし、この診察室をふたたび使えるようにするために消毒しなくてはならない、と。わたしは渋い顔をした。ロティがいつもの辛辣な彼女に戻ってくれたのはうれしいが、辛辣な彼女は苛立たしい。

わたしたちはハーモニーを診療所の裏口から連れだした。ストリーター兄弟がピアノ運搬に使用するバンがそこで待っていて、彼女とミスタ・コントレーラスが――ペピーも一緒に――乗りこんだ。

ロティの助手をしているハーモニーと同年代の女性技師が、わたしと一緒に正面ドアから外に出てすばやくマスタングの助手席に飛び乗った。誰かが監視していた場合、ハーモニーだと思ってくれればいいのだが。

わたしが北へ車を走らせるあいだに、バンは南へ向かった。ティム・ストリーターがバンを運転し、弟のトムが助手席に乗っていた。末っ子のジムはエンジンをパワーアップしたキアを持っていて、わたしとバンのあいだを往復した。診療所から三ブロックほど行ったところで、わたしの車に尾行がついているのをジムが見つけた。わたしは回避行動に移った。ただし、ゆっくりと、躊躇しているように見せながら、尾行車をバンから遠ざけた。わたしとバンが一マイルほど離れたところで、尾行車――黒いメルセデスのSUV車――に距離を詰めさせてやった。

ロレンス・アヴェニューの渋滞のなか、〝碁、将棋、チャンギ、二十四時間営業〟という看板が明滅している店の前で、わたしはすばやくUターンした。自転車と危うく衝突しそうになり、けたたましく警笛を鳴らす野菜満載のトラックの前から飛びのかなくてはならなかった。メルセデスが反応する暇もないうちに、わたしはケッジー・アヴェニューを渡って南へ曲がった。もう一度Uターンして、路地に入り、ライトを消した。バックして、通りから見えないように大型ゴミ容器の陰で停止した。

「尾行車がゆっくり近づいてくる」ジムから警告が入った。

わたしはジムに現在位置を教えた。「プラスキ・ロードに出ても大丈夫？」一マイル西にある道路だ。

「動くな。男が車のライトを消してケッジーをのろのろ運転で進み、あんたがいる路地のほうへ向かってる。一人は車の外だ。強力な懐中電灯を持って歩いてる。ぜったい動くな」

切っていない電話の向こうから、ブレーキの悲鳴、金属どうしがぶつかる音、そして、ジムのわめき声が聞こえてきた。「このトンチキ野郎、なんでライトを消したまま、道路の真ん中で止まったりすんだ？」

　メルセデスからの叫び。次にジムのどなり声。「いますぐ九一一に電話してやる、くそったれ」

　わたしは車をバックさせて路地の分岐点まで行った。南へ曲がり、ピルゼンにある技師の自宅へ向かった。路地を出て半マイルほど行ったとき、電話からふたたびジムの声が聞こえた。悪態をつきながら笑っていた。

「連中、追突されたもんだから、おれをぶちのめしてやろうと思ったらしい。タイヤレバーを手にして向かってきた。おれの車のフロントウィンドーにそいつを叩きつけた、なんの被害もなし。おれはアクセルを踏みこんで、轢き殺そうとするふりをしてやった。向こうがカッとなったのは、メルセデスにへこみ傷をつけられたからか、おんぼろキアにそんなまねをされたからか、どっちだろうな。装甲板を入れたことに感謝、感謝、感謝だ。しかし、まいったな、ＧＬＳ四五〇でこっそり尾行しようだなんて、いったい何考えてんのかね」

　仕事を頼むようになってからの十年間にジムが口にした言葉をすべて合わせたよりも、いまのほうが言葉数が多かった。アドレナリンでハイ状態のため、同じことを何度も言った。わたしは女性技師が自宅アパートメントに入っていくのを見守りながら、ジムに賞賛の言葉を贈りつづけた。

技師が無事に帰宅したことを見届けたところで、ジムの話をさえぎって、ハーモニーを乗せたバンに関する最新情報を求めた。

ティムとトムは誰にも邪魔されることなく引渡し場所に到着した。ハーモニーがシェルターの正規メンバーに無事に迎えられたことを確認し、いまはミスタ・コントレーラスとペピーを兄弟の作業場へ連れていく途中だという。バンから別のポンコツ車に乗り換え、家まで送り届けてくれるとのこと。

「ミスタ・コントレーラスを降ろす前にあたりを偵察するよう、ティムとトムに言ってくれない？　悪党どもがわが家を見張ってる恐れもあるから」

この時点で、わたしは自宅から十マイル離れていた。ダウンタウンで高速を下りようとしたとき、トム・ストリーターから〝警報解除〟の電話が入った。ゴリラどもがわたしの車を捜しているといけないので、遠まわりになるがいったん事務所へ行き、そこから配車サービスの〈リフト〉を利用した。アパートメントの建物に着いたときには、運転手がわたしを揺り起こさなくてはならなかった。

ミスタ・コントレーラスがハーモニーと一緒に引渡し場所まで行ったときのことを詳し

く話している最中に、わたしは階段のほうへ向かい、老人をムッとさせてしまった。次の抗生剤をのまなくてはならないことをかろうじて思いだした。眠りこむ前に頭に浮かんだのは、ストリーター兄弟の車に装甲板が入っていたことへの感謝だった。でも、ピアノを運搬するときに、そんなものが本当に必要だろうか？　いつしか夢の世界へ漂っていき、装甲板を入れたグランドピアノが空から落ちてきて、わたしを襲った男たちをぺしゃんこにしてくれる夢を見た。

32 金属細工

たっぷり十二時間眠りつづけた。ミスタ・コントレーラスが呼鈴をしつこく押さなかったら、いつまでも眠っていただろう――そろそろ起きて、わしを車に乗せて、動物病院へミッチを迎えに行ってくれんかね。朝イチで電話してみたら、ミッチはすっかり元気で、もう退院できるそうだ。

「あんたのことはようわかっておる、ヴィク」叩き起こされたことをわたしがぼやくと、ミスタ・コントレーラスは言った。「わしがせっついてやらんと、銀行だの、弁護士だのに頼まれた百万もの用事を片づけに駆けずりまわり、犬のことなんかすっかり忘れちまうに決まっとる」

ふだんのわたしは〝嬢ちゃん〟か〝クッキーちゃん〟だ。ミスタ・コントレーラスがわたしを名前で呼ぶのは不機嫌なときだけだ。ゆうべ帰ってきたときに、わたしがまともに相手をしなかったので、いまもへそを曲げているのだろう。いや、もしかしたら、老人にはハーモニーを守る力がないとわたしが判断したせいかもしれない。もはやアンツィオで戦ったときのように強くはないことを指摘されるのが、老人は大嫌いなのだ。

わたしは車を事務所に置いてきたことをミスタ・コントレーラスに思いださせた。老人はわたしが使命を遂行するのを確認するため、〈リフト〉の配車サービスを利用して一緒に行こうとしたが、わたしは事務所までの四マイルをランニングすることにした。頭をすっきりさせて筋肉をほぐすためもあったが、主として一人の時間がほしいからだった。ヒップの打ち身はすでによくなったし、これまでより楽に全身を動かすことができそうだ。ひと晩ぐっすり眠った爽快さは言うまでもない。

事務所にいるあいだに、通りの向かいのコーヒーバーへ出かけてコルタードを飲み、倉庫を共同で借りている友人の作業場の奥にあるバスルームでシャワーを浴び、手のガーゼを交換した。腫れはひいていたが、傷口を見て胃がむかついた。悪漢がわたしの皮膚に歯を突き立てたかと思うと……。傷口のまわりの皮膚が赤くすりむけるまで、ネイルブラシでこすった。ええ、マクベス夫人の気持ちがよくわかる。

メッセージをチェックすると、ダロウ・グレアムから新たな仕事の依頼が、そして、ロティから短い伝言が入っていた。〝わたしの苛酷な要求は気にせずに、できればゆっくり休んでちょうだい〟

ロティの貴重なアドバイスに従うことができればいいのにと思った。怪物どもから逃れ、電話もインターネットもないどこか暖かなところへ逃げだせればいいのに。でも、かわりにイリノイ工科大学に電話をかけ、フェリックスの件を相談するために、工学部の部長リチャード・ポーズデュアのアポイントをとった。部長のアシスタントが一時十五分にわたしを割りこませてくれたが、学部長が学生のプライバシーを探偵に明かすことはないだろうと言った。わたしは時計を見た。急げば、学部長に会う前にフェリックスのところに寄る時間がある。いまなら、フェリックスも怯えて話をする気になっているかもしれない。

ミスタ・コントレーラスを拾うために車で家に戻った——わたしがミッチを一人で迎えに行ったりしたら、老人は永遠に許してくれないだろう。しかし、予想していたとおり、単なる犬のお迎えがのろのろと時間のかかる作業になってしまった。老人が手術の様子を事細かに獣医に尋ね、退院後の世話に関する指示を技師に三回くりかえさせ、わたしが次回の診察予約をカレンダーにちゃんと記入したかどうかを再確認した。

ミスタ・コントレーラスの寝室の快適なベッドにミッチを寝かせ、ミッチの左腹部の毛が剃られているのを嘆くことで老人を懐柔し、怪我のせいでミッチの歩行が不自由になりはしないかと不安がってみせ、アルカディア・ハウスへ行くための引渡し場所へハーモニーと車で向かったときの様子を老人が詳しく語るのに耳を傾けるころには、この世の不愛想な甥たちに声をかけることすら魅力的な選択肢に思えてきた。

ふたたび出かける前に、アルカディア・ハウスの理事長をしているマリリン・リーバマンにハーモニーの様子を尋ねた。ハーモニーはこの二日間、怖い思いの連続だったせいで、ゆうべはよく眠れなかったそうだ。

「心労で熱を出しかけてるわ」マリリンは言った。「お姉さんと自分の人生を襲った出来事を何度もくりかえし、里親のことをずいぶん話し、ネックレスのことを心配してる。うちで精神分析をしてみるね。この苛酷な時期を乗りきる薬を処方するさいに、参考にできると思うの。うちにいる熟練看護師がハーモニーにアティバンをのませて、ようやく眠らせることができたわ。あなたがハーモニーと話すつもりでいるとしても、まだ睡眠中よ」

ハーモニーに錯乱は見られなかったかと訊いてみた。

「いいえ。時間も場所もちゃんとわかってるわ。ただ、かなり動揺してるみたい。あなたにこまめに報告を入れるわ」

ミスタ・コントレーラスとわたしがハーモニーを自宅で世話するのをやめて正解だった——そんな思いを強くしながら、電話を切った。ハーモニーが気にかけているネックレス。この一週間、彼女がチェーンをいじるのをわたしも目にしてきた。さぞ大切な品だったに違いない。公園に寄ってみよう。賊が逃げるときに落としていったかもしれないという、きわめて低い可能性と、まだ誰にも拾われていないかもしれないという、さらに低い可能性に賭けて。

今日は珍しく太陽が出ていたが、それでもまだ肌寒い。ウールのパンツをはき――優美だったカシミアのパンツよりましな状態で一日を終えてほしいと願うのみだ――ニットのセーターに絹のスカーフを合わせた。これぞまさにプロフェッショナル。

イリノイ工科大学のキャンパスはステート通りと高架鉄道の線路が交差する脇にあって、事務室と教室はほとんど西側に集まり、右側には寮が並んでいる。わたしは高架鉄道の下のわだちだらけの場所に車を止めた。先週フェリックスを降ろしたプレイリー・アヴェニューはわずか数ブロック先だ。コートをしっかり掻きあわせたが、高架下の長い空洞部分を吹き抜ける風のせいで、素肌で車を降りたような気がした。

三十五丁目とプレイリー・アヴェニューの角まで来たところで、保安官事務所の警官たちの姿はないかと、あたりに警戒の目を向けた。大学の周囲の通りは市警の連中が巡回している。ときたま、大学に雇われている警備員の車が通りすぎる。しかし、フェリックスが住む建物まで行ったとき、郡のロゴつきSUV車がアイドリングしているのが通りの先のほうに見えた。

呼鈴を押すと、留守かと思うほど長い沈黙が続いたあとでようやく、フェリックスの応答があった。名前を告げると、フェリックスはブザーを押してわたしを通すかわりに、自分が階段を下りてきて通りに面したドアをあけた。

「一人だね。保安官事務所の人が一緒じゃないよね」フェリックスのほっそりした顔は土気色を帯びてむくんでいた。

「ええ。でも、通りの向かいで保安官助手が見張ってるから、あなたに気づいてわたしたち二人の写真を撮る前に、なかに入れてちょうだい」

「ぼくと一緒のところを見られたら困るの？」フェリックスは嘲るように言ったが、うしろに下がった。

「違うわ。一緒のところを見られたら、わたしがあなたの友達もしくは敵と話をしようとするときに、いろいろと不都合でしょ」

「誰が友達なのか、敵なのか、わかってるの？」わたしの先に立ってふたつの階段をのぼりながら、フェリックスが尋ねた。

「そのために来たのよ。あなたに教えてもらおうと思って」

わたしはフェリックスのあとから彼の住まいに入った。ワンルームのアパートメントで、大きな作業テーブルが部屋の大半を占めていた。片隅のベッドは乱れたままだ。床とテーブルに書類と本が散乱しているが、整頓が下手なだけで、不潔なわけではない。食べものや、洗っていない皿はどこにもなかった。

テーブルには書類のほかに、縮尺模型がいくつか置いてあった。ドールハウス大の機械の模型で、極小サイズのギアとベルトとファンがついている。わたしは身をかがめて観察した。

「爆弾を捜してるのかい？」フェリックスが言った。

「技巧に感心してるのよ。自分で作ったの？」わたしは手を伸ばして小さなギアシャフトに触れた。

「さわらないで――繊細なんだから！」フェリックスはわたしの手を遠ざけた。「これ、なんだと思う？」

わたしは一個の模型の端についている銅の覆いを指さした。「スコッチウィスキーの蒸留所の一部みたいに見える」

「だったら、ぼくたちの方針は正しいわけだ――これ、持ち運びできる蒸留水製造装置になる予定なんだ。人間の排泄物を電力と蒸気と水に変える装置だよ」

わたしは冗談だと思ったが、フェリックスの顔には生気がみなぎっていた。仕組みを詳しく説明してくれた。彼の知識と、模型を作ったみごとな技巧に感心した。

「〈自由国家の技師団〉ではこういうものを作ってるの？」

フェリックスの顔がふたたび不機嫌になった。「やっぱり、それが目的で押しかけてきたんだね。警察の尋問に協力しようとして」

「あなたが逮捕されることは望んでないわ、フェリックス。ロレンス・フォーサンを殺したのでないかぎり。でも、あなたが殺したなんてわたしは信じない。だから、何をしてるのか、誰を、そして何を知ってるのか、話してくれない？」

フェリックスは模型のひとつの上に身をかがめ、ギアをほんの少し調整した。口を開いたときの声はささやきに近く、ギアに向かって語りかけていた。

「それはできない。できるんだったら、いまここで話してるよ。でも、できないんだ」

わたしはすわる場所を探し、ついに、作業テーブルの椅子をひっぱりよせた。本のページが開いていて、設計図のようなものが見えた。湾曲した長い角を持つ牡羊の姿が円や格子と重なっている。小さく記された数字と文字の左側にイタリック体で説明がついている。写真が一枚、はらりと落ちた。身をかがめて拾おうとしたが、フェリックスの動きのほうが早く、あまりの機敏さにおたがいの額がぶつかってしまった。

わたしはこめかみをさすりながらあとずさった。ちらっと目にした写真には鮮やかな金色のものが写っていたが、本や写真をまともに見る暇もないうちに、フェリックスが本を奪いとり、写真をページにはさんだ。もっとも、わたしは背表紙の書名をすでにはっきり目にしていた。『銅の美術：技法の歴史』。その下に、アメリカ議会図書館分類法に基づくラベルとイリノイ工科大学図書館のスタンプ。

わたしはフェリックスが専門書を必死に隠そうとしたことに驚いて、彼を凝視した。

「ぼくのじゃないんだ」彼がぼそっと言って、本をリュックに押しこんだ。「誰かがさわって汚れたらまずいだろ」

「ええ、そりゃそうね……わたし、あなたの逮捕をなんとか阻止しようとするロティと弁護士に力を貸すって約束したの。突破口にできそうなのは、フォーサンがあなたの電話番号を書いたメモを持ってたのはなぜかということ。だって、あなたはフォーサンを知らないって言ってるし」

「会ったこともない。だから、口を利いたこともない」フェリックスが発作的に唾を飲みこんだ瞬間、喉の筋肉が動いた。「フォーサンがぼくの電話番号をなぜ、どうやって手に入れたのか、ぼくには見当もつかない」

「南西の郊外にあるシリア人とレバノン人が集まるセンターに、フォーサンは頻繁に出入りしてたようよ。あなた、そこへ行ったことはない？〈自由国家の技師団〉の仲間とプレゼンをするとか」

「なんだか警官の尋問みたいだな」フェリックスはぼやいた。

わたしは悲しげな笑みを浮かべた。「探偵も警官の一種かもしれない。でも、警官みたいに尋問するつもりはなかったのよ。センターの誰かがあなたとフォーサンの両方と知りあいで、彼のためにあなたの電話番号をメモしたんじゃないかって思ったの。フォーサンの望みは――いいえ、彼が何を望んでいたのか、わたしにはわからない。でも、彼があなたに連絡をとろうとしたのには理由があったはずだわ」

フェリックスは首を横にふったが、眉間のしわが深くなった。

「〈フォース5〉はどう？　清掃業者の」

フェリックスは完璧に固まった。「どうやって探りだしたんだ？」

「ロレンス・フォーサンがそこで働いてたのよ。あなたは？」

フェリックスは首をのろのろと横にふった。ぎこちない動きで、まるで彼の組み立てた模型みたいだった。

ほかにいくつか作戦を試してみたが、それ以上しゃべらせることはできなかった。〈フォース5〉の名前を出したとたん、フェリックスは口を閉ざしてしまった。こわばった表情で首を横にふったが、そこで働いたことはないという意味なのか、それとも、清掃業者の名前をわたしに知られたことへのうしろめたい反応なのか、それすらわたしには判断がつかなかった。

ついにあきらめた。「ポーズデュア教授のアポイントがとってあるの。ロティの話だと、あなた、教授から退学勧告を受けたそうね」

「そこまで露骨じゃなかったけど」フェリックスはつぶやいた。「ただ——この冬は授業にあまり出てなかったから。しばらく休学して、カナダに帰って、騒ぎが一段落するのを待ったらどうかって言われたんだ」

「アメリカがカナダと犯罪人引渡し条約を結んでることは、教授もたぶん承知してるはずよね。でも、あなたがシカゴを離れれば、保安官事務所の強硬な態度も消えるでしょう。しばらくそうする?」

フェリックスの濃い色合いの目がドアの横の整理だんすにちらっと向けられた。「うん。いや。自分でもわからない」

彼から聞きだせたのはそれだけだった。話をしたくなったら、昼夜を問わず何時でもかまわないからわたしに電話するように言い、向きを変えて帰ることにした。

部屋を出る途中、整理だんすのところで足を止めた。見覚えのある本がのっていた。薄い本で、空色の表紙に銀色で模様が刻印してある。

「タリク・カタバの詩集ね?」わたしは驚いた。「フォーサンのベッドの横にもこれと同じ本が置いてあったわ。それでもなお、フォーサンと知りあいではないって言うの?」

フェリックスは本をつかんで胸に押しつけた。「うるさい、ヴィク、うるさいんだよ。フォーサンには会ったこともない。しゃべったこともない。ぼくが詩集ぐらい持っててもいいじゃないか。ヴィクは自分が好きな詩人の……えっと、それが誰なのか知らないけど……とにかく、その詩人の作品を読む人を一人残らず知ってるって言える？」

怒りの涙がフェリックスの目にあふれた。

わたしの頭のなかで万華鏡がまわった。デヴォン・アヴェニューに住む長い三つ編みの女性。タリク・カタバの服役中に、アラビア語の詩に贈られる特別賞を受けとったカタバの娘。

「カタバ――彼の娘もイリノイ工科大学の学生なのね？」わたしは優しく言った。

フェリックスはわたしを見た。思慕、喪失感、やり場のない怒りが次々と彼の顔をよぎった。「もう帰ってよ。さっさと帰って」

フェリックスはベッドの端に崩れるようにすわると、本を抱きしめたまま、声もなく泣きだした。わたしがそばまで行って頭のてっぺんにキスをしたが、彼は顔を上げようともしなかった。

（下巻へ続く）

訳者略歴　同志社大学文学部英文科卒，英米文学翻訳家　訳書『フォールアウト』パレツキー，『オリエント急行の殺人』クリスティー，『街への鍵』レンデル，『妻の沈黙』ハリスン（以上早川書房刊）他多数

HM=Hayakawa Mystery
SF=Science Fiction
JA=Japanese Author
NV=Novel
NF=Nonfiction
FT=Fantasy

クロス・ボーダー
〔上〕

〈HM⑩④-28〉

二〇二一年九月二十日　印刷
二〇二一年九月二十五日　発行

（定価はカバーに表示してあります）

著者　サラ・パレツキー
訳者　山本（やまもと）やよい
発行者　早川　浩
発行所　株式会社　早川書房

郵便番号　一〇一 - 〇〇四六
東京都千代田区神田多町二ノ二
電話　〇三 - 三二五二 - 三一一一
振替　〇〇一六〇 - 三 - 四七七九九
https://www.hayakawa-online.co.jp

乱丁・落丁本は小社制作部宛お送り下さい。
送料小社負担にてお取りかえいたします。

印刷・株式会社亨有堂印刷所　製本・株式会社明光社
Printed and bound in Japan
ISBN978-4-15-075378-8 C0197

本書は活字が大きく読みやすい〈トールサイズ〉です。